KB089581

넉넉한 헤아림을 품는 언어

짐작

박인기의 말살이 철학

도서출판
소락원

언어의 유정(有情)함, 의미의 무량(無量)함

어릴 적 나는 시골에서 자랐다. 항시 산과 들을 대하며 지냈지만, 대학생 이후로는 서울에서 살았다. 지금은 자랄 적 그 산하 자연의 소소한 존재들을 놓쳐 버렸다. 야생으로 자라는 풀이며 나무며 꽃들을 잘 모른다. 더러 어릴 적 친숙해진 들꽃도 있지만, 많지 않다. 그간 야생의 풀과 나무와 꽃들에서 나는 얼마나 멀어졌는지, 우선 그 이름부터 알지를 못한다. 그건 결핍이다. 내 결핍이 스스로 부끄럽다.

외우(畏友) 우한용 교수는 산천에 자라는 식물들을 잘 안다. 농부 노릇도 하고, 소설가이기도 한 그는 식물의 이름을 자연에서 몸으로 익히고 체화한다. 식물들 '살아가는 모습[生態]'을 오감으로 느끼려 든다. 나무나 풀꽃끼리의 주고받음의 관계까지도 안다. 그는 자신의 고된 농사일도 '식물과의 대화 프로세스'로 위로받는 듯하다. 그가 쓰는 소설에도 그걸로 이야기에 생기의 호흡을 불어넣는다.

고향의 전호영 후배는 매일 아침 황악산 산줄기와 추풍령 고갯마루, 그리고 그곳을 연원으로 해서 흐르는 직지천(直指川) 풍경을 사진으로 전한다. 그곳에서 자라는 야생의 나무와 꽃들이 사철 내내 그득하다. 사진마다 꽃들의 이름을 적어서 SNS로 보내 준다. 나는 그걸 부지런히 외워 본다. 잘 외워지지 않는다. 같은 풀꽃의 사진이 며칠 후 다시 올라오면 이게 무슨 풀꽃이었더라, 이렇게 되는 것이다. 야생의 꽃 이름들은 왜 그리 다가오지 않는지 모르겠다.

　식물학에 조예가 있는 신영준 교수가 공들여 찍은 사진으로 출판한 책《풀꽃의 비밀》을 보내 주었다. 책상머리에 두고 열심히 눈으로 풀꽃을 익혀 두려 했다. 그런데 야생에서 그 풀꽃들을 만나면 여전히 생소했다. 책에 있던 그 이름과 사진으로 보았던 식물의 형태가 내 머리에 쏙쏙 떠올라 주지 못했다. 그림이나 사진으로 야생화를 익혀서 그 이름이 내 머리에서 자동화된다는 건 어려운 일이라는 것만 느꼈다.

　그러나 생각해 보면, 그건 그림이나 사진을 탓할 일이 아니었다. 야생의 자리로 나가지 않고 꽃의 모습만 기억해 두려는 내게 잘못이 있다. 예컨대, 어릴 때 들판에서 체험으로 익숙해진 꽃은 사진을 보면 이름이 금방 떠오른다. 이름만 아는 데서 그치지 않고, 사진에는 없는 다른 정경이 함께 따라와 떠오른다. 저 꽃이 자라던 물가의 잔모래 촉촉한 토양이며, 저 꽃 피어나던 밭두렁에 감돌던 아지랑이며, 그 언저리를 파닥이며 떠돌던 노랑나비 날갯짓이며, 그 봄 하늘 위로 들려오던 종달새 울음이며, 심지어 그때 배고

파하던 내 유년의 추억까지 함께 따라온다. 이쯤은 되어야 비로소 그 꽃을 내가 안다고 말할 수 있는 것 아닐까. 그 꽃이 살아가는 생태와 더불어 친해져야, 비로소 그를 아는 데에 이른다는 생각이 든다. 언어도 마찬가지이다.

그렇다. 언어도 마찬가지이다. 언어의 생태를 알아야 한다. 예컨대 사람 마음의 생태를 잘 이해하는 데서 말의 참모습과 소통의 지혜를 배울 수 있다. 또 서로 어울려 살아가는 사회 생태를 아는 데서 '사회적 언어'를 배워 사회적으로 성숙한다. 우리가 문화라고 일컫는 생활의 방식이나 생각의 방식도 언어에 의해서 만들어지고 유지된다. 이처럼 문화가 살아 움직이는 문화의 생태에서 언어를 익혀, 문화를 안다. 또 그렇게 익힌 언어로 우리 앞에 있는 문화 현상에 참여할 수 있다.

말 가르치는 일을 평생 해 왔다. 대학과 대학원에서 국어교육을 전공하고, 일선 학교에서, 방송국에서, 연구소에서, 그리고 대학에서 말 가르치는 일을 했다. 연구와 개발과 실천이 맞물리는 일을 해 온 셈이다. 그런데 내가 가르치는 말이 어떤 말이었는지를 생각해 보니, 다분히 말 자체에 집중한 듯하다. 물론 언어 자체를 학문 대상으로 삼는 연구는 그것대로 소중하다.

그러나 일상의 생활인들에게는 오히려 말을 생활 속에서 아름답고 가치 있게 실현하는, 말살이의 역량과 지혜가 중요하다. 국어교육도 응당 여기에 주목해야 한다. 언어 교양이란 것도 여기에 초점이 놓여야 할 것이다. 말은 많이 아는데도 불구하고 말살이가 잘되지 않는 사람이 있다면, 그가 아는 말이란 어떤 말이며, 그 말은 도대체 어떤 소용에 닿는 것인가.

말의 생태를 보지 못한 채 말 자체만 알려 하면, 그냥 삶은 잘 모르면서 '말만 잘하는 사람'으로 떨어진다. 말이 내 존재를 존재답게 하는, 가치 있는 통로임을 터득하지 못한다. 물론 언어로 인하여 내 존재가 고양되는 경험도 할 수가 없을 것이다. 말을 내 인생살이의 맥락에 결부하여 익히지 못하면, 그저 말의 껍데기만 아는 것이다. 말의 알찬 본질에 다가가지 못하기 때문이다. 당연히, 말이 빚어내는 감동의 장면을 경험할 수 없을 것이다.

언어는 살아 움직이는 생물이다. 그러함에도 언어를 움직이지 않는 박제된 대상으로 두고 그 외양만 살피기로 하는 데서는, 언어와 인간은 분리된다. 이때의 언어는 생활 현장으로 나오지 않고, 그냥 사전에만 있는 언어이기 십상이다. 아니면 딱딱한 강박의 규범으로만 존재하는 언어가 되기 딱 좋다. 내가 가르쳐 온 과정에도 그런 언어가 많았다. 세상사 인생사에서 그저 말만 떼어내어서, 그 떼어낸 말만 가르친 것 같다. 아직도 학교는 그렇게 언어를 가르치는 경우가 많다.

사람의 마음을 거치지 않고 나오는 말은 없다. 내가 마음을 어떻게 쓰고 다니는지는 내가 하는 말에서 다 나타난다. 나쁜 마음은 나쁜 언어를 입에서 내보내고, 좋은 마음은 좋은 언어를 입에서 내보낸다. 사람의 말이야말로 그 사람 마음의 밭, 그 사람 마음의 생태에 피어나는 풀꽃과도 같은 것이다. 인간 생태와 인문 가치에 맞물려 있는 언어 생태를 살피지 못하고, 눈앞의 이익과 손해를 말 자체로 감당하려는 언어 운용을 부추겨 온 것에 오늘날 무도한 언어 타락의 원인이 있는 것 아닌가 하는 생각이 든다.

  이 책은 언어 이야기이면서 동시에 인간 탐구 이야기이기도 하다. 마치 사람이 그러하듯이, 언어에는 온도가 있다. 언어에는 표정이 있다. 언어는 나에게 말을 걸기도 한다. 언어는 길을 만든다. 인간은 언어의 길 위에서 자신의 인생을 걸어간다. 언어가 그 길을 열어주기도 하고, 언어가 그 길을 막아버리기도 할 것이다. 그런 점에서 여기 글들은 언어가 유정(有情)함을 증명하는 글들이라 할 수 있다. 독자들은 부디 언어의 유정함을 발견하는 데까지 나아갈 수 있기를 바란다. 유정한 언어를 향하여 먼저 말을 걸어 보았으면 한다. 그러면 언젠가는 언어가 나에게 말을 걸어올 수 있을 것이다.

  이 책은 사람들이 언어의 의미를 오래 음미해 봄으로써 인간에 대한 속 깊은 이해를 쌓아가도록 해 보았으면 하는 기대를 품고 있다. 언어는 기능으로도 쓰고, 의미로도 쓴다. 언어를 기능으로만 쓰는 사람은 산을 보러 가되, 그저 산 아래에서 정상을 눈으로 일별하고 좀 머물다 오는 사람으로 비유할 수 있다. 누가 물으면 그는 말한다. 나는 그 산을 가보았노라고 말한다.

  언어를 운용하되, 그 의미를 깊이 생각하는 사람은 산을 보러 가되, 정상까지 오르면서 산의 진면모를 느끼려는 사람으로 비유할 수 있다. 누가 물으면 그는 말한다. 나는 아직도 이 산을 잘 모르겠다. 이다음에 다시 한번 더 와야겠다고 말한다. 언어의 의미를 붙잡고 있는 사람은 사유(思惟)의 숲에 머물려는 사람이다. 그는 수많은 '의미 있음'들 사이에서 사유한다. 사람의 사람다움은 그가 깊이 생각을 하고자 하는 데서 생겨나는 것이 아닐까 싶다.

언어의 의미는 헤아릴 수 없이 많고 또 깊다. 삶과 소통의 생태에서 생겨나는 깊고도 미묘한 언어의 의미는 대사전에서 명시적으로 풀이한 모든 의미보다도 훨씬 많다. 그 의미를 다 몰라도 언어를 기능적으로 쓰는 데는 별문제 없다. 그러나 언어가 지닌 의미를 오래 깊이 음미하면 여태껏 무심히 지나친 '인간'을 발견하게 된다. 아니, 인간을 이해하게 된다. 인간에 대한 이해를 얻는 자리가 있어야, 비로소 우리는 인간을 향한 너그러움을 보는 것이 아닐까. 철학, 역사와 더불어 언어가 인문학에 속하는 까닭이 여기에 있다 할 것이다.

이 책은 그런 생각을 나누어 보려는 의도로 36편의 글을 실었다. 그리고 그중의 한 편인 '짐작'을 이 책의 전체 제목으로 삼았다. 또한 12강 소주제 첫머리마다 강의 주제를 시적 울림으로 음미하도록 하였다. 이 산문집을 위해 시를 쓴 셈이다. 독자들은 부디 언어의 의미가 무량(無量)함을 느낄 수 있는 데까지 나아갈 수 있기를 기대해 본다. 언어 의미의 다채로움을 발견하기 위해서 먼저 언어를 향하여 내 생각을 던져 보았으면 한다. 그러면 언젠가는 언어가 나에게서 나의 의미를 말해 줄 수도 있을 것이다.

아, 말을 마무리하면서 부끄러운 고백을 하지 않을 수 없다. 이 책에 써 놓은 글은 사실은 내가 살아오면서 수없이 범했던 나의 잘못된 언어수행을 고백해 놓은 것과 다르지 않다. 짐짓 남의 일인 듯 써 놓은 것일 뿐이다. 그래서 이 책은 어쩔 수 없이 나의 반성록이다.

　책을 내면서, 내게 이런 생각을 여물게 하도록 공부로 실천으로 이끌어 주신 내 생애의 스승님들께 감사의 마음을 아니 품을 수 없다. 또 말과 사람됨을 강조하여 그 가르침으로 나를 길러 준 조부님과 부모님의 사랑을 잊을 수 없다. 그분들도 나에겐 스승이셨다. 이제는 모두 아니 계신다고 생각하니 그분들의 큰 은혜가 내 마음에 더 소중하게 내려앉는다.

　언제나 신실함으로 인생 우정의 행로를 함께 가는 우한용 교수는 더없는 정성으로 이 책의 발문을 써 주셨다. 그에게 고운 빚이 쌓여 간다. 일상을 원고 쓰는 일에 매달려 있어, 무심히 등만 보여 주고 지내왔음에도 늘 너그럽게 보살펴 주는 아내에게는 살아갈수록 미안하고 고맙다. 이번 책은 도서출판 '소락원' 이낙진 대표의 정성어린 채근이 없었다면 세상에 나오기 어려웠을 것이다. 감사를 잊지 않으려 한다.

2024년 4월 초하루
방이동 서재에서
박인기 쓰다.

차례

제 1 강 | 자존의 두 표정, 너그러움과 우월감

금각사(金閣寺) 지붕 위로
내려
쌓이는
눈

호수로 떨어져
흔적 없이 승천하는
눈

삼라의 만상

그 형상의 선(線)을,
그 테두리의 경계를,
그 존재의 예각을

쓰담쓰담 포용하여
누그러뜨리는 눈

― '단상(斷想)' 중에서

애매모호함에 대한 너그러움

1. 이스라엘에 갔었다. 유대인들의 교육에는 도대체 어떤 비법이 숨어 있기에, 정치, 경제, 학술 등 여러 분야에서 세계적인 인물들을 배출해 내는 것일까. 평소 궁금했던 점인데, 마침 총신대 '유대전통교육연구소'의 이영희 교수가 그런 목적으로 이스라엘을 탐방하는 프로그램을 기획하였다. 참여한 일행 중에는 나처럼 이스라엘 영재교육에 대한 연구 차원의 관심을 가진 사람이 있는가 하면, 학교나 기관에서 구체적인 교육 프로그램을 운영하는 사람도 있었고, 특수 목적의 대안학교 설립을 준비하는 사람도 있었다. 모두 유대 사람들에게서 훌륭한 인재를 기르는 묘방을 찾아보자는 생각이었다.

텔아비브 공항을 내리는 순간부터 우리는 만나는 사람마다 이스라엘이 어떤 방식으로 인재를 길러내는지에 대한 질문을 쏟아부었다. 영재학교를 방문하여 우리는 단도직입적으로 물었다. 유대인들이 뛰어난 인재를 길러내는 비법이 무엇이냐고? 그들은 대답했다. 뭐 특별한 방법은 없다는 것이었다. 이스라엘 교육부의 장학관들을 세미나에 불러 질의응답을 했다. 학교가 학생들의 창의를 위해 열려있다는 정도의 대답이 고작이었다. 우리는 좀 답답했다. 그 정도의 답변을 들으러 온 것은 아니었다. 더 구체적으로 답해 달라고 말하면, 그런 특별한 묘방 같은 것이 있는지 잘 모르겠단다. 우리는 확실하고 명료하고 산뜻한 답을 얻어야 하는데…. 정답을 반드시 찾아야 하는데.

예루살렘의 히브리 대학을 방문하여 유대학부 학부장을 맡고 있는 가브리엘 교수를 만났다. 그는 교육학자이기도 했다. 하지만 그도 유대인이 세계적 인재를 길러내는 묘방이 무엇인지에 대해서는 뾰족한 답을 주지 못했다. 우리가 재촉하듯 묻자, 당신들이 생각하는 구체적인 묘방 같은 것은 없다는 것이었다. 그저 유대인이 지구촌 각지에서 오래도록 나라 없이 박해받는 동안에, 적응하여 살아남으려고 하다 보니, 자연스럽게 유대인 수월성이 형성되지 않았을까 생각한다고 했다. 우리는 그다음 날도 여러 사람을 만났다. 그러나 우리가 얻으려는 명쾌한 비결은 얻어내지 못하였다. 우리는 차츰 조바심과 짜증이 나기 시작했다. 우리의 질문도 조금씩 변해 갔다.

"우리도 한국에서 유대인들의 교육 전통에 대해서 대충 알아보고 왔는데, 유대 교육의 비법을 왜 당신들은 잘 모른다고 하느냐. 근면이라든지, 합리적 토론 습관이라든지 왜 그런 것 있지 않느냐. 그런 쪽으로 말씀을 좀 해 주십시오."

"탈무드의 지혜에서 인재 교육의 비방을 찾을 수 있지 않겠습니까?"

"유대 시오니즘의 선민(選民)사상이 인재 엘리트를 키우는 비결이 아니었을까요?"

마치 우리가 그 비결을 이미 알고 있고, 그것을 유대 사람들에게 강압적으로 시인하게 만들려는 것 같았다. 그들은 한결같이 '글쎄요'하는 태도로 유보적 자세를 취했다.

저녁에 호텔로 돌아오며 나는 생각했다. 옛날 관아에서 고을 원님이 죄인을 문초할 때 단골로 사용하던, "네 죄를 네가 알렷다" 하는 물음이 생각났다. 우리는 이 물음의 방식처럼 유대 사람들에게 그들의 수월성 교육 비법을 묻고 있는 것이었다. "너희 수월성의 비법을 네가 알렷다! 어서 고하지 않고 무얼 하느냐"하는 식으로 묻고 있었던 것이다. 이런 물음은 내 쪽에서 고정불변의 절대적 정답을 가지고 있을 때, 그래서 더 이상 탐구의 여지가 없을 때, 그럴 때 묻는 방식이다. 억지로라도 명료하지 않으면 안 되는 것, 애매모호한 것에 대해서는 못 참아주고 못 견디는 것, 만약 우리들의 탐구여행에서 유대교육 비법 찾기가 실패했다면 바로 여기에 문제가 있는 것 아닐까. 우리 교육도 바로 이런 문화형의 사고 스타일 때문에 뛰어난 창의적 인재를 길러내는 데에 어려움을 겪고 있는 것은 아닐까 하는 생각을 했다.

2. 이쯤에서 우리가 잘 알고 있는 황희 정승 이야기를 다시 끄집어내어 보기로 하자. 어떤 사람 둘이 심하게 다투었다. 그중 한 사람이 황희 정승을 찾아와 자신이 옳음을 말했다. 황희는 '자네 말이 옳다'고 하였다. 이번에는 상대 쪽 사람이 황희를 찾아와 자신이 옳다고 말하였다. 황희는 이번에도 '자네 말이 옳다'고 하였다.

이 일을 지켜보던 그의 친구가 황희에게 '이쪽저쪽 다 옳다고 하니 그렇게 왔다 갔다 해서야 되겠느냐'고 나무랐다. 그랬더니 황희는 '자네 말도 옳다'고 하였다는 이야기이다.

어느 일면 황희의 행동이 줏대 없는 것으로 보일 수도 있을 것이다. 그러나 그건 행동의 명료함에만 집착했을 때 들이댈 수 있는 잣대이다. 두 사람의 분쟁을 더 확산되지 않게 다독거리고, 싸움의 주인공들이 나중에라도 상대를 역지사지(易地思之)하도록 이끌려는 지혜는 왜 보지 못하는가. 더욱 의미 있는 것은 그런 자기의 심중을 무어라 명쾌하게 변명하지 않는 황희의 태도이다. 그의 친구가 황희의 줏대 없음을 비판했을 때, 그 비판도 옳다고 서슴없이 인정하는 행동이야말로 찬상(讚賞)할 만하다. 애매모호함에 대해서 너그러워질 수 있음으로 해서 얻을 수 있는 것들이 많다.

인간 존재 자체가 원래 애매모호한 속성을 지니고 있고, 우리가 사는 이 세상이란 것도 명쾌한 구석보다는 모호함이 차지하는 구석이 더 많기 때문이다. 그러고 보면 사람이든 인생이든 모르는 것 투성이이다. 그렇듯 세상과 사람의 애매모호한 구석들을 넉넉하게 응시함으로써 다가갈 수 있었던 것이 '황희의 지혜'라는 생각이 든다. 그 지혜가 너그러움의 덕성을 빚어내고 황희의 인성과 사람다움을 만들어 간 것이리라. 또 그런 가치를 안으로 웅숭깊게 품고 있기 때문에, 황희 정승 이야기가 500년이 지나도록 살아 있는 스토리텔링으로 우리 가까이에 있는 것이다.

더러 애매모호함이 비겁한 것으로 비판되기도 한다. 이런 경우는 일관된 애매모호함이 아니어서 그러하다. 자신의 이익과 손해에 따라 어느 때는 명료하다가 어느 때는 일부러 애매모호함을 취하는 경우이다. 이러면 비겁하다는 평을 듣게 된다. 즉, 자신이 어떤 문제에 대해서 분명한 인식 상태에 있음을 본인 자신이 잘 알면서도, 무슨 다른 이해(利害)와 관련해서 애매모호한 입장을 일부러 취하는 것이다. 애매모호한 척하는 것이다.

애매모호함에 대한 너그러움은 '회의(懷疑)하는 정신'으로 나타난다. 너그러움과 이해의 마음으로 어떤 일의 여러 측면을 진중하게 살피려 하면, 애매모호함을 참아서 받아들이는 자리로 나아가지 않을 수 없다. 그래서 마침내 애매모호함을 견디거나 너그럽게 대하는 것이다. 애매모호함에 대한 너그러움은 창의성 자질의 근원이다. 그 너그러움은 말할 것도 없이 좋은 품성의 차원으로 승화된다.

애매모호함에 대한 너그러움의 자세는 모르는 것을 모른다고 자유롭게 말할 수 있는 분위기와 상통한다. 명료함만을 강조하는 데서는 이 점을 기대할 수 없다. 모르는 것도 아는 척해야 인정을 받는 것이 요즘의 세태이다. 면접시험장에서는 이 점이 두드러진다. 공자는 논어에서 진정한 앎을 말한다. '아는 것을 안다고 하고 모르는 것을 모른다고 하는 것이 진정 아는 것이다.' 앎의 자유로움에 대해서 이처럼 잘 말하기도 어렵다.

학생들의 애매모호함을 용납지 않는 것이 바로 주입식 교육이다. 나 자신의 애매모호함을 용납지 않는 것은 무엇이겠는가. 그것은 나를 세속의 공식으로 밀어 놓고 세속화된 판단을 빠르게 선택

하도록 이끈다. 남들 아는 대로 세상 공식 따라 살면 그만이지, 골치 아프게 살지 말자. 여기가 바로 애매모호함을 견디려는 노력과 결별하는 지점이다. 창의성도, 인간미도, 탐구적 진지함도, 순정성도 여기서부터 작별하는 것이다.

애매모호함에 대해서 너그럽지 못하면 회의(懷疑)가 생기지 않는다. 어떤 일을 할 때, 사람을 수단으로 다루면 별다른 회의가 없다. 애매모호함의 상황과 소지가 발생하지 않는다. 그러나 사람을 수단으로 대하지 않고 목적으로 대하면, 일의 과정마다 매듭마다 무언가 더 두고 생각해야 하는 것들이 생긴다. 더 두고 생각한다고 해서 명쾌한 묘방이 떨어지지지도 않는다. 일이 지지부진할 수 있다. 그러나 최종적으로 사람을 얻을 수 있다.

회의가 없는 행동이 과감할지는 몰라도, 그래서 무언가 시원스레 해결해 낸 듯이 보일지는 몰라도, 바로 그 문제는 해결되었을지 몰라도, 이때까지 없었던 새로운 문제 몇 개가 다시 생겨난다. 실제로 그런 경우가 많다. 단기간에 업적을 많이 낸 리더가 떠나고 난 뒤에 사고가 많이 생기는 경우가 드물지 않다. 사람들은 후임자의 불운으로만 보다가, 전임자의 오류인지는 한참 뒤에 깨닫는다. 무엇이 해결이고 무엇이 문제인지를 유장하게 볼 수 있어야 한다.

3. 일찍이 미당(未堂) 서정주 시인이 팔순 인생 어느 지점에서 이렇게 말했다. '이 나이가 되도록 여전히 모르겠다 싶은 것들 많지마는 그중에도 정말 모르겠다 싶은 것은 열여덟 가시내(계

집아이의 방언) 마음이더라.' 생각해 보면, 열여덟 아가씨의 마음에 해당하는 것이 세상에는 많다. 더구나 아직 팔순은커녕 살아온 날이 얼마 되지 않은 사람들에게는 애매모호한 것들이 얼마나 많겠는가. 기이하게도 젊은 시절에는 세상일을 다 알 것 같고 다 할 수 있을 것 같은 마음이었다. 나이가 들수록 내가 모르는 것이 많다는 것을 절감한다. 더불어 내가 할 수 있는 일이 줄어든다는 것도 실감한다. 그러니, 애매모호한 것들에 사랑이 간다.

세상이 확실한 것들로만 되어 있어서 모든 것이 명쾌하게만 설명된다면 얼마나 좋으랴. 그러나 잠시 생각을 뒤집어 보면, 이런 세상이야말로 실로 따분하고 재미없는 세상인지도 모른다. 모든 것이 정답 시스템으로 작동하지 않겠는가. 그러니 한 치 오차도 없는 기계적 프로세스로 세상일이 굴러갈 것 아니겠는가.

연애든 살림살이든 공부든 애매모호한 것이 모두 사라지고 명약관화한 것들만 우리의 일상을 기다리고 있다면, 그런 연애가 무슨 재미가 있으며, 그런 살림 경영이 무슨 보람이 있으며, 그런 공부가 무슨 창의를 낳을 수 있으랴. 그런 세상에 탐구와 사색은 무슨 필요가 있을 것이며, 도전과 창의는 싹이 생겨날 틈조차 있겠는가. 그러니 새로운 가능성을 꿈꾸는 인간의 소망과 의욕을 누가 소중하다고 격려해 줄 것인가.

지금 애매모호해 보이는 것, 앞뒤가 맞지 않아서 모순투성이로 보이는 것에 대해서 조금은 너그러워지는 것도 좋으리라. 무릇 사람들의 창의 마인드가 여기에서부터 비롯되는 것이다.

"그럴 수도 있지"

1. '너무도 올바른 이야기'는 문학이나 영화가 될 수 없다. '너무 당연한 이야기'도 문학이나 영화가 될 수 없다. 아무런 흠결이 없는 사람의 이야기도 그렇다. 좋은 문학이나 영화 이전에 일단 재미가 없다. 인물들은 훼손되지 않고, 인물이 겪어가는 사건은 아무런 모순이 없는, 그런 이야기는 이야기가 될 수 없다. 이런 소재로는 아무리 위대한 작가가 이야기를 만들어도 이야기의 맛이 살아나지 않는다. 감동이 없기 때문이다. 감동 없는 이야기는 소통되지 않는다. 소통되지 않는 이야기는 죽은 이야기이다. 이야기에 도덕적 규범을 너무 강하게 담으려 하면 그렇게 되기 쉽다. 주인공 인물을 지나치게 미화하여 교훈을 주려고 하는 데만 치중한 위인전 이야기는 솔직히 재미가 없지 않은가.

가령 여기 잘 생기고, 착하고, 예절 바르고, 정의감 강하고, 규범을 잘 지키고, 이성을 사귀면 일편단심 변하지 않는 어떤 청년이 있다고 하자. 그리고 이 청년 못지않게 착하고, 인물 좋고, 마음씨 곱고, 지혜롭고, 곧은 절개의 심성을 지닌, 참으로 바람직한 여성이 있다고 해 보자. 이 두 남녀가 서로 사랑을 하여서, 서로에게 정성을 다하여 사귐을 이어갔다. 사랑을 방해하는 경쟁자도 없었다. 마침내 주변의 축복을 받으면서 결혼식을 올리게 되었다.

이런 이야기를 소설이나 영화로 만들었다면(만들려고 하는 작가도 없겠지만), 분명히 실패작이 될 것이다. 사람 사는 이야기라기에는 너무 밋밋하고, 너무 기복이 없는 이야기, 만사가 잘 굴러가기만 하는 이야기, 그래서 인생살이의 갈등이나 긴장이나 고뇌 같은 것이 없다. 운명이 가져다주는 모순 따위는 느껴 볼 틈도 없는 이야기이다.

이야기에 감동이 살아나지 않는 이유는 이야기에 '사람 같은 사람'이 없기 때문이다. '사람 같은 사람'이란 훌륭한 사람 따위를 일컫는 말은 아니다. 현실의 나를 향해 말을 걸어오는 사람, 아니면 내가 그를 향해 말을 걸고 싶은, 응당 현실에 있을 법한 사람을 뜻한다. 그러니까 현실의 나처럼 결핍도 많고, 내면의 상처도 있고, 욕망도 있고, 좌절도 있고, 갈등도 있고, 그러면서도 지향(志向)과 포부도 있는 사람이다. 리얼(real)한 존재로서의 사람을 말한다. 독자인 내가 연민과 저항을 강하게 느낄 수 있는, 그런 인물이 이야기 안에 있어야 한다. 연민과 저항은 이야기 속 인물에 대한 적극적인 공감(empathy)의 발로이다. 이 공감이 감동의 원천을 이루는 것임을 다시 강조할 필요는 없을 것이다.

2. 세계적 명작은 '문제적 인물(問題的 人物)'을 보여 주는 데 성공한 작품이라 할 수 있다. 문제가 없어 보이는 인물로는 좋은 작품을 창작할 수 없다. 문제적 인물을 통하지 않고서는 이 복잡하고 이해 불가한 세계를 그려낼 수 없기 때문이리라. 문제적 인

물에 대한 비평적 정의가 따로 있지만, 나는 '너무도 인간적인 인물'이라고 말하고 싶다. '인간적'이란 말이 품고 있는 뜻은 참으로 오묘하다. 인간적이라고 말했을 때, 그것은 사람이기 때문에 가질 수밖에 없는 온갖 한계와 약점을 지닌 특성을 말한다. 작가는 이를 너그럽게 긍정하는 데서 비로소 작품을 구상하는 것이다. 적극적 독자 또한 그런 태도를 견지하며 명작에 다가간다.

인간은 불완전한 존재이다. 그 불완전함을 아는 자는 나 아닌 타자의 인간적 불완전함을 단죄하듯 나서지 못한다. 단죄는 신의 영역인지도 모른다. 단죄하듯 나서지 못하기 때문에 그래서 다시 인간적인 자리로 돌아오는 것이라고나 할까. 오로지 아프게 공감할 뿐이다. 그 공감이 문학과 예술의 역할인지도 모른다. "너희 중에 죄 없는 자가 (죄를 범한) 이 여인을 돌로 쳐라"라고 말했던 예수의 말은 우리로 하여금 인간의 불완전성을 깨우치며, 새로운 차원의 도덕을 발견하게 한다. 이렇듯 불완전한 인간을 단죄하지 않고, 오히려 공감으로 다가갈 때, 생의 감동이 우리 안에서 오래 울림으로 퍼져온다.

톨스토이의 소설 가운데 예술적 완성도가 높다는 평가를 받는 작품 《안나 카레니나》를 주목해 보자. 아름다운 귀족 부인이지만 부정한 사랑으로 빠져들어, 인생을 파멸로 이끌어, 마침내 자살하는 주인공 안나 카레니나의 인간적 아픔과 몰락이 안쓰럽다. 안나는 삶을 불꽃처럼 연소시키며, 자신의 욕망과 애정을 향하여, 모든 것을 버리고 브론스키 백작에게로 나아갔을 때, 우리는 그녀를 어디까지 비난할 수 있을까. 아니 어디까지 옹호할 수 있을까.

빅토르 위고의 《레 미제라블》에서도 우리는 문제적 인물들을 응시할 수 있다. 도둑이었다가 자선가가 되기도 하는 장발장에 대해 어떤 간절한 염원을 품어보는 것은 작가가 독자에게 기대하는 인간 정신인지도 모른다. 문학은 어떤 인간을 쉽사리 부정하지 않도록 한다. 서서히 깨달아 가게 한다. 장발장을 19년간 감옥에 살게 하고, 출소 이후에도 단죄의 자리에서 추적하는 자베르 경감이나, 장발장의 은촛대 절도를 끝까지 감싸주는 신부님이나, 대조적임에도 불구하고, 그 둘을 다 인정해 주고 싶은 마음은 어디서 오는 힘일까. 사람을 오래 응시하면 그리될 수밖에 없는 것 아니겠는가.

좋은 작품은 인간을 결과론적으로 재단하지 않게 한다. 결과에 의한 재단은 법이나 행정의 영역에서 행해지는 것이다. 교육이나 예술의 영역에서는 인간을 과정에 기대어 살핀다. 좋은 작품은 인간의 삶에서 깊은 동기와 오랜 과정을 숙려하게 한다. 그래서 우리들의 마음 저 깊숙한 곳에서, 사람을 보는 인식, 사람의 행위를 읽어내는 지혜를 기르게 한다. 그것은 '인간성에 대한 넉넉한 긍정'이라 할 수 있을진대, 아이들이 항용 쓰는 쉽고 다감한 구어적 표현으로 바꾸어 보았다. 바로 이 표현이다.

"그럴 수도 있지."

3. 선생님이 된 제자들이 봄 방학에 나를 찾아왔다. 선생님이 된지 2년에서 5년 된 젊은 교사들이다. 제자 선생님들이 겪는

교단의 애환들이, 내가 데리고 간 식당 식탁의 음식들보다 훨씬 더 풍성하고 다채로웠다. 물론 좋은 이야기만 있는 것은 아니었다. 힘든 학생이나 무례하기 그지없는 학부모를 만나, 험한 사태들을 헤쳐 나가는 이야기를 듣는 동안에는 안쓰러웠다. 그러나 그보다는 밝고 활기차고 의욕을 불러일으키는 이야기들이 더 많았다. 밝음으로 어둠을 이기자고 했다.

경기도 어느 신도시의 신설 학교로 발령을 받아 간 나의 제자 이은채 선생님이 내게 말했다. "교수님, 우리 반 급훈이 무엇인 줄 아세요?" 나더러 정말 맞추어 보라고 하는 말이 아닌 줄은 알았지만, 그녀가 학교 다닐 때, 부지런히 책을 읽고 여행 경험을 쌓았던 것을 떠올리고는 "자네, 독서와 여행 좋아했으니 '책을 읽자, 세상을 읽자' 뭐 이런 것 아닐까"라고 말했다. 그랬더니 그녀가 한 말은 의외로 상큼하고 산뜻하여 그야말로 내게는 참신한 충격을 주는 것이었다. "교수님, 우리 반 급훈을 '그럴 수도 있지'라고 지었어요. 저 혼자 정해서 일방적으로 올려놓은 것이 아니라, 학생들도 논의 과정에 충분히 참여하게 하였어요."

"그럴 수도 있지, 그래 그럴 수도 있지." 나는 그녀 학급의 급훈을 두어 번 입안에서 중얼거려 보았다. 그리고 생각했다. 아, 이게 범상한 급훈이 아니다. 그녀로서도 어찌 뜻한 바가 없었을까. 이은채 선생님이 이야기를 덧붙였다.

"아이들이 전부 자기 위주로 자라고 키워졌어요. 사소한 일에도 양보가 없고, 친구들을 이해하지 않으려 드는 겁니다. 부모들의 경쟁 이데올로기가 아이들에게도 그대로 나타나요. 걸핏하면 욕하고 비난하고 싸우고, 그 싸움이 커져서 엄마들 싸움이 되고, 그러다가 어느새 감정이 거칠어져서 아무 일도 아닌 것이 학교 폭력으로 제기되고, 그 과정에서 선생님들이 겪는 고초는 이루 말할 수가 없어요. 친구들의 결함이나 불완전함을 조금만 너그럽게 봐주면 얼마든지 예방될 수 있는데 말이지요. 그럴 수도 있지는 친구의 결점 사랑하기라고나 할까요. 교사인 저부터 학생들이 무언가 잘못하면, 그럴 수도 있지라는 말로 응대했어요. 공부가 뒤지는 아이를 무시하는 분위기가 있으면 교사인 제가 그럴 수도 있지라고 말해요. 아이들에게도 따라주기를 바랐지요. 너그럽고 이해심이 많은 자신을 스스로 대견스럽게 여기도록 하는 데까지 이르도록 했어요. 우리 반은 싸움이 없는 반이 되었어요. 자기들이 여덟 시까지 등교할 테니까 선생님도 수고스럽지만 8시까지 오셔서 재미난 이야기를 해 달라는 겁니다."

   제자 선생님의 이야기에 나는 몇 번씩 감동이 밀려왔다. 생각해 보니 이은채 선생이 교육대학교 2학년 때, 토론식으로 진행했던 나의 강좌 '창작과 비평'의 풍경이 어렴풋하게 떠오른다. '인간 이해의 연습'이란 부제를 달았던가.

우월감, 그리고 도덕적 우월감

1. 여러 해 전에 유행한 노래 중에 '내가 제일 잘 나가'라는 노래
가 있었다. 걸그룹 2NE1이 부른 노래다. 노래와 뮤직비디오
모두 한때 최고의 인기를 누렸던 노래다. 노래 제목 그대로 음원이
공개되자마자 주요 음원 차트 1위를 휩쓸었다. 가사가 좀 유치한
듯해도, 이것이 대중들에게 어필한 것 같다. 일부를 소개해 보자.

> 내가 제일 잘 나가 (×4)
>
> 누가 봐도 내가 좀 죽여주잖아
>
> 둘째가라면 이 몸이 서럽잖아
>
> 넌 뒤를 따라오지만/ 난 앞만 보고 질주해
>
> 내가 제일 잘 나가 (×4)
>
> 내가 봐도 내가 좀 끝내주잖아
>
> 네가 나라도 이 몸이 부럽잖아
>
> 남자들은 날 돌아보고 여자들은 따라해
>
> 내가 앉은 이 자리를 매일 넘봐 피곤해

이런 노래가 유행하게 되는 사회심리학적 요인은 무엇일까. 혹
자는 우리 사회의 경쟁 이데올로기를 반영한다고 말한다. 그런가

하면 개성의 차별적 부각을 중요하게 여기는 젊은이들의 마음에 가닿기 때문이라고도 한다. 그러나 인간의 보편적 욕구 면에서 보면, 자기 존재의 우월감(a sense of superiority)을 자극하기 때문 아닐까 생각한다.

‘우월감’은 일종의 본능이다. 우월감을 삐딱하게 보기로 하면, 무슨 건방진 감정이나 태도가 연상될지 모르겠지만, 미리부터 편견으로 대할 일은 아니다. 우월감은 내가 나를 높이고 귀하게 여기는 마음이다. 우월감이 없으면 자아는 열등감에 지배당한다. 한 조각의 우월감조차 없이 산다는 것은 너무 맥 빠지지 않는가. 우리가 일반적으로 소중하게 여기는 자부심이니 자존감이니 자기효능감이니 하는 것들이 우월감과 모두 사촌, 육촌의 관계를 맺으며 친족으로 살아가는 감정들이다. 이런 것들 없이 바람직한 인간으로 발달하기를 기대하기는 어렵다. 성취동기도 여기서 생기고, 도전과 보람도 여기서 생기고, 더 나은 자아를 향하여 나아가려는 의욕도 여기서 생긴다.

그런데 우월감은 아주 민감한 임계점을 가지고 있다. 아차, 까딱하면 자부심과 자기효능감은 사라지고, 자만심이나 오만함의 영역으로 넘어간다. 영어 단어 ‘pride’는 자부심, 자랑, 긍지, 자존심 등의 좋은 뜻으로도 쓰이지만, 이것이 지나치면 부정적인 뜻으로 넘어간다. 제인 오스틴(Jane Austin)의 유명한 소설 《Pride and Prejudice》에서 ‘pride’는 ‘오만’으로 번역된다. 그래서 우리는 이 소설의 제목을 《오만과 편견》이라는 제목으로 알고 있는 것이다.

이렇듯 우월감이 좋은 에너지로 작동하느냐 나쁜 에너지로 작동하느냐가 결정되는 경계선은 아주 예민하고 민감하다. 술 마시는 사람들은 잘 이해할 것이다. 술을 마시면서 내가 아직 취하지 아니한 수준에 있는 것인지, 이미 취한 수준으로 넘어가 있는지를 스스로 정확히 안다는 것이 쉽지 않다. 마찬가지로 나의 우월감이 건강한 자존감의 수준인지, 아니면 남들이 모두 싫어할 정도의 오만함의 수준으로 넘어갔는지를 스스로 분간하기는 정말 어렵다. 이야기를 여기까지 끌고 오다 보니, 한 가지 재미있는 현상이 주목된다. 이미 취한 사람일수록 '나 취하지 않았어'라고 반복하여 말한다. 주변에서는 그게 바로 술에 취한 증거라고 여긴다. 혹시 우월감도 같은 기진이 작동하는 것 아닐까. 한껏 오만을 드러내면서도, 본인은 알아차리지 못하고 그걸 건강한 자부심 정도로 생각하는 경우가 흔하니 말이다.

2. 우월감에도 종류가 있다. 지식이 많은 사람은 지적 우월감을, 돈이 많은 사람은 경제적 우월감을, 정치적 힘이 센 사람은 권력의 우월감을 가진다. 지식이니 돈이니 권력이니 하는 것은 사람들이 좋아하는 것이기는 하지만, 동시에 세속적 가치를 지니고 있어서, 이런 걸 너무 밝히면 욕을 얻어먹게 되어 있다. 조금의 눈치나 상식이라도 가진 사람이라면 이런 우월감을 적절한 선에서 숨기거나 억눌러 놓는다. 알아도 잘 모르는 척, 돈이 있어도 별로 없는 척, 권력이 있어도 특별히 잘 난 척하지 않는 것이다. 또 그런

처신을 하는 사람을 인정하는 뜻으로 '된 사람'이라고 한다. 우월감이 발휘할 수 있는 미덕은 바로 여기에 있다.

그런데 도덕적으로 우월감을 가진 사람은 자신의 그 우월감을 적절한 선에서 제어하기가 어렵다. 지식이나 돈이나 권력 등은 일정한 정도를 넘어서면, 이런저런 폐해가 생기고 사람들의 지탄을 받기에 이르지만, 도덕성은 아무리 많아도 그 자체로는 나쁠 일이 없기 때문이다. "당신은 도덕성이 너무 많아요! 그러니 좀 비도덕적이 되시오." 이렇게 말할 수 있겠는가. 도덕성은 많을수록 바람직해진다. 그런 면에서 지식, 돈, 권력 등과는 그 본질이 다른 것이다.

도덕성 자체는 그렇다. 그러나 '도덕적 우월감'의 차원에서 생각해 보면, 여기에도 우월감의 조절은 필요하다. 문제는 지식, 돈, 권력 등의 우월감은 조절이 비교적 유연한 데 비하여, 도덕적 우월감은 조절이 쉽지 않다는 데에 있다. 생각해 보자. 우월감은 상대 쪽의 열등감을 바탕으로 형성되는 것이다. 지식, 돈, 권력 등에서 우월감을 가진 사람은 그 부문에서 열등감을 가진 사람과 관계를 가지는 상황에서 구체적인 우월감을 맛보거나 행사한다. 우월감의 행사는 열등한 상대를 업신여겨 욕되게 하는 방식으로 나타난다. 그것이 숨은 감정으로 작동하든 명시적 언어로 표출되든 우월한 쪽에서는 발산하는 모욕의 자질이 들어 있는 것이다. 지식이나 돈이나 권력은 그 우월감 발산이 지나치면 조절을 기대할 수 있다. 상대의 무지와 빈곤과 연약함에 대해서 연민과 공감을 느끼고, 그 과정에서 자기반성에 이르는 사람도 있을 수 있다.

그런데 도덕적 우월감은 도덕적 열등감을 가진 사람들과 일상의 인격적 관계를 갖는데 어려움이 있다. '동행심리치료'라는 사이트에서 본 가족 상담 전문가들의 고충에서 그러한 예가 잘 드러난다. 외도 한 배우자는 도덕적으로 과오를 저지른 사람이다. 피해 배우자는 외도하지 않았으므로 도덕적 우월감을 지니고 있다. 그런데 이때의 도덕적 우월감은 상대를 심판하는 자리, 상대를 징벌하는 자리로 나아가려 한다. 이해가 아니 되는 바는 아니지만, 인간적 관계를 회복하려는 노력에는 도움이 되지 않는다. 이렇게 되면 이들 부부 사이의 도덕적 우월감과 열등감은 곧장 상하 관계, 갑을관계, 주종관계로 치닫게 되어서 두 사람의 관계를 인격적으로 바라보게 하는 자리로 나아가지 못하게 한다.

3. 도덕적으로 우월감을 가진 사람들은 본인도 모르는 사이에 정의를 자처하며, 심판자의 심리에 빠지기 쉽다. 적어도 그런 유혹에서 벗어나기 어렵다. 부도덕한 사람들을 향해서 준열하다 못해 조롱과 모멸을 가한다. 정의롭지 못한 것들에 대한 심판의 소명을 수행하는 것, 그것은 또 다른 도덕적 우월감으로 자아를 강화시킨다. 독한 말로 꾸짖고 신랄하게 비판 풍자한다. 도덕적 우월감은 자기 권위를 스스로 강화하여 홀로 고답해 있으려 한다. 그런 점에서 도덕적 우월감은 오로지 우뚝 외눈박이처럼 앞으로만 나아간다. 무의식중에도 상대의 도덕적 열등감을 내 마음 안에서 타박

하고 증오한다.

간음한 여인을 유대인들이 율법대로 돌로 쳐 죽이려 할 때, 예수가 말한다. '너희 중에 죄 없는 자가 여자를 돌로 치라.' 도덕적 우월감이 어떤 반성의 기제와 함께 있어야 할지를 보여 주는 대목이다. 도덕적 우월감은 심판자가 되고 싶은 유혹을 정의감으로 정당화한다. 그럴수록 나도 인간이므로 죄를 지을 수 있다는 각성이 도덕적 우월감 속에 함께 있어야 한다.

나는 절대로 오류가 없음을 전제로 남을 정죄하고 심판하여 정의를 실천하겠다는 도덕적 우월성은 위험하다. 중세 십자군의 과오가 그러했고, 오늘날 극단 종교의 근본주의자들 테러가 그러하다. 더욱 위험한 것은 이렇게 자기 최면을 건 도덕적 우월감은 강한 중독성을 가진다. 심리학자들은 말한다. 모든 중독에는 쾌락의 기제가 스며있단다.

엄숙한 정의감으로 강화된 도덕적 우월감만으로는 따뜻한 인간적 유머를 만들지 못한다. 유머는 도덕적 우월감보다는 도덕적 안정감을 가진 사람에게서 나온다. 좋은 유머는 우월감을 내려놓을 때 나온다. 이렇듯 우월감 안에 갇혀 있는 인간의 모순과 한계들을 볼 수 있다면, 이걸 넘어서는 데에도 또한 인간다운 노력이 요청된다. 철학이니 문학이니 역사니 하는 인문학을 진정으로 배우고 가르쳐야 할 이유가 여기에 있지 않겠는가. 타자와 더불어 관계의 너그러움을 기르고, 상대에 대한 시선의 넉넉함을 가진 아름다운 인성의 소유자를 시대가 부른다.

제2강 | 보이지 않는 것을 위하여

박물관의 박물들이
시간을 박제하는 건가
시간의 퇴적이
박물을 박제하는 건가

보이지 않는 시간은
지금 어디쯤 오고 있는가

박물관 뜨락
진달래 옆 대숲 자리
이 무위(無爲)가 좋다.

나는 무심히 그냥 묻는다.
이 봄날 박물관 앞마당 잔바람이
진달래 피우고 흔드는 사연을

- '국립중앙박물관 마당에서' 중에서

길게 보면 다가오리

1. 휴일 오후 아파트 동네에 있는 상가 가게에 들렀다. 건전지 몇 개를 사려고 기웃거리는데, 학용품 코너 쪽에서 좀 이상한 낌새가 느껴졌다. 오십 대 주인아저씨가 2학년짜리 꼬마 아이 하나를 붙들고서 아이의 집 전화번호를 묻고 있고, 아이는 불안한 기색으로 눈물이 그렁그렁하다. 상황을 살펴보니 이 녀석이 장난감 모형 자동차 하나를 훔치려다가 지금 막 주인아저씨에게 딱 걸린 것이다.

나는 주인아저씨를 주목하였다. 주인아저씨는 아이에게 언성을 높이지도 않고, 야단을 치거나 하지도 않는다. 물론 여기 도둑질하는 아이 잡았다고 큰소리로 광고하지도 않는다. 경찰서에 넘기겠다고 겁을 주거나 하지도 않는다. 흔히 그러하듯이 그 아이의 부모를 아이 앞에서 비난하지도 않는다. 아이가 사람들에게 노출되는 것을 최대한 염려해 가면서, 그저 조용조용 아이에게 집 전화번호를 확인한다.

주인아저씨는 아이의 엄마에게 전화를 건다. "영철이 엄마이시지요? 여기 아파트 입구 상가 학용품 가게인데요. 영철이가 우리 가게에서 무언가 필요한 것이 있는 모양인데요, 엄마께서 지금 잠깐 가게로 와 주시겠어요? 와 보시면 알게 됩니다. 곧 오세요." 엄마가 바로 왔다. 주인아저씨는 그제야 영철이가 한 일을 자초지종 차분히 설명한다. 엄마는 한편으로는 아이를 노려보며 한편으로는 주인아저씨에게 무어라 죄송하다고 말한다. 주인아저씨는 아이에게 이제 엄마 따라서 집으로 가라고 한다. 그러면서 엄마에게 당부한다. "아이 너무 심하게 야단치지 마세요. 이런 경험도 나중 인생에 약이 될 수도 있어요." 엄마가 거듭 허리를 굽혀 고마움과 미안함이 뒤섞인 감정을 담아 인사를 한다.

주인아저씨는 '큰사람[大人]'이었다. 논어(論語) 방식으로 말하면 그는 군자(君子)이다. 적어도 나에게는 그렇게 느껴졌다. 주인아저씨는 오늘 자기네 가게에서 있었던 일을 '물건 도난 사건'으로만 보지 않았다. 도난을 당한 주인으로서는 그렇게 보는 것이 당연한 일일진대, 그는 굳이 그렇게만 보지 않은 것이다. 주인아저씨는 오늘 이 일을 '물건 훔친 아이의 인생' 또는 '아이의 생애 발달'과 결부하여 아주 큰 일을 처리한 것이다. 아이의 긴 인생에 결부하여 아이의 바람직한 인생 발달에 연관하여 '길게 보기'로 하고 접근한 것이었다. 만약 이 일을 도난 사건으로만 보게 되면, 아이를 야단치고, 망신 주고, 낙인찍고, 아이 부모에게 항의하고, 변상 요구하고 등등 뭐 이렇게 일은 흘러갔을 것이다. 이후 아이의 인생은 어떻게 흘러가게 될까.

길게 보기 시작하면 평상시에 보지 못하던 것을 포함해서 보게 된다. 그래서 지혜가 생기는 법이다. 길게 본다는 것은 어떤 일의 원인과 결과를 함께 생각하는 것이다. 일 자체만 보지 않고 그 일에 연결된 여러 맥락을 함께 살피는 것이다. 길게 보기로 하면 사건과 더불어 사람을 보게 된다. 길게 보기로 하면 타자만 보는 것이 아니라 그 타자와 상호작용하는 '나'까지도 함께 포함하여 보는 것이다. 길게 보기로 하면 '나'만 보는 것이 아니라 타자까지도 함께 연결하여 보는 것이다. 길게 보기로 하면 현재만 보는 것이 아니라 과거와 미래를 동시에 보는 것이다. 아이는 오늘의 경험에서 무엇을 얻게 될까. 기대하기로는 '관용'의 아름다움을 배울 수 있다면 좋겠다. 아이들의 발달을 보는 데야말로 '길게 보기'의 눈이 필요하다.

2. 인터넷에 본 이야기이다. 한 아버지가 여섯 살짜리 아이를 옆자리에 태우고 가다가 신호 위반으로 교통 단속원에게 걸리고 말았다. 아버지는 차를 세우고 운전면허증과 그 밑에 만 원짜리 몇 장을 살짝 감추어 건네주었다. 말하자면 은밀하게 뇌물을 준 것이다. 이런 식의 뇌물에 익숙해 있는 단속원은 아무 일도 없었다는 듯 벌금을 물리지 않고 그를 그냥 보내 주었다. 아이가 아버지에게 물었다. "아빠 왜 저 아저씨에게 돈을 주는 거에요?" 아버지가 대답했다. "괜찮다, 얘야. 다들 그렇게 한단다."

아이가 대학생이 되었다. 과일가게에서 방학 동안 아르바이트를 하게 되었다. 주인은 싱싱한 과일은 상자 윗부분에 잘 보이게 놓고 오래된 과일은 싱싱한 과일 아래에 숨겨 두었다가 손님에게 팔 때는 모두 싱싱한 과일인 것처럼 끼워 파는 방법을 가르쳐 주었다. 대학생은 이렇게 팔아도 되는 거냐고 물었다. 주인이 대답했다. "괜찮아, 다들 그렇게 해서 과일을 판단다."

마침내 아이도 어른이 되었다. 회사원이 되었다. 회사 경리 장부를 고쳐서 회사 공금을 꺼내어 썼다. 횡령한 돈으로 상관들에게 뇌물을 건네기도 하였다. 곧 들통이 나서 그는 재판을 받고 교도소에 수감되었다. 아버지가 면회를 와서 아들을 나무랐다. "아이고 이놈아, 넌 도대체 누굴 닮은 거냐!" 아들이 대답했다. "괜찮아요, 아버지. 다들 그렇게 해요. 전 재수가 없어서 걸린 거뿐인걸요."

'길게 본다'는 것은, 세상사든 개인사든 원인과 결과의 큰 흐름을 보는 것을 말한다. 길게 크게 보지 못하면서 치밀하게 본들 무엇하겠는가. 원인은 제쳐두고 결과에만 눈을 바짝 들이대고 나 빠져나갈 궁리만 하는 소인배를 면할 수 없다. 길게 보는 눈을 가졌을 때 비로소 진정한 반성의 자리에 설 수 있다.

큰 흐름으로 원인과 결과를 볼 수 있을 때, 문제를 제대로 보고 우리 사회의 병폐들을 제대로 본다. 길게 보는 사람은 원인을 거슬러 보고 마침내 자신의 부끄러움을 보는 사람이다. 길게 보지 못하는 사람은 결과에만 매달려 자신의 과오를 보지 못한다. 그걸 괜찮다고 강변하는 사람이다. 나쁜 인과(因果) 속에 있는 나를 볼 수 있으면 자신을 스스로 나무랄 수 있다. 길게 보지 못하면 사소한 것에 목숨 건다. 교통 단속원에게 뇌물을 주는 일, 과일의 품질을 속여 파는 일, 그리고 회사 공금을 횡령하는 일이 곧 사소한 것에 목숨을 거는 일이다. 이것이 이해되지 않으면 아직도 나는 '길게 보기'의 마음을 얻지 못한 사람이다.

3. 길게 보기로 작정하고 보면, 세상의 이치가 큰 모순 없이 보이기도 한다. 크게 볼 때 그렇다는 것이다. 공평하지 못하고 균형을 이루지 못한 것처럼 보이던 것도, 그것을 보는 프레임을 더 확장하여 본다든지, 더 길고 큰 인과의 법칙을 적용해 본다든지 하면 균형과 공평함 같은 것이 내 눈에 들어올 때가 있다. 그러니 작고 사소한 것에 목숨을 거는 일은 얼마나 어리석은 일이란 말인가. 길게 보기로 마음먹는다는 것은 세상의 섭리를 발견해 가는 과정이기도 하다. 길게 보기로 해서 마침내 세상 섭리가 보이기 시작하면 그때는 그 누구도 모르는 '나만의 웃음[獨笑]'을 웃을 수 있을 것이다. 그런 깨달음의 경지를 다산(茶山) 정약용(丁若鏞)은 그의 시 '홀로 웃다[獨笑]'에서 보여준다.

양식 많은 집은 자식이 귀하고
有粟無人食(유속무인식)
아들 많은 집은 굶주림을 걱정한다
多男必患飢(다남필환기)
높은 벼슬아치는 꼭 어리석고
達官必憃愚(달관필창우)
재주 있는 사람은 재주를 펼칠 길이 없다
才者無所施(재자무소시)

완전한 복을 갖춘 집 드물고

家室少完福(가실소완복)

지극한 도는 늘 쇠퇴하기 마련이네

至道常陵遲(지도상릉지)

아비가 절약하면 아들은 방탕하고

翁嗇子每蕩(옹색자매탕)

아내가 지혜로우면 남편은 바보이다

婦慧郎必癡(부혜랑필치)

보름달 뜨면 구름이 자주 끼고

月滿頻値雲(월만빈치운)

꽃이 활짝 피먼 바람이 불어대시

花開風誤之(화개풍오지)

세상 일 모든 이치 다 이와 같으니

物物盡如此(물물진여차)

나 홀로 웃는 까닭 아는 이 없어라

獨笑無人知(독소무인지)

-홀로 웃다[獨笑], 정약용

　경지가 여기에 이르면 편향의 세상은 없다. 세상 자체가 일종의 공평의 질서 위에 흘러가는 느낌을 아니 가질 수가 없는 것이다. 옛사람들은 아비가 벼슬이든 재물이든 이루는 것이 많으면 자식이 장차 이룰 것을 미리 빼앗아 그렇게 되는 것이라 하며, 아비 세대의 과도한 성취를 경계했다. 또 반대로 아비의 성실한 노력에도 불구하고 이루어 내는 바가 박하면 그것이 곧 후대 자식들이 누릴 복이 많게 될 징조라고 하며 위안으로 삼았다. 길게 보는 인식론에서 힐링(healing)의 지혜가 생겨남을 알 수 있다. '길게 보기'는 우리의 사람됨을 성숙하게 끌어 올린다.

프레임

————

1. 결혼식을 마친 젊은 아들이 아버지에게 불만 섞인 요구를 한다. 요구의 내용은 이러하다. 결혼식 축의금으로 들어온 돈을 자기에게 달라는 것이다. 젊은 아들은 논리적으로 말한다. 축의금은 기본적으로 자기가 결혼을 했기 때문에 들어온 돈이라는 것이다. '결혼'이라는 원인 행위가 없었으면 축의금 자체가 발생하지 않는다는 것이 그의 생각이었으리라.

아버지가 말한다. 오늘 축의금을 내어 준 많은 분들은 아버지의 친구나 지인들이다. 적어도 아들 친구보다는 훨씬 더 많았다고 말한다. 아버지는 말한다. 나도 내 친구들 자녀의 결혼식에 축의금을 내어 왔고 또 앞으로도 그렇게 해야 할 친구들이 많다. 그렇기 때문에 오늘 들어온 축의금은 사실 이미 내가 친구에게 축의금으로 내었던 돈의 갚음이고, 또 자녀 혼사를 앞둔 친구들에게는 앞으로 갚아야 할 돈이다. 그러니 이 축의금은 내가 관리할 수밖에 없다고 설명을 하는 것이리라.

아버지는 덧붙여 말한다. 아들의 결혼을 준비하기 위하여 아버지가 지출한 경비를 소상히 설명한다. 아들과 며느리가 신혼을 꾸리고 살 집을 구하기 위해서 얼마를 지출했고, 그 과정에서 은행 돈을 얼마를 빌렸고, 오늘 예식장 경비만 해도 상당하다. 축의금을 다 모아도 결혼 경비를 감당하려면 어림도 없다는 이야기를 한다. 아버지는 자신이 이 결혼식을 관장하여 감당해야 하는 주인, 즉 혼주(婚主)임을 강조하면서 혼주의 어려움을 호소한다.

그러자 아들은 아버지에게 말한다. 자식으로서 이렇게 말씀드리기가 상당히 미안하다는 전제를 달았지만, 말을 한다. 그 정도야 부모님이라면 응당 해주셔야 하는 것 아니냐고 말한다. 아버지는 아들이 너무 자기중심으로 말하는 것 같아서 마음이 좀 상하지만, 내색하지 않고 듣는다. 아주 틀린 말은 아니기 때문이다. 축의금 가지고 이런 궁색을 떨지 않을 정도로는 돈을 벌어 두었어야 했는데…. 슬그머니 자괴감이 생긴다.

아버지가 방어하지 않고 들어주는 형색이 되자, 아들은 다시 축의금 분배를 재촉한다. 그러나 한 발짝 양보한 자세이다. 몽땅 달라던 것에서 살짝 물러섰다. 그러면 저도 제 친구들이 내어 준 축의금은 나중에 제가 다 갚아야 하는 것이니까, 오늘 들어온 축의금 중에 제 친구들이나 제 지인들이 낸 축의금만은 따로 뽑아서 제게 돌려주시면 어떨까요? 논리적으로 빈틈이 없는 제안이다. 아버지는 마음이 쓸쓸하고 허전하다. 그렇게까지 자기 것을 다 챙겨가야 하나. 야박하다는 느낌이 가시지 않는다. 아버지 형편에 대한 자식의 몰이해가 아프다. 문득 사람 사는 일의 순리는 무엇인가 하는 생각이 든다.

2. 아버지는 고민한다. 자식의 요구나 소망도 그 나름으로 타당한 것이다. 자식인들 돈이 있다면 그런 요구를 내게 하겠는가. 그런데 시간이 지날수록 더 깊은 고민으로 자리 잡는 것이 있다. 정작 아버지가 문제 삼고 싶은 것은 당장 아들에게 제 몫의 축의금을 나누어 주고 말고 하는 것에 있지 않았다. 아들 대로의 사고방식을 가지고 살아나가면 그 인생은 어떻게 되는 인생일까. 아들이 '생각하는 틀'을 그대로 강화하면서 산다면 아들은 행복할까 하는 생각이 드는 것이었다. 아버지는 그래서 사람 사는 일의 순리는 무엇인가 하는 생각을 하는 것이다.

한참 지나서 아버지는 아들을 불러 앉혔다. 아들의 생각이 무리한 주장이 아님을 인정했다. 그리고 이 결혼 행사의 구도 안에서만 보면 아들의 축의금 배분 주장은 일견 타당한 것임을 인정했다. 그런데 인생이란 '결혼'으로만 다하는 것이 아니라 그 이후의 여러 다른 인생사들과 연속성을 이루는 것임을 보자고 했다. 물론 그 연속성 안에는 자식인 너와 아비인 내가 맺고 있는 '관계'도 마찬가지로 연속되는 것임을 말한다.

아버지가 아들에게 물었다. "얘야, 오늘 네가 결혼하는 일로 인해서 내가 이 결혼 행사의 주인이 되는 혼주(婚主) 역할을 했구나. 그런데 아들아, 언젠가 나의 일로 네가 이 아버지 행사의 주인이 되는 역할을 감당해야 할 때가 있을지를 생각해 보아라. 그런 때가 있겠느냐?" 아들이 곰곰이 생각하더니 답을 했다. "언젠가 아버지가 돌아가시면 제가 그 장례 행사를 감당하는 상주(喪主)가 될 것입니다." "그렇구나, 네 말이 맞구나!" 아버지가 아들을 오래 쳐다보았다.

아버지가 길게 이야기하였다. "네가 내 장례식 때 상주 될 날을 떠올릴 수 있으니, 이제 내 말을 더 잘 이해할 수 있겠구나. 내가 죽어 네가 상주로서 장례를 치르면 부의금이 들어올 것이다. 그 부의금은 내 죽음 때문에 가져오는 돈이니 그 돈의 임자는 나다. 비록 죽어서 의식이 없다고는 해도 그 돈은 내 것으로 보는 것이 마땅하다. 그러나 상갓집의 부의금을 그렇게 해석해서 죽은 아버지 몫으로 처리하는 경우는 없다. 그것은 으레 상주의 것이다. 그것이 순리이다. 우리가 공연히 '혼주다. 상주다' 하는 이름으로 혼례나 장례의 주인 역할을 하느냐. 그 순리를 감당하라고 주인 역할을 맡는 것이다. 그래서 자식 혼사에는 대체로 아버지 친구들의 부조금이 주류를 이루고, 아버지 장례식에는 아들 친구들의 부조금이 주류를 이룬다. 이 점을 잘 살피는 것도 인생사 큰 흐름의 순리를 좇는 것이라 할 수 있다."

아들이 깨달음이 있었던 듯 설득이 된 표정으로 말한다. "아버지 말씀에 더 큰 합리성이 있는 것 같습니다." 아버지는 말을 잘 들어준 아들이 고맙다. 마음이 한결 편안해진다. 오늘 내 결혼식의 프레임에 갇혀서만 보면, 아버지가 쥐고서 내게는 주지 않는 축의금이 불합리해 보일 것이다. 그러나 다시 인생이 흘러 먼 훗날 아버지의 장례식 프레임에 들어가 보면 또 다른 이해의 지평이 열리기도 한다. 오늘 내 결혼식의 축의금과 먼 훗날 아버지 장례식의 부의금이 길고도 면면하게 이어지는 연속성 위에 있는 것이다.

그런데 옛날에는 대체로 상주를 먼저 경험하고 혼주를 나중 경험했다. 부모님 돌아가시고 자녀들 결혼시키는 순서가 많았다. 요즘의 고령화 사회에서는 혼주를 먼저 경험하고 상주를 경험하는 편이다. 결혼에 임하는 젊은이들이 혼주 경험을 한다는 것은 논리적으로 불가능하다. 그러나 상주 경험은 가능할 수 있다. 어린 나이에 상주를 경험하고, 부모 없이 결혼식장으로 걸어가는 젊은이들의 대부분은 이렇게 생각한다. 돈 못 버는 아버지면 어때! 그냥 이 자리에 존재하기만 해도 좋을 텐데, 우리 아버지는 왜 그리 일찍 세상을 떠나셨단 말인가! 아버지 대신 결혼 당사자인 아들 본인이 혼주 체험을 한다. 그 대리 체험 과정에서 나오는 각성의 독백이리라. 어쨌든 혼주 경험과 상주 경험은 서로 그렇게 경험적 보완을 하여 사람 사는 인생사의 총체성을 터득해 나가게 한다.

3. 프레임이란 '틀'을 말한다. 틀 하게 되면 뼈대나 구조를 떠올리게 된다. 자동차의 외형 틀을 두고 프레임이라고 한다. '이 자동차는 프레임이 약하다'하고 말하는 경우가 바로 그거다. 그런데 이 프레임이란 말이 사람의 '생각의 틀'을 나타내는 데도 쓰인다. 즉, 어떤 사람이 어떤 일을 경험하면서 그 경험에 자기의 생각을 매겨 넣는 방식을 프레임이라 한다. 그래서 프레임은 '마음의 창'이라고도 한다. 그 창으로만 세상을 보려고 하기 때문이다.

어떤 사람에게 프레임이 형성되면 그는 이 프레임으로 어떤 현상을 해석하려는 경향이 있다. 그래서 누구나 자신의 프레임에서 벗어나기 어렵다. 프레임이 다르면 해석이 다르다. 그래서 다른 프레임을 공유해 보려는 노력이 중요하다. 아버지의 프레임과 아들의 프레임이 충돌하지 않고 적절하게 자기 자리를 내어 주는 것에서 세대 간 갈등을 극복할 수 있는 지혜가 생긴다. 혼주의 프레임과 상주의 프레임이 서로 어떻게 연결되는 것인지를 깨닫는 대목, 그 대목이 바로 길고 그윽한 인생살이의 지혜와 묘미를 터득하는 지점이다.

"없을 때 잘해"

1. 모임이 있었습니다. 몇몇 가정이 모인 자리입니다. 아버지의 절친들로 이루어진 모임입니다. 아내들과 아이들도 함께 자리한 모임입니다. 웃으며 담소하고 덕담을 서로 챙깁니다. 참 보기 좋습니다. 음식을 함께 하며, 공동 관심거리를 대화로 나누고, 서로의 살아가는 형편들을 이야기합니다. 형편에 따라 자랑하고 싶은 마음이 번지는 쪽도 있지만, 남의 자랑에 공연히 위축되는 쪽도 물론 있습니다.

모임에 데리고 온 자녀들은 저희끼리 친구가 되어서 잘 어울립니다. 그런 아이들을 바라보며 부모들은 자녀들 이야기를 합니다. 자녀 이야기는 해도 해도 끝이 없는 서로의 공통 관심사입니다. 걱정인 듯 자랑이 섞이고, 자랑에 숨어 있는 걱정들이 불쑥불쑥 얼굴을 내밉니다. 교양과 체면이 격조 있게 살아 있습니다. 모임의 분위기는 친목과 화평입니다. 그 누구를 민망하게 하는 말들은 발붙일 데가 없습니다. 모임이 무르익고 친교의 분위기를 북돋우는 말들도 나옵니다. 얼마나 좋은지요.

모임이 끝났습니다. 서로 아쉬운 작별 인사를 나누고, 각자의 차를 타고 집으로 돌아옵니다. 아이들은 오늘 알게 된, 다른 집 아이들에 대한 친근감이 너무 자연스럽습니다. 우호적 감정이 생겨서 기분이 좋습니다. 이런 날이 자주 있으면 좋겠다고 생각합니다. 아이들은 친밀과 화목이 주는 따뜻함을 가슴으로 느낍니다. 뒷날 그것이 덕성의 일종임을 깨닫겠지요. 그 덕성의 매력을 오늘 몸으로 배우는 것입니다. 좋은 모임이었습니다.

이제 집으로 가는 길입니다. 이제 '그들'은 없습니다. 조금 전까지 함께 있었던 '그들'은 없습니다. '그들'은 없고, 이제 우리만 있습니다. 우리끼리만 있는 것입니다. 우리끼리만 있으니까 갑자기 편안해지는 느낌입니다. 긴장감 같은 데서 벗어난 듯합니다. 교양과 예절로 무장했던 데서 해방이 되는 느낌입니다.

돌아오는 차 안에서 엄마는 오늘 모임에서 불편했던 일 하나를 불쑥 이야기합니다. 오늘 왔던 사람 중 A 씨의 부인이 은근히 잘난 척을 해서 그걸 참느라 힘들었다고 말합니다. 아빠는 그 사람보다도 B 씨의 부인이 문제였다고 지적합니다. 사는 형편이 다들 비슷한데, 자기네만 유독 더 힘들다는 듯 너무 엄살을 피우는 것 같아서 솔직히 밉상이었다고 말합니다. 이제 '그들'이 없는 우리끼리만 있으니까 뭐 달리 신경 쓸 것 없습니다. 엄마는 아빠 친구들의 옷차림 평가를 합니다. 점수가 후하지 않습니다. 아무개는 감각이 촌스럽다는 평도 하고, 아무개는 비싼 옷을 입어도 태가 나지 않는다고 지적도 합니다. 그러다 불똥이 아빠에게로 튑니다.

"당신도 패션 감각이 없기는 마찬가지야. 그러니 끼리끼리 모이지."

없는 사람들에 대한 품평을 늘어놓다 보니, 일종의 쾌감 같은 것이 생겨나기도 합니다. 쾌감의 근원은 우리 마음 안에 있는 악령입니다. 그런데 무언가 싸한 느낌이 듭니다. 그 싸한 분위기와 함께 뒷자리의 어린 딸아이가 엄마에게 묻습니다.

"엄마, 그 사람들 나쁜 사람들이야? 난 오늘 만난 언니 너무 좋던데."

엄마와 아빠는 아차 하고서 놀라지만 이미 지나간 일입니다. 아침마다 아이에게 친구들과 사이좋게 지내라고 하며, 곱디고운 가르침으로 아이를 바르게 기르는데, 오늘 모임에서 돌아오는 차 안에서 내가 아이에게 무얼 가르쳤나 하는 당혹감이 밀려옵니다. 엄마의 이중적인 모습이 아이에게 어떻게 자리 잡을지, 아이가 어떤 혼돈을 겪을지, 얼른 분간이 시지 않습니다.

2. 궁금한 점이 있습니다. 다른 집들은 돌아가는 차 안의 모습이 어떠했을지 하는 것입니다. 그들도 아마 대동소이했을 거라는 생각이 듭니다. 엄마가 아까 '끼리끼리 모인다'고 했던 말도 다시 생각납니다. 하고 싶은 말을 거침없이 다 하는 것이 무슨 대단한 인권이라도 되는 양 여기는 세태입니다. 남의 인권 무시하는 것이 첨단 인권처럼 여겨지는 세상입니다. 하기야 없을 때는 임금님 욕도 한다는데, 그깟 친구들 험담 좀 했기로서니 그게 무슨 대죄라도 되는 거냐고, 있는 데서 한 것도 아니고 없는 데서 한 걸 가지고 뭘 그래! 엄마는 신속하게 자기 합리화를 합니다. 그리고는 엄마에 대해서 혼돈이 생긴 딸아이를 홀깃 다시 한번 돌아봅니다.

좋은 모임을 아주 멋있게 가졌으면, 그걸 그대로 끝까지 잘 살리는 것이 중요합니다. 좀 거창하게 말하면 '덕의 완성'이라고나 할까요. 그런데도 돌아오는 자리에서 우리는 자칫하면 좋은 모임을 망가트리고 싶은 유혹에 빠지기 쉽습니다. 오늘 모임에 숨어 있던 온갖 사소하고 자질구레한 나쁜 장면들이 어쩌면 내 눈에는 그리도 잘 보이는지. 그걸 말하고 싶습니다. 이른바 '뒷담화'의 향연이 벌어집니다.

그래서 오늘 이 모임은 실패한 모임입니다. 망가진 모임입니다. 친근과 신뢰가 그윽한 경지에 가 있는, 그런 모임이라 할 수 없습니다. 좋은 모임은 '그들'과 함께 있을 때는 물론이고, '그들'이 없을 때도 친근과 신뢰가 이어지는 모임입니다. 그런 모임이 현실에서 실제로 있기가 쉽지 않겠지요. 인정합니다. 문제는 그렇게 되려는 노력이 없다는 데에 있습니다. 무심결에 험담을 내놓았다가도 이내 각성하여 반드시 덕담으로 마무리해 주는 정도의 노력이면 충분합니다.

어쨌든 오늘 엄마와 아빠는 엄청나게 큰 것을 잃었습니다. 먼저, 어린 딸에게 신뢰를 잃었습니다. 없을 때는 비방하고 험담하는 것이 당연하다는 것도 가르쳤습니다. 이렇게 몸으로 배운 것의 교육 효과는 오래 갑니다. 엄마 아빠가 깨닫지 못하는 더 큰 상실이 있습니다. 스스로의 사람됨(인격)을 아름답게 고양할 수 있었는데, 그걸 그만 놓쳐 버린 것입니다.

아까 엄마가 한 말이 자꾸 상기됩니다. 끼리끼리 모인다고 했던

가요. 그래요 다른 집이라고 우리와 뭐 다르겠습니까. 그들도 차 안에서 우리 부부를 험담하겠지요. 아차, 여기까지는 생각 못 했는데, 그럴 수 있다고 생각하니, 내 험담의 고약함을 깨달을 수 있습니다. 있을 때 아무리 친하면 무엇합니까. 없을 때 이렇게 질투와 시기의 '뒷담화'가 만발하는데 말입니다.

예언컨대 이 모임은 오래 가기는 어려울 듯합니다. 이 모임은 큰 복 받기는 어려울 듯합니다. 이 모임은 더 친해지면 사소한 것 가지고 싸움이 벌어질 수도 있습니다. 있을 때만 잘하는 척하는 관계로는 친해지는 데 한계가 있습니다. 없을 때 잘해야 진짜 잘하는 것입니다. 아니 없을 때 잘해야 복이 오는 것입니다.

3. 칭찬에도 세 등급이 있다고 합니다. 3등급의 칭찬부터 소개합니다. 여럿이 있는 데서, 막연히 칭찬하는 경우랍니다. 물론 칭찬받는 당사자도 그 자리에 있습니다. 막연히 칭찬한다는 것이 무엇일까요? 칭찬의 구체적인 내용이 없다는 것입니다. 립 서비스(lip service)일 수 있습니다. 여러 사람에게 둘만의 친분을 과시하는 것일 수도 있습니다. 어떤 전략적 목적으로 칭찬을 이용하는 것인지도 모르겠습니다.

2등급 칭찬은 아무도 없는 데서, 당사자만 있는 데서, 그를 구체적으로 칭찬하는 것입니다. 신뢰와 친밀의 정도를 서로 확인하게 하지요. 조직 내에서 이런 칭찬이 많아지면 '편애'라는 오해를 살 수도 있습니다. 아랫사람이 윗사람을 향하는 칭찬 방식이 이러하다면 그것은 아부에 해당하는 것일 수도 있습니다.

끝으로 1등급 칭찬입니다. 그가 없는 자리에서, 그를 구체적으로 칭찬하는 것입니다. 아무개가 나를 칭찬했다는 말을 제3 자에게서 듣는 기분, 그거 참 괜찮습니다. 나를 칭찬해 준 분이 윗사람일 때는 존경이 더해지고, 칭찬해 준 분이 아랫사람이면 그분의 신실함을 더욱 인정하게 됩니다. 아부처럼 여겨지지 않습니다. 유익한 바가 또 있습니다. 나 없는 자리에서 나를 칭찬하는 말을 들었던 사람은, 나에 대해서 조용하지만 강력한 미더움이 생기더랍니다.

널리 알려진 대중가요에 '있을 때 잘해'라는 노래가 있습니다. "있을 때 잘해 후회하지 말고/ 있을 때 잘해 흔들리지 말고…." 이렇게 나오는 노래입니다. 맞는 말입니다. 그런데 이보다 훨씬 더 유효한 것이 '없을 때 잘하는 것'입니다. 없을 때 잘하면 정말 잘하는 것입니다. 그에게도 잘하는 것이지만, 나에게도 잘하는 것입니다. 관계의 지혜를 발휘하는 것은 물론이고, 무엇보다도 내가 나를 드높이게 됩니다. 그만큼 어렵다는 일이겠지요. 없을 때 잘한다는 것이 말입니다.

제3강 | 침묵할 수 있는 용기

차라리 하지 않으려네.
꽃들 이리 찬란히 지는 날에는

그 고백의 말들
날리는 꽃잎들 아래 복종케 하고

삼동(三冬)을 참아서 품어 왔던

그대 향한 고백의 말들
차라리 내 안에 슬프게 가두고

잎 피는 먼 산만 보려 하네.

– '봄날의 고백'

말을 안다는 것

1. 내가 자란 마을은 산으로 둘러싸여 바깥세상 물정조차도 돌아앉은 산골이었다. 그런지라 세상 말도 더디게 배웠다. 6·25 전쟁 후 세상은 궁핍으로 가득 채워진 듯했다. 가난 속에서는 '듣고 배울 말'도 궁핍했다. TV는 아예 존재하지를 않았고, 라디오 방송도 수신 자체가 불가능했으니, 밖으로부터 들을 말이 없었다. 결핍 속에서는 '읽어서 배울 말'도 부족했다. 읽을 책이 없었다. '읽어서 배우는 말'이 산골 아이에게는 다가오지를 않았다. 그저 식구들 언어만 접할 뿐이었다. 사정이 그러하니 이른바 사회화된 말, 또는 문화적으로 진화된 말을 배울 기회가 없었다.

어른들이 하시는 말씀 중에 대여섯 살짜리 나로서는 아무리 생각해도, 이해가 안 되는 말이 있었다. 예를 들면 이런 말이다. "우리 마을 대식이 아재가 대학에 떨어졌다." 어린 나는 이 말을 도통 이해할 수가 없었다. 대학이 높은 수준의 학교라는 것은 대충 알겠는데, 떨어지다니! 그게 무슨 말인가. 아마도 쉽게 접근하기 어려운 높은 데에 있는 학교일 수 있겠지. 그렇게 높은 곳에 있는 학교라면 경사가 심해서 떨어진 것인가. 아니면 대학의 문 앞에는 큰 낭떠러지가 있어서 그걸 떨어지지 않고 기어 올라야 대학생으로 받아준다는 말인가. 여섯 살짜리 나의 추리는 그런 수준이었다.

표현된 말과 그것이 진짜로 나타내는 뜻 사이의 틈새를 내 소견 머리로는 메꿀 수가 없었던 것이다. 정말 말로만 들어서는 그게 어떤 사태인지, 어떤 형용인지, 도무지 어림조차 잡히지 않았다. 그렇다고 그 말을 맹탕 모른다고 할 수도 없었다. 아는 듯하면서도 모르는 말이라고나 할까. 그래서 '그 말의 현장'을 꼭 내 눈으로 가서 보고 싶었다. 그래야 그 말이 이해될 성싶었다.

여섯 살 나는 '떨어지다'라는 말을 확실히 알고 있었다(알고 있다고 믿었다). 나 자신이 마루에서 떨어져 보았고, 나무에서 떨어져 다쳐 보기도 했기 때문이다. 떨어진다는 말을 나처럼 경험해 본 사람도 없을 거라고, 어린 나는 그렇게 생각했다. 떨어지다! 이 말을 내가 알고 있음을 나는 굳게 믿었다. 그런데 서울 가서 대학 시험을 치고 떨어져 마을로 돌아온 대식이 아재를 보는 순간 나는 혼돈에 빠졌다. 대식이 아재는 멀쩡했다. 떨어져서 다친 구석이라고는 찾아볼 수가 없었다. 걷고 뛰는 것도 정상이었다. 내가 아는 떨어지다는 말은 이제 더 나아갈 길을 잃었다. 나는 떨어지다가 추상화되거나 비유적으로 쓰이는 걸 알지 못하였던 것이었다. 이 말을 내가 확실히 안다고 나를 믿는 순간, 오로지 내가 아는 뜻으로만 이 말을 이해하려 드는 것이다. 이는 유아적 사고의 전형이라 할 수 있다.

요즈음 우리 사회는 '확증 편향(確證 偏向)'의 징후들이 만연해 있다. 자신의 가치관, 신념, 판단 따위와 부합하는 정보에만 주목하고, 그 외의 정보는 무시하는 성향이나 사고방식을 일컫는 말이다.

자신의 선입견을 확실히 증명하는 정보만을 선택적으로 탐색하려는 경향이 늘어난다. 반대로, 자신이 믿는 바에 반하는 정보들에 대해서는 찾으려고 노력하지 않으며, 되려 마주하게 되어도 외면한다. 가치 갈등이나 이념 갈등이 점점 극단화하면서 생겨나는 닫힌 사고의 전형이라 할 수 있다.

내가 아는 것만 정당하고 확실하다고 믿는 것이다. 내가 모를 수도 있다는 점은 애초에 차단된다. 나와 생각이 다른 사람에 대해서는 일말의 용서도 없다. 용서는커녕 마음속으로는 '학살 심리' 비슷한 상태를 견지하는 것이다. 인터넷 안의 시국 이슈에 달린 네티즌들의 댓글들이 이를 웅변으로 입증한다. '대학에 떨어졌다'라는 말을 도저히 이해하지 못했던 대여섯 살 무렵 나의 사고 패턴과 유사하지 않은가. 어떤 말을 이해하거나 사용할 때, 오로지 내가 아는 의미 범주로만 그 말을 이해하려 하고, 그 뜻을 믿으려 하는 태도가 바로 확증 편향 아니겠는가. 확증 편향을 가지고 상대를 무조건 무시하는 사람은 '어른'이 아니다. 성숙한 사람이 아니다. 앎이나 생각이 자라나지 못한 어린아이의 사고와 다를 바 없다. 확증 편향의 사람들을 무시할 수밖에 없다. 이런 주장이 나오는 것도 확증 편향의 일종일까. 그런 딜레마에 우리 사회가 빠져 있다.

2. 어린 내가 의문을 품었던 말이 하나 더 있다. 교회에서 자주 쓰는 말이었다. 예배에서 헌금을 드리는 순서가 되면, 목사님은 "하나님께 예물을 드리는 시간입니다"라고 했다. 또 주님께서

기쁘게 받아주시기를 기도하곤 했다. '이 헌금이 온전히 하늘나라를 위해 쓰이는 것'을 강조하기도 했다. 여섯 살짜리 아이는 이런 말들을 모순 없이 이해하기가 어려웠다. 일차원의 세계에서 이런 말들을 이해하려고 노력했기 때문이다. 초월적이고 초능력적인 하나님의 존재를 어느 정도 이해하고는 있어도, 의미의 자물쇠를 풀고, 스스로 의문 없이 온전한 이해를 하기에는 이런 말들이 신비해서 어려웠다. 아니 어려워서 신비했다.

소년의 궁금증은 주로 이런 것이었다. 헌금을 받아 가실 하나님이 교회에 언제 오시는가. 어떤 방법으로 받아 가시는지가 참으로 궁금했다. 헌금을 전달하는 분은 목사님인가. 아니면 하나님 스스로 가져가시는 건가. 기쁘게 받아주신다고 하지 않았는가. 그분은 기쁜 마음을 어떻게 표정에 드러내실까. 그리고 이 헌금한 돈은 이 지상에 있지 않고 정말 하늘나라에 보관하는 것일까. 하늘나라로 헌금을 옮길 때는 비행기로 옮기는 것인가. 구름 타고 옮기는 것인가. 하늘나라 어디에 보관하는 것일까. 하늘나라에서 돈 쓸 일은 어떤 일이 있단 말인가 등등이 나의 관심사이었다. 나의 의문과 관심사는 그 누구도 해결해 주지 못했다. 왠지 이런 질문은 어른들에게 면박을 받을 것 같다는 생각이 들었다.

헌금과 관련해서 교회가 사용하는 말은, 그 말을 온전하게 받아들이자면, 상당히 오랜 기간 영성의 수련과 학습을 요구하는 것이다. 교회의 관습과 풍속도 알아야 하고, 신을 언어로 섬기는 제도로서의 언어도 이해해야 하고, 무엇보다도 성서적 해석의 오랜 전통과 그것을 개인의 신앙 체계 속에서 이해하는 과정이 필요한 것이다. 헌금과 관련된 교회의 언어에 대한 궁금증을 어른들에게 물었을 때, "지금 설명해도 아직은 잘 모를 것이다. 차차 너도 자라면서 알게 될 것이다." "하나님에 대한 믿음이 점점 자라나면 자연스레 이해하게 될 것이다." 이런 대답을 듣곤 했다. 대답의 공통점은, 말을 이해하는 데는 시간이 상당히 필요하다는 것이었다.

자라는 동안 무신론자가 된 사람은 이 어릴 적 헌금의 언어들이 말 그대로의 사실을 뜻하는 것이 아님을 알게 되었으리라. 어른이 되도록 신앙을 잘 키워 온 사람은 그 헌금의 언어를 이해하는 종교적 합리성을 스스로 찾게 되었으리라. 이 모두는 인간의 삶에서 말을 공부하고 이해하는 과정들이다. 어느 쪽이 되었든 그런 앎에 이르기까지는 상당한 시간이 걸리고, 그 시간 안에는 어떤 세계가 있고, 그 세계 안에는 주체의 체험이 빚어내는 의미의 부화가 있었을 것이다. 또 어느 쪽이 되었든, 다른 반대쪽을 확증 편향처럼 무시할 수는 없다. 말은 존재의 집이라고 했던 어느 철인의 말을 굳이 갖다 대지 않는다고 하더라도, 하나의 말을 안다는 것에는 이런 심오한 인식의 내공이 들어 있는 것이다.

3. '하나의 말을 안다는 것'은 쉬운 일이 아니다. 그저 언어 기호(記號)로서의 말을 안다는 것으로 끝나는 것이라면, 말 배우기가 얼마나 만만한 것이겠는가. 어떤 말을 문자 기호로 적을 수 있고, 문자 기호로 된 말을 읽을 수 있고, 그 뜻을 사전에서 찾아서

알 수 있는 것으로, 말 배우기를 다 했다고 하면, 그것이야말로 얼마나 만만한 과업이겠는가.

말을 배우고 이해하는 일은 만만하지 않다. '말을 안다는 것'은 말과 관련된 인간사(人間事) 세상사(世上事)를 안다는 것이다. 인간사 세상사를 한꺼번에 알기가 쉬운 일인가. 한도 끝도 없는 일이다. 죽을 때까지 배워도 다 배울 수 없다는 말이 바로 그 말이다. 내가 '떨어지다'라는 말을 제대로 체득한 것은 내 인생에 몇 번의 낙방(落榜)을 겪고 난 후이다. '너희들이 떨어지는 맛을 알아' 하는 경지에 들고서야 나는 떨어지다를 비로소 알게 된 것이다.

정현종 시인은 말한다. "사람이 온다는 것은 어마어마한 일이다. 그는, 그의 과거와 현재와 그리고 그의 미래와 함께 오기 때문이다. 한 사람의 일생이 오기 때문이다." 나란히 병치시켜 본다. "말이 온다는 것은 어마어마한 일이다. 말이 거느린 인간사와 세상사가 함께 오기 때문이다. 사람과 사람 사이의 모든 것이 오기 때문이다."

말 가르치기, 말 수행하기의 중요함을 각성해 본다.

모르는 것에 관하여

1. "말할 수 없는 것에 대하여 침묵할 수 있어야 한다." (Wovon man nicht sprechen kann, darüber muß man schweigen. / What we cannot speak about we must pass over in silence) 20세기를 대표하는 유명한 언어철학자 비트겐슈타인(Ludwig Josef Johann Wittgenstein, 1889-1951)의 말이다. 그의 저서 《논리철학 논고》 마지막 부분에 나오는 이 말은, '모르는 것에 대하여 침묵할 수 있어야 한다'라고 번역되기도 한다. 비트겐슈타인이 말하는 '말할 수 없는 것'은 무슨 정치적 압력이 있다든지, 숨겨야 하는 개인의 가슴 아픈 사연이 있다든지 하는 이유로 말할 수 없는 것이 아니기 때문이다. 대상에 대해서 논리적으로 명확하게 잘 모르고 있음에서 나오는 말할 수 없는 것이기 때문이다.

비트겐슈타인 연구자들은 이렇게 말한다. "말할 수 없는 것에 대하여 침묵할 수 있어야 한다." 언어와 앎의 관계를 논리 실증적으로 밝히려 한 비트겐슈타인의 관점을 이해하면 동의할 수 있는 명제이다. 비트겐슈타인은 논리의 언어로 그 의미를 명확하게 말할 수 없는 영역, 즉 종교, 형이상학, 윤리학, 예술 등을 '신비(mystery)의 영역'으로 보았다. 이들 영역에 대해서는 언어로써 어떤 진리 가치를 결정할 수 없다고 판단했다.

그렇다고 말할 수 없는 것들, 즉 잘 모르는 것에 대해서는 아예 아무런 생각도 말도 하지 말라는 것일까. 그렇지는 않다. 비트겐슈타인은 언어로 논증할 수 있는, 즉 말할 수 있음의 영역에 들어서서야 비로소 확보할 수 있는 '앎의 절대성' 또는 '인식의 온전성'을 강조한 것이리라. 그 점을 강조한 것이라면, 즉 '말할 수 없는 것'에 대해서 방점이 놓인다면, '침묵할 수 있어야 한다'라는 대목은 좀 유연하게 해석해도 괜찮을 듯하다. 즉, "말할 수 없는 것에 대하여 침묵할 수 있어야 한다"라는 명제는 절대적 강요의 지침이라기보다는, 신비하고 초월적이고 탈 논리적(脫 論理的)인 것을 대하는 지적 태도에 대해서 말한 것이라 하겠다. 따라서 '말할 수 없는 것'을 말할 때는 그것이 '말할 수 없는 것'이라는 걸 알면서 말하라는 뜻으로 보아야 하지 않을까. 이것이 조금은 더 유연하고 열려 있는 자세라 할 수 있을 것이다. 아예 입 자체를 다물고 있어야 한다고 보는 것은 비트겐슈타인의 본의가 아닐 것이다.

그에게 있어서 논리의 언어로 이해되고 표현되지 못하는 영역은 '신비의 영역'이었다. 그리고 이 신비의 영역은 언어를 넘어서는 영역, 즉 알 수 없는 불가지(不可知)의 영역이었다. 비트겐슈타인의 또 다른 유명한 말, "내 언어의 한계는 내 세계의 한계를 의미한다"라는 명제는 바로 신비의 영역이 무엇인지를 잘 설명한다.

2. "말할 수 없는 것에 대하여 침묵할 수 있어야 한다." 이 말의 학문적 뜻을 깊이는 모르더라도 사람들은 이 말을 인용하기

를 좋아한다. 그만큼 대중들에게도 널리 알려진 명제이다. 이 문장은 어찌 보면 시적인 아포리즘으로 느껴지기도 한다. 또 어찌 보면 높은 덕을 쌓은 수도자가 득도의 경지에서 하는 말 같기도 하다. 이 명제를 단순하게 풀면 '말할 수 없으므로 말하지 않아야 한다'로 읽히는 동어반복의 구조로 되어 있다. 그래서 모종의 비장한 깨달음에 들어 있다는 느낌까지 전한다. 이래저래 긴장의 매력을 지닌 말이다.

그래서 이 명제 "모르는 것에 대하여 침묵할 수 있어야 한다"를 좀 다르게 접근해 보려고 한다. 비트겐슈타인의 분석철학이나 언어 철학을 본격적으로 공부하자는 것이 아니라, '모르는 것'과 '아는 것'을 대하는 우리의 태도와 문제에 대해서 생각해 보고 싶은 것이다. 언어생활의 지혜에 다가가는 자리로 삼아보자는 것이다. 우리의 언어생활을 고양하는 '덕성의 자극(awareness of virtue)'을 이 명제로부터 받고 싶어지는 것이다.

여기 두 개의 명제가 있다. 하나는 비트겐슈타인이 말한 "모르는 것에 대하여 침묵할 수 있어야 한다"이다. 다른 하나는 우리가 일상에서 흔히 듣는 말, "잘 알지 못하면서 말하지 말라"이다. 물론 이 두 말의 표면적 의미는 같게 읽힐 수 있다. 그러나 이 표면적 의미를 넘어서서, 숨어서 함의하는 맥락적 의미를 따져볼 수 있겠는가.

나는 대략 이렇게 구분해 보았다. 후자(잘 알지 못하면서 말하지 말라)는 '망신당하기 꼭 좋다. 그러나 잠자코 있으라' 하는 정도의 말하기 기술상의 팁이나 요령이라 할 수 있다. 전자(모르는 것에 대하여 침묵할 수 있어야 한다)는 자신의 앎에 대한 반성을 수반하는, 즉 자아 바깥의 세계에 대한 일종의 겸허함을 품고 있는 태도라 할 수 있다.

또 이렇게 생각해 볼 수도 있다. 후자(잘 알지 못하면서 말하지 말라)는 말하는 행동을 막는 데서 끝난다. 그러나 전자(모르는 것에 대하여 침묵할 수 있어야 한다)는 '말할 수 없는 것'에 대해서 더 지속적인 탐구와 모색을 암시하고 있다. 또, 후자는 도덕규범을 지키라는 뜻으로 약간 나무람의 분위기를 띤 것이라면, 전자는 자기 성찰을 부르는 분위기를 품고 있다.

내 안에 있는 '아는 것'과 '모르는 것'의 상호작용을 들여다볼 수 있는 행위로 다음 두 가지를 생각해 볼 수 있다. '아는 걸 모르는 척하기'와 '모르는 걸 아는 척하기'가 바로 그것이다. 이 두 가지 중에서 어느 쪽이 더 어렵다고 생각하는가. '아는 걸 모르는 척하기'에는 남의 흉허물을 나서서 말하지 않고, 덮어주는 너그러움의 덕성이 숨어 있을 때가 많다. 그래서 말 많고 말 옮기기 좋아하는 사람은 갖추기 어려운 덕성이다. 그런가 하면 불의를 알고도 말하려 하지 않는 비겁함이 끼어들 수도 있다. 요컨대 좋은 점과 나쁜 점이 함께 있다.

그러나 '모르는 걸 아는 척하기'에는 좋은 점이 거의 없다. 배우는 과정에서 일시적인 '지적 도전'의 자세에 가 닿을 수는 있지만, 습관이나 품성으로 권할 것은 못 된다. 이는 일종의 거짓말이기 때문이다. 요즘 나도는 가짜 뉴스의 생산자나 유통자 대부분은 여기에 해당한다. 사실 우리는 자신도 모르는 사이에 가짜 뉴스의 '중간 유통자'가 되지 않았던가. '모르는 걸 아는 척하기'는 당장은 남을 속일 수 있다 해도, 나중에 곤욕을 치르게 되어 있다. 모르는 것에 대하여 침묵할 수 있어야 한다던 비트겐슈타인은 모르는 것에 대해서 말하는 것 자체를 '모르는 걸 아는 척하기'로 보았을까. 그래서 침묵하라고 했을까. 그렇게 보았다기보다는 침묵하는 동안에 '모르는 것'을 화두로 삼고, '모르는 것'에 침잠하여 모색하라는 뜻이 있다고 해야 할 것이다.

3. '모르는 것'에 대해서 솔직해질 필요가 있다. 안다고 나서고 싶을 때, '이건 제대로 아는 게 아니야' 하고서 자기 검열을 할 수 있으면 좋겠다. 모르는 것을 모르는 것이라고 인지하고 판단하는 능력은 얼핏 보면 인지적 능력 같지만, 이는 도덕적 능력에 가깝다. 초연결의 첨단정보통신 사회가 될수록 나의 모름을 인지하고 인정하는 능력은 도덕성의 한 부분이 될 것이다. 일찍이 2500년 전 공자도 '아는 것을 안다고 하고, 모르는 것을 모른다고 함이 진정 아는 것'이라고 하지 않았던가. (知之爲知之 不知爲不知 是知也, 논어, 爲政篇 17장)

'아는 것'과 '모르는 것' 사이의 관계는 오묘하다. 마치 연인들 사이에 감정의 거리를 밀고 당기며 점차 가까워지는 관계 같기도 하다. 모름을 통해서 앎의 경지를 두드리게 되고, 앎을 통해서 모름을 분명하게 인식한다. 인터넷이나 SNS를 통해서 알게 된 것도 더 열심히 더 깊이 알려고 하면, 마침내 '내가 모른다'는 사실에 당도하게 된다. 모르는 것을 안다고 우기는 순간, 천박하고 소모적인 논쟁을 피할 수 없다.

그래서 인터넷이나 SNS에 나도는 파편의 지식으로, 세계의 총체를 모두 아는 듯한 태도는 위험하다. 그런 불충분한 불구의 앎을, 아니 그런 무지로, 세상을 향하여 내지르는 듯이 말하는 것은 더욱 위태롭다. 이는 앎의 영역이 아니라 모름의 영역에 가깝기 때문이다. 세계적으로 범람하는 가짜 뉴스의 모습이 이를 입증한다. 비트겐슈타인의 명제 형식을 빌려서 이 혼돈을 패러디하면, 아마 이렇게 될 것이다. "모르는 것에 대해서 웅변으로 말하라." 그때 웅변은 선동과 속임과 거짓을 삼냥하는 말 기술, 그 이상도 그 이하도 아닐 것이다. 모르는 걸 아는 척하기의 극치가 될 것이다.

그런데 안타깝게도 우리는 모르는 것에 대해서 말하라고, 웅변처럼 말해 보라고, 부추김을 받는 상태에서 살아가고 있다. 모르는 것과 모르는 것들이 모여 피 터지는 진흙탕 싸움을 하는 모습을 댓글 공간에서 너무 쉽게 볼 수 있다. 인간성이 몰락하는 장면이다. 공동체가 깊은 내상을 입는 장면이다. 이것이 위험하다. 피해는 고스란히 우리 사회 공동체의 몫이 될 것이다. 분열과 혐오, 위선과 허위, 대립과 학살 심리로 가득 찬 사회를 반드시 만들 것이기 때문이다.

"모르는 것에 대하여 침묵할 수 있어야 한다."

지식이 우리를 너그럽게 하리니

1. 50년 전 기억 중에 이런 것이 있다. 고등학교 1학년 때, 지리 과목 시간이었다. 선생님은 아프리카 지리를 가르치시면서 이 지역의 열대우림 기후 풍토와 자연환경을 설명하는 중이었다. 선생님의 설명에 우리가 흥미를 느낀 것은, 사람이 이것에 물리면 한없이 잠을 자게 되는, 이른바 수면병을 일으킨다는 흡혈 파리인 체체파리(tsetse fly)에 대한 이야기가 등장하면서부터이었다. 우리들의 흥미를 확인하신 선생님은 약간의 신명을 띠기 시작했다. 그때 누군가가 질문인 듯 의문인 듯 말을 했다.

"선생님, 그거 아프리카에 직접 가보시고 하시는 말씀입니까?" 순간 선생님의 낯빛이 달라졌다. 그 당시로서야 텔레비전이 없던 시절이고, 그 흔한 자연 다큐멘터리 동영상 하나 없던 시절이었으므로, 품어봄 직한 의문으로 받아들일 수도 있었다. 그러나 '가보지도 않고 아프리카를 다 아는 척 말하는 것 아니냐' 하는 다소 불손한 태도가 묻어나는 질문이기도 했다. 그래서 그 질문은 '지식에 대한 의문'이었지만 그것은 곧 '선생님 인격에 대한 의문'으로 오해받기에 족한 것이었다.

당신의 지식이 신뢰받지 못한다고 생각하셨는지 이때껏 발현되던 선생님의 신명은 일시에 사그라들었다. 선생님은 '건방진 녀석'

하고 짧게 되뇌시고는, 문제의 친구를 앞으로 불러내었다. 분기를 참지 못하신 선생님은 녀석의 뒤통수를 손바닥으로 몇 대 세게 올려붙였다. 그러고도 모자란다고 생각하셨는지 교탁 옆자리에 꿇어 앉아 수업을 받도록 했다. 요즘 같으면 금세 체벌 시비가 분분해졌을 것이다.

만약에 선생님이 아프리카를 가 보셨던 분이라면 사태가 이렇게까지 되지는 않았을 것이다. 선생님은 직접 체험한 아프리카 지식을 더 유연하고 더 너그럽게 소개하면서, 오히려 그 학생의 호기심 많은 질문 태도를 칭찬해 주셨을지도 모른다. 깊이 있고 든든한 지식은 그것을 전할 때 너그러움의 덕성까지 동반한다. 좋은 지식은 반드시 그것을 행함에 덕성을 동반한다고 나는 믿는다. 우리는 지식의 그러한 작용 모습을 두고 '지혜'라고도 한다.

2. 얼마 전 외우(畏友) 우한용 교수의 홈페이지를 우연히 들어갔다가 나는 매우 감동적인 글 하나를 발견하였다. 그것은 우 교수에게 온 편지글이었는데, 나는 이 편지글을 읽고 형용할 수 없는 감동과 더불어 나의 옹졸한 교수 철학을 되돌아보게 되었다. 편지에 나타난 우 교수의 인격도 감화를 주기에 충분했고, 편지를 보낸 사람의 지혜와 덕도 무척이나 인상적이었다. 더구나 이 편지에 나타난 우 교수의 언행이 20대 후반 청년 교사로서의 모습이었다고 생각하니 가벼운 선망의 감정이 일기도 했다. 편지는 이러하다.

우한용 선생님께

어린 까까머리 소년은 교실 문밖으로 고개를 내밀고, 선생님이 나타나기를 기다리고 있었습니다. 복도 저편 끝에서 계단을 다 올라온 선생님이 소년의 교실을 향하여 성큼성큼 다가올 무렵 소년은 교실 안을 향하여 같은 반 아이들에게 크게 외치기 시작했습니다. "늑대다! 늑대 출현! 늑대다!"
그때까지 수선스럽던 아이들은 자기 자리를 찾아 앉고, 늑대라고 외치던 소년도 후다닥 자기 자리를 찾아 갔지만, 너무 가까운 곳에서 소릴 지른 탓인지, 늑대라고 불리게 된 것을 것을 알아챈 선생님은 소년에게 다가왔습니다. 미소를 지으며 출석부로 머리를 톡톡 어루만지듯이 두드리며, "내가 왜 늑대냐"라고 말씀하셨고, 교실은 웃음바다가 되었습니다. 선생님은 칠판에다 짤막하게 세 개의 단어를 적으셨습니다.

"Homo Homini Lupus!"

"호모 호미니 루푸스! 이건 라틴어인데, '인간은 인간에게 늑대이다'라는 말이란다. 잘 생각해 봐. 어차피 인간은 인간에게 늑대인 부분이 많아. 나를 늑대라고 부른 네놈도 늑대일 테고…." 묘하게 재미있는 표정과 웃음을 지으시며 선생님이 하신 말씀입니다.

어린 소년은 기억합니다. 선생님을 늑대라고 부른 죄를 묻지 않고 웃으며 자상하게 이런 지식을 말씀해 주신 그 선생님을 평생 기억하게 되었고, 선생님이 해주신 '호모 호미니 루푸스'라는 말도 평생 기억하게 되어 버렸습니다.

삶이 힘들고 지치고 사람에게 시달리거나 극한의 대립과 경쟁에 시달릴 때마다, 선생님이 오류중학교 국어선생님이셨을 때 하셨던, '인간은 인간에게 늑대이나'라는 말을 떠올리며 인생의 어려운 상황을 담담하게 맞을 수 있었습니다.

저는 오류중학을 1회로 졸업한 '허00'이라는 학생(?^^)입니다. 선생님을 무척 좋아했던 아이였고, 지금도 종종 선생님을 생각하며 사는 사람인데, 어처구니없게도 나이 46세가 되도록 선생님을 찾아볼 생각은 한 번도 하지 못했습니다. 가끔 오류중학교 동창 친구들과 만나 술을 마실 때면, "야 우리 옛날 선생님들 좀 찾아봐라. 언제 한번 모시고 쏘주나 한 잔 하자. 난 너무 보고 싶다 그분들! 특히 그 늑대 이야기 해주시던 선생님 보고프니 좀 찾아봐라." 이렇게 말만 했을 뿐, "그래 그러자"라고 얘기만 했을 뿐, 한 번도 실행에 옮기지를 못하였습니다. 한국을 오래 떠나 살았기에 세월만 그저 흘려보내 버렸죠.

휴우! 무슨 말을 해야 할지 모르겠습니다만, 지금 제가 있는 이곳은 프랑스의 도빌 바닷가에 있는 어느 호텔방이고 새벽 2시 반입니다. 6월 5일 출국하여, 제가 모시던 회장님이 세계 로타리 회장이 되시는 바람에, LA에서 그분 취임식 수행하고, 런던, 밀라노로 한 바퀴 돌며 친한 친구들 좀 만나고, 마지막으로 이곳에 들렀죠. H해운회사 프랑스 지사장이 절친한 친구라서 여기 들러 며칠 머물고 주말에 귀국할 예정입니다.

이번 여행에 동행한 친구가 자꾸 이곳 노르망디에 대해 묻기에, 오늘 밤에는 좀 더 정확한 지식을 파볼까 생각하고 인터넷을 뒤적이며 '노르망디'라는 검색어를 쳤는데, 기대도 안 했던 선생님의 성함을 보게 되었습니다. (선생님이 2002년 이곳 노르망디 루앙 대학에 연구교수로 와서 겪은 견문과 생각을 글로 써서 인터넷 사이트에 연재하여 남긴 '노르망디 통신'이 바로 검색되었기 때문입니다) 순간 죄송하지만 "늑대닷" 하고 속으로 짤막히 외치며, 정신없이 선생님의 사이트로 찾아가 보게 되었던 거죠. 그 사이트에서 선생님이 지나온 시간, 선생님의 사진을 보고, 반가운 마음에 두서없이 지금 전자메일로 몇 자 적고 있습니다.

저는 오류중학 이후에, 중경고등학교와 부산에 있는 국립해양대학을 다녔구요. 대학을 졸업하고는 외항 상선의 항해사로 4년간 수십 개 나라를 돌아다녔고, 그 후엔 주로 서울과 노르웨이를 오가다가, 노르웨이의 오슬로에서 꽤 오래 살았고, 2000년도에 다시 서울로 돌아왔습니다. 해양대학에선 해양문학회라는 동아리에 참가하여 어쭙잖은 글들을 쓰곤 했었는데, 아마도 중학교 때 선생님에게 받은 영향이 컸던 것 같습니다.

선생님 홈피에서 선생님 삶의 궤적을 주욱 보고는, 역시 선생님은 선생님이라고 느꼈습니다. 선생님에게 어울리는 학문하는 곳에 가 계시는 것 같고, 어울리는 일과 공부를 하며 살아오신 것 같습니다. 너무나 뵙고 싶군요. 가능하면, 7월 초순 중순 사이에 꼭 한번 뵈었으면 합니다. 7월 말에는 어린 아들을 제 오토바이 뒤에 태우고 일본 열도 종주를 나설 것인데, 그 길을 떠나기 전에 꼭 한 번 선생님을 뵙고 싶습니다. 선생님 시간이 허락되시어 저녁 식사에 약주까지 뫼실 수 있다면, 그야말로 '불감청고소원(不敢請固所願)'이옵니다. (선생님이 까까머리 소년에게 가르쳐 주신 유식

한 문자를 평생 써먹으며 삽니다.^^)

미친 듯이 일하며 정열적으로 세상을 주유하며 살아오다가, 마흔네 살 되던 해 겨울, 오토바이 한 대 끌고 콜롬비아로 가서 남미대륙의 최남단까지 100일간의 안데스 종주를 했습니다. 서울에 돌아와 새로운 회사를 만들어 새로운 일을 시작한 지 1년이 되었구요.

선생님은 제 삶에 짧지만 불꽃처럼 반짝이며 큰 의미를 준 몇 안 되는 소중한 분 중의 한 분이십니다. 불쑥 글을 올리는 무례함을 용서해 주시고, 30년 전 그 까까머리 소년을 어루만져 주시는 마음으로, 다시 한번 늑대처럼(?*^^*) 제 눈앞에 나타나 주시길 소망합니다.

늘 건강히, 열정 속에 정진하시기를 기원합니다.

3. 'Homo Homini Lupus!' (인간은 인간에게 늑대이다) 이처럼 명료하고 냉철하고 건조한 라틴어 지식 명제를 그처럼 따뜻하고 너그럽고 윤기 있는 지혜의 메시지로 변용하여 다가가게 해 주다니. 나의 감동은 오로지 그것이다. 우 교수는 도대체 어디서 이런 교수법의 마력을 배웠을까. 생각해 보건대 그것은 무슨 수업모형 차원의 교수 공학적 마인드로 얻을 수 있는 경지가 아닌 것 같다. 그것은 지식을 사랑하는 우 교수의 사람됨이 아주 자연스럽게 빚어낸 것일진대, 그것을 굳이 교수법이라 말하기보다는 그의 의사소통 철학이라 일컬음이 더 적절할지 모르겠다.

세상 모든 선생의 자리에서 보았을 때, 지식이란 무엇이겠는가. 지식은 단순한 전달 내용 그 이상의 것, 이를테면 감동을 숨겨서 전하는 기제로 존재할 수 있다. 나는 위의 편지를 읽으면서, 모든 지식에는 그것을 가치 있게 하는 어떤 덕성이 보이지 않게 들어 있다고 생각한다. 지식과 덕성은 분리되지 않는다는 생각을 처음으로 해 본다. 내가 지닌 지식이 어떤 덕성을 발효하게 하는지 나는 이제껏 깊이 생각해 본 적이 없었다.

내가 가르치는 지식은 어떤 덕성을 안으로 머금고 있는 것인지, 마침내 그것을 알아차리는 경지로 나아갔을 때, 비로소 그 지식은 나의 참된 가르치는 힘이 되는 것 아닐까. 그것은 일종의 '감화의 힘'이다. 모든 지식에는 이것이 깊이 숨어 있다고 생각한다.

듣고 말하고 읽고 쓰고, 그리고 체험하면서 우리는 지식을 습득한다. 지식을 사랑하면서 지식을 배우는 사람에게는 지식의 숨은 덕성이 그 지식을 배우는 과정에서 발효된다. 그것을 지혜라고 불러도 좋으리라. 지식과 지혜는 분명히 다른 차원의 것이다. 그러나 '지식 사랑'은 '사람 사랑'과 서로 다르지 않다. 지혜로 승천하는 지식의 자리가 바로 이 지점에 있다 할 것이다.

제4강 | 내 안의 이기적 유전자

저 수직으로 향하는
겨눔을

팽팽히 지탱하는
얼음의 끄트머리

그 준열함이여.

남루한 처마는
잠시 고드름으로 주렴을 드리우고

그저 짧은
아침나절을
부끄러운 듯 가리우다가

장렬한 낙하
햇살 아래 눈부신 옥쇄

고드름 하나

지구의 중심으로
적중하여 돌아가다.

- '고드름'

나도 모르는 나의 권력

1. 길 가는 사람을 무작위로 택하여 물어보라. "당신은 권력자이십니까?" 대개는 이렇게 말할 것이다. "천만에요! 무슨 말도 안 되는 소리입니까? 권력 근처에도 못 가봤습니다." 나 역시도 이런 질문을 불쑥 받는다면, 말도 안 된다며, 묻는 사람에게 핀잔을 줄지도 모른다. 권력은 영어로는 'power'이다. 이 말을 우리는 '권력'이라고 번역한다. 그런데 'power'의 뜻을 영한사전에서 찾아보면, 다소 소박하게 들리는 '힘'이라는 풀이가 먼저 나온다. 팔 힘도 힘이고, 열도 힘이다. 물리적으로는 에너지가 힘이다. 애교도 힘이고, 성적도 힘이다. 아는 것이 힘이라고 하지 않는가. 지식도 힘이다. 한류(韓流)가 세계로 퍼지는 데에는 그 안에 분명 어떤 힘이 있음으로써 가능한 것이다. 한류를 포함한 문화도 힘이다.

우리는 권력, 즉 '힘'을 너무 정치적 힘으로만 생각한다. 또 우리는 권력, 즉 '힘'을 너무 경제적 파워로만 환산하여 생각한다. 우리는 '권력'이라고 하면, 거대한 정치권력이나 어마어마한 재벌권력만을 생각한다. 이런 생각은 거의 통념이 되어 버렸다. 어릴 적에 커서 무엇이 되겠느냐 하고 물어서, 대통령이나 국회의원이나 재벌 등이 되겠다고 하면, 큰 칭찬으로 아이들을 고무하는 어른들의 관점에도, 오로지 그런 권력만이 진짜 권력이라는 권력관이 반영

되어 있다. 물론 온당하지 않다. 권력은 다른 어느 곳에도 다 있다. 권력의 속성은 정치권력이나 자본권력 못지않게 다른 권력 현상에도 다 있다. 오히려 더 다채롭게 더 역동적으로 더 디테일하게 있을 가능성도 충분히 있다.

초등학교 시절의 한 장면이다. 옆자리 친구가 수업 시간에 사용해야 할 색연필을 가져오지 않았다. 그는 기가 죽은 목소리로 내 것을 좀 빌려 쓰자고 한다. 나는 불편하기는 하지만, 그렇게 하라고 친구에게 허락한다. 친구는 미안해하면서 내 색연필을 사용한다. 그는 그날 내 눈치를 많이 본다. 그뿐 아니라 내 비위를 맞추려고 이런저런 애를 쓴다. 심지어는 내 감정에 맞추어 자기감정도 조질한다. 내가 하는 이야기가 별로 우스운 이야기도 아닌네, 누구보다도 크게 웃어 준다. 이런 현상을 무어라고 해야 하나. 이게 바로 권력 현상이다. 나와 그 친구 사이에 권력관계가 형성된 것이다. 나는 그에 대해서 권력을 발휘하고 있는 것이다. 아니, 그가 알아서 나를 권력자로 대접해 주는 것이다. 내 색연필을 사용하도록 해 주는 순간 나에게서 권력이 발생한 것이다. 그 친구에 대해서 나는 권력자의 자리에 놓이게 된 것이다. 비록 의도는 아니었다고 해도 나는 권력을 행사하고 있는 셈이 된다.

권력은 제도나 조직에서 높은 자리에 있는 사람에게서만 발동되는 것은 아니다. 권력은 전쟁 상황에서 강권적 명령을 행사하는 사령관의 자리에서만 생기는 것은 아니다. 오늘날 민주주의 사회에서도 마찬가지이다. 선거로 뽑힌 대표자에게 위임되어서 작동하는 것만이 권력이라고 생각해서는 아니 될 것이다. 권력은 일상의 사람들 관계 속에서 끊임없이 발생한다. 사람들이 살아 나가는 관계 속에서 더 섬세하고 더 역동적으로, 그리고 더 일상적으로 작동할 수 있는 것이 권력이다. 현대사회에서는 권력의 이러한 모습과 작용은 겉으로는 잘 보이지 않는다.

2. 시장에서 옷 가게를 하는 옷 장사 주인이 있다. 그는 점심때 인근 중국음식점으로 자장면을 배달해 줄 것을 주문한다. 자장면 배달이 늦어지자 그는 전화를 걸어 다소 짜증스럽게 음식 배달을 독촉한다. 그러고도 좀 시간이 걸려서 자장면 배달 청년이 음식을 가지고 오자, 그는 음식 배달이 늦은 것을 모욕적으로 타박한다. 배달 청년이 입은 옷이 불결하고 더럽다며, 음식 서비스업을 이렇게 비위생적으로 할 수 있느냐며 마침내 청년을 쥐어박는다. 음식을 먹는 동안 단무지를 적게 가져왔다고 야단을 치고, 자장면 면발이 불어 터졌다고 하면서, 음식을 집어 던진다. 이런 서비스로 장사를 한다면 이 집 음식 시키지 않겠다고 호통을 친다.

음식 배달 청년은 꼼짝하지 못하고 이 수모를 다 감당한다. '음식 주문자'와 '음식 납품자' 사이의 계약 관계가 성립된 셈이다. 그런데 이 관계가 바로 권력관계이다. 이 관계 때문에 옷 장사의 호통 행위가 고약하기는 해도, 중국집 청년은 참고 견디려고 무던히 노력하는 것이다. 옷 가게 주인이 중국 음식점에 자장면을 주문하는 순간 옷 가게 주인과 음식점 배달 청년 사이에는 권력관계가 형성된 것이다.

요즘 유행하는 말로 하면, 옷 가게 주인이 '갑'의 자리에 놓이고, 중국 음식을 배달하는 청년은 '을'의 자리에 놓인 것이다. 즉, 계약 관계에서 권력을 가지고 상대를 부리는 '갑'과, 권력의 부림을 받아야 하는 '을'의 관계를 볼 수 있는 것이다. 옷 가게 주인의 '갑' 노릇(그것을 요즘 유행어로는 '갑질'이라고 한다)이 매우 극성스럽다. 주문한 사람(주문 권력)은 주문한 음식이 속도를 만족시키지 못하고, 청결함의 조건을 만족시키지 못하고, 맛을 만족시키지 못하자 '을'을 압박한다. 갑의 권력 행사는 상당히 지나쳐서, 고약한 '갑질' 임을 보여 준다.

배달을 마치고 돌아온 배달 청년은 복수를 생각한다. 그는 그 옷 가게로 옷을 사러 간다. 이번에는 청년이 옷 가게의 소비자 고객이 되어 가는 것이다. 옷 가게 주인은 청년의 비위를 맞추어야 한다. 청년이 옷을 사기로 하는 순간, 즉 구매의 계약 관계가 이루어지는 순간, 옷 가게 주인과 청년 사이에는, 이전과는 상반되는 권력관계가 생겨난다. 이번에는 청년이 '갑'의 자리에 놓이고, 옷 가게 주인은 '을'의 자리에 놓인다.

청년은 우선 옷의 진열 상태가 어수선하다고 모욕적인 언사로 불만을 날린다. 자기가 사려고 하는 옷을 들고서는 바느질이 정밀하지 못하다고 옷을 휙 집어 던진다. 옷 가게 주인은 당황스럽기는 하지만 어쩌지 못한다. 자신도 음식을 주문했을 때 배달 청년을 함부로 다루지 않았던가. 갑질에 익숙했던 그는 이건 당해야 하는 일이라고 생각한다. 청년은 옷의 염색이 불량이라는 둥, 가격 표시를 믿을 수 없다는 둥, 자신에게 맞는 색상이 없다는 둥, 온갖 결함 사항을 모두 거론해 가면서, 그때마다 옷 가게 주인을 모욕하고, 밀치고, 강제로 입혀 보게 하며 골탕을 먹인다. 청년은 자신이 옷 가게 주인에게 당했던 수모를 고스란히 돌려준다.

3. 앞의 이야기는 예전에 모 방송사의 인기 코미디 코너에 등장하던 이야기이다. 코미디에서의 웃음 효과를 위해 다소의 과장이 있기는 하지만, 우리 사회에 만연한 '빗나간 갑의 노릇(갑질)'을 유감없이 풍자하기에 모자람이 없다. 이 코미디에는 지혜로운 각성의 메시지가 담겨있다. 그것은 우리가 일상생활에서 끊임없이 겪는 권력관계의 생성기제 속에서 때로는 '갑'이 되기도 하고, 때로는 '을'이 되기도 한다는 점을 일러준다. 우리 자신도 어떤 상황에서는 권력의 주인이 된다는 점, 우리 자신도 어떤 상황에서는 권력의 지배를 부당하게 받을 수 있다는 점을 매우 지혜롭게 환기시킨다. 일상에서는 영원한 갑도 영원한 을도 없다는 것을 보여 준다.

갑과 을은 계약서상에는 이분법의 구조로 존재하지만, 우리가 속지 말아야 할 것은 사람 자체가 갑과 을로 구분되어 있지는 않다는 점이다. 애초부터 갑이어서 죽을 때까지 갑인 사람은 없다. 모든 상대에게 항상 갑인 사람은 없다. 절대 왕정 시대의 왕도 그렇지는 못하다. 마찬가지로 평생을 절대적으로 을인 상태로 사는 사람도 없다. 자신이 만나는 모든 상대에게 항상 을인 사람도 없다.

우리는 누구나 갑의 자리와 을의 자리를 수시로 옮겨 가면서 산다. 그렇기 때문에 부당한 '갑질'을 조금이라도 추방하려면, 내가 갑이었을 때, 갑 노릇을 잘해야 한다.

그러므로 "나도 권력자이다"라는 생각을 잠시도 놓치지 않아야 한다. 자녀를 둔 부모는 자녀에게 절대적인 권력자이다. 학생을 지도하는 선생님은 학생에게 권력자이다. 단돈 천 원이라도 돈을 빌려준 사람은 돈을 빌려 간 사람에게 권력자의 위상을 가진다. 눈에 잘 보이지는 않지만, 복잡한 관계 속에서 우리는 가해자이면서 동시에 피해자이고, 피해자인가 했었는데 금방 가해자의 위상으로 변전되는 구조 속에서 살아간다. 현대사회의 역동성이 이렇게 우리를 만든다. '나 같은 사람에게 무슨 권력이 있겠습니까' 하는 생각에 갇혀 있는 동안 우리는 우리 자신도 모르는 사이에 '갑질'을 할 수 있다.

비판의 끝판

1. 이 글의 제목이 '비판의 끝판'이다. 그런데 '비판'을 거론하기 전에 '끝판' 이야기를 먼저 해 보기로 하자. 끝판이란 무엇인 가. 사전을 찾아보면 '일의 마지막 판'이라고 되어 있다. 경기나 바둑 등에서 겨루는 데의 여러 판 가운데서 맨 마지막 판이란 풀이도 나와 있다. 글을 쓰든, 토론을 하든, 하다못해 댓글을 달든, 어떤 비판을 시작했다면, 그 시작에 이어 비판의 중간 과정이 있고, 비판의 끝맺음이 있을 것이다. 그 끝맺음이 바로 비판의 끝판이다.

모든 일은 끝판에 진경(眞境)이 나타난다. 대표적인 것이 운동경기이다. 결국은 경기의 끝판, 그걸 보려고 관중이 몰려드는 것이다. 경기 과정의 치열함도, 감동의 연출도, 선전분투의 미덕도, 그 경기의 끝판과 더불어서 비로소 그 참 의미가 드러나는 것이다. 끝판이 중요하기로는 '잔치'도 빼놓을 수 없다. 아무리 성대하고 휘황찬란하면 무슨 의미가 있겠는가. 잔치의 끝판이 싸움판이 되어버렸다면 말이다. 그런 잔치는 안 하느니만 못하다.

사랑도 마찬가지이다. 감동적 사랑은 끝판에 드러난다. 1926년 발간된 만해 한용운 선생의 시집 《님의 침묵》에는 모두 88편의 시가 실려 있다. 그 88편의 첫 작품이 '님의 침묵'이고 맨 마지막 작품이 '사랑의 끝판'이다. 첫머리 작품은 '부재(不在)의 님'을 향한 슬픔과 그리움을 나타내고, 맨 끝의 작품 '사랑의 끝판'은 '돌아오는 님을 맞는 벅찬 기쁨'을 토로한다. 이 시집이 담은 시 정신의 총체를 이해하기 위해서는 '님의 침묵'만 보아서는 안 된다. 맨 끝에 있는 '사랑의 끝판'을 함께 보아야 한다. 만해가 말하는 '님과의 사랑', 그 사랑의 진경은 '사랑의 끝판'에서 더 절절하고 여실하다.

생각해 보면 아무리 순정으로 시작한 사랑이라 하더라도 그것이 어찌어찌하여 치정(癡情)으로 끝판을 보인다면, 앞에 놓였던 순정의 이야기는 퇴색될 수밖에 없다. 그런 사랑이 감동을 줄 리 없다. 끝판은 이렇듯 중요하다.

영화를 보는 일도 마찬가지이다. 끝판을 보기 위해서 사람들은 영화관으로 간다. 끝판은 보지 말라고 한다면 누가 영화관을 찾아가겠는가. 여행도 마찬가지이다. 여행의 끝판은 아마도 집으로 돌아오는 길이 될 것이다. 끝없이 바깥 세계로 나가기만 하는 여행은 영원한 미완성의 여행이다. 여행은 마침내 돌아오는 끝판을 가짐으로써 그 여행이 어떤 의미를 드리우는지 우리는 깨닫는다. 우리가 어느 순간 골몰하고 어느 순간 정성을 다해 어떤 일에 임하는 것도 끝판의 미학을 완성하기 위함이다. 유종지미(有終之美)란 말이 바로 그런 뜻 아니겠는가. 끝판의 아름다움이 그 일 전체의 아름다움을 보여 준다는 것 아니겠는가.

2. 비판의 끝판은 어떠해야 할 것인가. 끝판이 중요하다는 것이 인간사 모든 일의 법칙이라면, 비판도 끝판이 중요하다. 비판

은 옳고 그름을 가리는 데에 반드시 필요한 과정이다. 비판은 인간 이성을 바탕으로 사리의 올바름을 추구하는 정신 활동이다. 이처럼 '비판'은 일종의 '덕목'으로 간주된다. 그래서 학교는 '비판적 사고'를 가르치고, 동서양의 철인(哲人)들은 '비판을 실천으로 행할 것'을 가르쳐 왔다.

비판이 '의미 있는 실천'이 되려면 비판도 그 끝판이 중요하다. 우리들 개개인에게서 나타나는 비판 행위의 끝판은 대개 두 가지 양태이다. 하나는 그 비판에서 '나'는 빠지는 것이고, 다른 하나는 그 비판에서 '나'도 포함시키는 것이다.

'나'가 빠지는 경우를 들여다보라. 비판을 확장하면서 나의 비분강개(悲憤慷慨)는 하늘을 뚫을 듯 치솟아, 나는 정의감 넘치는 심판자가 되지는 않는가. 그리하여 그 누군가를 심판하고 정죄(定罪)하는 자가 되어 분노의 화염을 퍼붓고 있지는 않는가. 오로지 나의 의로움을 만끽하면서 그 누구를 통쾌하게 징벌하고 있지는 않는가.

'나'도 포함되는 경우를 들여다보라. 비판을 내 안에서 심화시키면서, 비판의 중간 과정에서는 깨닫지 못했던 어떤 통찰이 일어나지 않는가. 비판의 끝판에 이르러 이전에는 보지 못했던 것을 보도록 나를 이끌어 가지는 않는가. 그리하여 이 비판 안에 나 자신도 들어있음을 깨닫게 되지는 않는가. 이 비판 안에서 나에 대한 투명한 성찰을 하는 자신을 발견하고 있지는 않은가. 비로소 비판은 말이 아니라 윤리적 실천임을 발견하게 되지는 않는가.

나는 후자가 옳다고 본다. 더구나 교육에서는 그러하다. 마땅히 성숙한 비판은 그 비판에 기꺼이 '나'도 포함되어야 한다. 내가 무언가 비판을 하고 있지만, 그 비판이 내게로는 절대 돌아오지 않는 비판은 비판이 아니다. 그런 비판일수록 감정에 지배되기 쉽다. 비판이 감정이 지배되면 그때 비판은 '감정의 배설'에 지나지 않는다.

한번 지르고 나니 속이 시원하다고 말할 수도 있을 것이다. 그러나 인간의 감정 배설은 그렇게 끝나지만은 않는다. 잠시 후련한 기분을 느낄 사이도 없이 내가 퍼부은 모욕 못지않은 모욕을 이번에는 내가 뒤집어쓴다. 이것이 우리의 일상 소통 생태이다. 우리가 인터넷에 악성 댓글로 해대는 비뚤어진 비판의 모습이 바로 그렇다. 가볍고 가벼워서 그래서 아예 책임의식 같은 것을 동반할 기본 장치조차도 주어지지 않는 '비판의 플랫폼'이 요즘의 악성 댓글 비판이다. 악플이 악플을 낳고 그 모욕에 분노하면서 더 센 악플을 날리는 모습이 인터넷 악성 댓글의 민낯 아니겠는가. 내 악플에 대한 남의 악플에 모욕을 느끼기 이전에, 양심을 가진 사람이라면 '이러고 있는 나'를 내 스스로 혐오하는 쓸쓸한 자기 모독을 먼저 느낄 것이다.

사실 이것(악성 댓글)을 비판이라고 끼워주는 사회는 병든 사회이다. 다르게 말하면 '소통 복지'가 망가진 사회이다. 나는 소통 의사가 있어도 이런 댓글 판에는 들어가 참여할 엄두도 내지 못한다. 이슈가 중요해도 소통을 포기한다. 소통 환경도 일종의 복지 개념으로 보아서 개선해야 한다면 이는 분명히 '소통 복지'의 인프라를 망가뜨리는 행위이다.

악성 댓글도 비판으로 여기는 사람이 많다. 그러나 이는 비판의 윤리 측면에서 볼 때 비판의 축에 들 수도 없는 것이지만, 그걸로 비판의 주인인 양 우쭐하는 것은 우리 사회의 민낯이라 할 수 있다. 모욕의 가래침을 상대의 얼굴에 뱉어대고 동물적 희열을 느끼는 저급한 복수심의 적나라한 모습의 인터넷 악성 댓글을 어디서나 볼 수 있다. 애초부터 이성(理性)이라곤 없었던 양, '뚜껑 열린 광기'로 치졸한 감정의 소모전을 무한 펼치는 곳이 악성 댓글의 공간이다. 이를 정치적 힘의 근거로 이용하려는 작태가 생겨나면서 악성 댓글은 세상을 오염시킨다. 특정한 인물을 겁박하는 수단으로도 쓰인다. 이들 모두가 '진정한 비판을 죽이는 사회'에 톡톡히 기여한다.

3. 어느 때부터인가 비판은 그 자체로 정의인양하는 분위기가 생겨났다. 거슬러 올라가기로 말하면 정치권력이 부도덕한 데서, 그것을 비판하는 데서, 비판은 절대선(絶對善)으로 보였을지도 모르겠다. 거세고 날카롭게 비판하는 사람은 의로운 사람처럼 인정받았다. 그런 비판이 사회적 공감을 얻어서 실제적인 권력을 얻기도 한다. 민주사회에서는 바람직한 일로 보일 수 있다.

그러나 이런 경우 비판은 그 자체가 현실적 선택과 책무를 져야 한다. 그 비판이 추구한 바가 구체적 현실이 되기도 하고, 그 비판이 권력의 중심으로 이동되기도 한다. 그러는 과정에서 자기 책임이 발생한다. 알다시피 현실 참여에서는 절대선 또는 절대 덕성으로서의 비판은 없다. 비판은 또 다른 비판과 상호삼투(相互滲透)되면서, 서로 지양(止揚)되면서, 보다 나은 대안(alternative)을 찾아나가는 것에 그 긍정의 기능이 있는 것이다. '상호삼투'니 '상호지양'이니 하는 추상적인 말의 실체는 무엇이겠는가. 그것은 한 비판이 다른 비판과 만나는 과정에서 각기 자기비판을 겸허하게 하는 것을 말한다. 아니 각기 자기비판을 통해서 '상호삼투'니 '상호지양'이 이루어지는 것이리라. 비판이 정치적 기술(skill)의 일종이 되면서, 비판을 쇼하듯이, 보여 주기 위해서 비판을 하는 경우는 또 얼마나 많았던가.

비판을 어떻게 가르칠 것인가. 아이들을 비판의 끝판에서 무엇을 생각하게 할 것인가. 이념의 호위 무사를 만드는 것이 비판 교육의 할 일은 아니다. '비판하는 자기'를 보게 해야 한다. 나는 이 비판에서 자유로운가. 그걸 보게 해야 한다. 적어도 교육은 그러해야 한다. 자기비판을 상정하지 않는 비판은 비판이 아니다. 비판의 윤리란 무엇이겠는가. 그 비판 안에 자신도 반드시 포함하는 것, 그리고 자신을 그 비판의 끝판에다 두는 것, 바로 그것이다.

한때 한국의 가톨릭교회에서 개개인의 사회적 책무를 감당하게 하는 화두로 삼아서, 전 국민에게 감화를 주었던 '내 탓이오' 운동이 바로 이것 아니겠는가. 나를 비판하는 데에 이르게 함으로써, 비로소 비판은 성숙하게 그리고 윤리적으로 완성된다. 비판의 끝판은 마땅히 그러해야 한다.

반성에 대한 반성

1. "음주운전이란 잘못된 행동으로 피해를 드리게 되어 사죄의 마음으로 반성합니다. 향후 본인은 얼마간 무면허 상태이기 때문에, 본인의 차량은 수리해서 팔고, 집에서 근무지까지 멀기는 하지만 대중교통을 이용하거나 자전거로 출퇴근을 병행하겠습니다. 그리고 절대로 무면허 운전을 하지 않을 것입니다. 다시는 이와 같이 어리석은 일을 저지르지 않고 선량한 시민으로 살아가겠습니다. 가정에서는 아내와 자녀로부터 존경받는 가장이 되도록 열심히 살겠습니다. 판사님께서 이러한 형편을 고려하시어 선처해 주기를 간곡히 부탁드립니다."

인터넷 포털 검색에서 '반성문'을 치고 검색해 보았다. 그랬더니 '반성문 양식과 예문'을 올려놓은 사이트들이 있었다. 위에 소개한 글은 음주운전으로 사고를 낸 사람이 법원의 판사에게 제출하는 반성문인데, 인터넷에 있는 예시 글 일부를 옮겨와 본 것이다. 물론 전문을 다 받아 가려면 유료이다. 이런 식으로 돈을 내고서라도 반성문 양식과 예문을 구하는 사람이 있으니까 반성문 장사가 이루어지는 것이리라.

음주운전 사고는 분명 잘못된 것이고, 이로 인하여 재판에서 처벌까지 받게 되었다. 그러하니 반성문 아니라 더한 것을 제출해서라도 처벌을 감해야 할 형편일 것이다. 그런 처지를 이해는 하면서도, 이렇게 반성문을, 자신의 마음을 담아 직접 쓰지 않고, 인터넷에서 돈을 주고 사서 편리하게 제출하려는 데에 대해서는 신뢰를 주기 어렵다. 반성의 진정성이 떨어진다는 생각이 들기 때문이다. 판사들도 이런 식의 반성문 제출 풍조를 알까.

검색창에 들어간 김에 반성문 관련 사이트를 더 뒤져 보았다. 정말 생각지도 못했던 반성문들의 사례가 즐비했다. 남편이 잦은 음주를 아내에게 반성하는 반성문, 남편이 아내에게 자신의 게으름에 대해서 반성하는 반성문, 아내가 남편에게 홈쇼핑 과잉을 반성하는 반성문 등은 흔히 있을 수 있는 반성 형태로 보였다. 부모가 자녀에게 심한 말을 한 것을 반성하는 반성문, 엄마가 아들에게 자신의 행동에 대해서 반성하는 반성문 등은 부모의 반성이라는 점이 특이했다. 옛날 같으면 없었던 반성 양태이다.

학원에 빠진 것에 대해 부모에게 반성하는 반성문, 자녀가 부모에게 실언한 것에 대해 반성하는 반성문, 시험 부정을 모의한 것에 대해서 반성하는 반성문 등은 이전에도 보이던 것이다. 매우 구체적인 정황을 반영한 것으로, 시아버님의 제사를 잊은 아내가 남편에게 반성하는 반성문, 노부모님께 부부싸움을 한 것에 대해서 반성하는 반성문 따위도 있었다. 거듭 말하지만 이들 반성문 양식과 예시 글은 모두 돈을 내어야 내려받을 수 있다. 반성문을 사고팔고 하다니, 직접 쓰지 않고 돈 주고 사서 반성문을 제출한 데 대한 반성문이 있어야 할 것 같다. 아니, 그것조차도 인터넷에서 돈을 내고 내려받아서 제출하려나.

그렇구나. 반성을 가시적 행동으로 보여야 할 때는 반성문이라는 형식이 있었지! 새삼 다시 알았다. 나는 언제 반성문을 썼던가. 초등 3학년 때 담임 선생님은 자신의 반성을 우리에게 가끔 보여주셨다. 그리고 우리에게도 반성문을 자주 써내도록 하셨다. 사관 후보생 훈련 때는 '수양록(修養錄)'을 적어야 했는데, 그걸 써낼 때도 무언가 반성을 요구하는 기제가 들어 있었다. 쫓기듯 써내는 반성문에는 정작 반성이 없다. 그래서 현실의 반성문은 자칫 상투적으로 흐르기 쉽다. 인터넷에서 돈 내고 내려받는 반성문도 상투성을 면하기 어렵다. 반성과 반성문은 반드시 일치하지는 않는다. 아니, 서로 배반할 수도 있다.

2. 인터넷에는 학생들이 선생님께 제출하는 반성문의 양식도 있었다. '반성문'이란 표제를 쓰지 않고, '선생님께 들려드리는 이야기'라는 제목으로 된 양식이다. 이 반성문 양식은 크게 세 가지로 구성되어 있다. 첫째는 본인이 했던 일을 적는다. 누구와 언제, 어디서, 어떤 일을, 왜 했는지를 적도록 한다. 둘째는 이 일과 관련해서 '잘못했다고 생각하는 일'과 '앞으로 어떻게 할 것인가'를 적도록 한다. 그리고 셋째는 선생님 말씀을 적고 선생님 도장을 받고,

부모님 말씀을 적고 부모님 도장을 받도록 하는 양식이다. 저질렀던 일을 일단은 팩트 중심으로 기억해 내고, 그 과정에서 잘못을 반성하고, 그 반성의 뜻을 교사와 부모가 함께 보살펴 준다. 요컨대 학생의 반성 행위를 두고 여러 교육적 처방이 함께 녹아들도록 한 것 같다. 그럼에도 불구하고, 반성의 절차적 형식이나 규범 때문에 반성이 경직되는 것을 염려하게 된다. 반성문이라는 양식(문화)을 사용하는 한 어쩔 수 없는 한계로도 보인다.

반성을 일단 행동으로 옮기면 마음에 품었던 원래의 '반성적 사유(思惟)'대로만 진행되지 않을 수도 있다. 내 생각과 달리 현실에서의 행동은 다른 사람들과의 관계 맥락에서 조정을 받기 때문이다. 그런가 하면 반성하는 마음은 없었는데 닥친 곤란 상황을 모면하자니 반성하는 행동을 보여 주어야 하는 경우도 있다. 이게 의외로 많다고 한다. 관계가 복잡다단하고, 손해와 이익이 민감하게 오가는 사회에서는 '반성하는 마음'과 '반성 행동'이 다르게 갈 때가 늘어난다는 것이다. 앞에서 본 법원 판사에게 제출한 반성문이 그런 예에 들 것이다.

반성은 '마음속 생각'으로 존재할 때만 그 본질이 훼손되지 않는다. 반성의 본질은 무엇인가. 반성은 본질적으로 '내적 성찰'이다. 반성은 사고(思考)의 차원에서 보면 그 자체로 의미 있는 독립된 사고 범주이다. 일찍이 '반성적 사고(reflective thinking)'라는 용어가 있지 않았는가. 그래서 '철학하기'를 지향하는 사람들은 반성이라는 말을 좋아한다. 반성은 인간이 자신과 세계를 다시 더 깊이 돌아보려는 철학적 성찰의 일종이기 때문이다. 철학적 성찰로서의 반성은 우리에게 도덕적 안목을 갖게 한다. 반성은 '도덕적 사고'의 한 양태이기도 한 것이다.

진실로 존재론적 고뇌가 진지하게 묻어나는 반성이 '훼손되지 않은 반성'의 원형이다. 바깥으로 보여주는 '반성의 기술'에 집착하면 그때부터 반성은 훼손된다. '정치적 수사'로 전락한 정치인들의 반성을 우리는 얼마나 많이 목격하는가. 이미 각질화되어서 의미도 없고 표정도 없는 반성은 또 얼마나 많은가. 밖으로 보여 주는 반성, 행동으로 확인해야 직성이 풀리는 반성, 이것에 대한 반성이 필요하다. 교육에서도 반성을 무슨 행동 도식처럼 강조할 일은 아니다. 반성의 생명은 자발성이다. 그 자발성을 일깨우도록 반성의 교육적 맥락(context)을 살려주는 것이 먼저이다. 그걸 교육의 지혜라 일컬어도 좋겠다.

3. 반성이 점차 사라지는 세태이다. 반성이라는 것이 낡은 유물처럼 보일 수도 있다. 생각해 보면 근대 국가주의나 계몽주의 이데올로기 시절에는 반성도 넘쳐났다. 애국심이 있는지를 반성하고, 국산품을 애용하는지를 반성하고, 심지어 물자를 얼마나 아껴 쓰는지에 대해서 일상으로 반성하게 하던 시절도 있었다. 스스로 생겨나는 반성이라기보다는 제도가 요구하는 반성이라 할 수 있다. 전체주의 사회가 인민들에게 생활 습관처럼 요구하는 '자아비판'은 제도화되어 강제되는 반성의 대표적인 사례이다.

과거 우리가 감당했던 반성은 무언가 억눌려서 해야 했던, '억지스러운 고백' 같은 것이기도 했다. 반성은 때로는 정죄(定罪) 받는 의식(儀式)으로서도 다가왔었다. 반성과 처벌이 늘 같은 묶음으로 붙어 다녔다. 그러다 보니 반성은 각자의 내부 검열 기제로 따라붙으면서, 겉으로 안 보이게 안으로 습관화되기도 했다. 물론 이런 것을 온당한 '반성'이라고 하기는 좀 그렇다.

아무튼, 반성이 사라져 가고 있다. 후련해야 할 터인데, 그렇지만은 않다. 우리 사회가 진정한 반성을 감당해 보지도 못한 채, 반성이 사라져가기 때문이다. 이 점이 아쉽고 안타깝다. 반성이 빠져나간 자리를 '자랑'이 점령한다. 이런 변화를 억압에서 자유로 나아가는, 시대정신인 양 말하기도 하지만, 마냥 수긍하기는 어렵다. 반성은 내가 나의 내면을 향하는 것이고, 자랑은 나를 타자 쪽으로 드러내어 보이는 것이다. '진짜의 나'에 대해서는 알려고도 하지 않으면서, '가짜의 나'를 연출하는 것은 아닐까. 우려가 있을 법하다.

비판의 담론은 넘치는데, 반성의 담론은 현저히 줄었다. 남을 들여다보면서 온갖 결점을 찾는 데는 선수가 되어 있다. 그러면서도 나의 결점에 대해서는 한없이 너그럽다. 스스로 심판자의 자리에서 남들을 정죄하기에 바쁘다. 내가 그러는 동안 남들 또한 나를 향해서 정죄할 것이다.

반성은 한갓 한 시대의 시대정신으로만 머물지 않는다. 반성은 보편적 가치를 지닌다. 자기반성을 별 가치가 없다고 생각하는 사람은, 비록 지식이 많다고 해도, 그는 천박한 사람일 가능성이 크다. 사회 또한 마찬가지이다. 반성을 귀하게 여기지 않는 사회는 경박하다. '타자 비판'을 과시하며 '나 잘난 맛'을 즐기는 데로 흐른다. 마침내 서슴없는 '독한 비방'까지도 지적 허영으로 소비한다. 그렇게 해서 탄생한 '비방 사회'가 바로 우리 곁에 있다.

제5강 | 아래에 서려는 사람을 어찌 이기랴

낮은 곳으로 가게 하소서
낮은 이웃을 향해 가게 하소서

나로 하여금
가장 나중 지니게 하는
마음의 보석

그것은,
눈물이라 믿사오니
그 눈물을 품고
낮은 곳으로 가게 하소서.

– '낮은 곳으로 가게 하소서' 중에서

듣기의 윤리학

1. 사람들은 대화하고 소통하며 산다. 산다는 것이 곧 소통의 현존(現存)을 증명하는 것이지 달리 무엇이겠는가. 그래서 소통이 끊어진 곳에 삶의 좌절이 있고, 소통이 왜곡되는 곳에 배신의 분노가 있고, 소통이 실종되는 곳에 관계의 파탄이 있다. 이렇게 말하면 소통이 거창한 그 무엇인 것 같지만, 실상 소통은 소박하다.

소통의 반은 내가 누구에겐가 말하는 것이고 나머지 반은 내가 누군가의 말을 듣는 것이다. 모든 소통은 여기에서 시작한다. 이것이 안 되면 소통은 이루어질 수 없다. 그런데 소통은 잘 이루어지지 않으면 잘 이루어지지 않는 것으로 끝나지 않는다. 고통으로 이어지고 불행으로 빠진다. 안 되면 말고 하는 식으로 다스릴 일이 아니다.

사람들은 소통을 주로 말하기의 문제로 본다. 내가 말을 잘못해서 소통이 성공하지 못했다고 생각한다. 듣는 것이 말하는 것과 불가분의 관계에 놓이듯이, 말하는 것은 듣는 것에 의존하지 않으면 성공할 수 없다. 말하기의 실패는 듣기의 실패에 반드시 연동되어 있다. 그래서 듣기의 지혜가 중요하다. 그런데 잘 듣는다는 것이 생각만큼 쉽지 않다.

소백산맥 자락 시골 마을에 사는 K 씨는 50대 후반의 성실한 농사꾼이다. K 씨는 지난 5월 어버이날을 맞아 이른바 효도관광이란 걸 다녀왔다. 자식들이 부모님 노고를 위로한다고 돈을 모아, 경치가 뛰어나다는 중국 장가계 관광여행을 보내 드렸단다. 생전 처음 해외여행에 나선 K 씨 내외는 자식들의 정성이 고마웠다. 그만큼 소중한 여행으로 생각하고, 장가계의 절경들을 감탄하고 또 감탄하며 구경하였다. 그야말로 신선의 영토를 보는 듯했다.

효도관광을 마치고 돌아온 K 씨는 장가계 다녀온 이야기를 하고 싶었다. 곁들여 자식들 효성도 자랑하고 싶었다. 누군들 그렇지 않겠는가. 소통은 삶을 활기 있게 추동시키는 원천이다. 이렇듯 강한 소통의 욕구가 있기에 자기 존재의 근거가 생기는 듯하고, 내가 의미 있게 살아 있음이 비로소 확인되는 것 같았다. 생각해 보면 우리들 모두도 이와 비슷한 유형의 경험을 가지고 있다.

마을회관에서 모임이 있던 날, K 씨는 장가계 다녀온 일을 은근슬쩍 꺼내어 이야기를 시작했다. 별 자랑거리가 아닌 듯한 말투로 시작했다. '애들이 이번 봄에 쓸데없는 신경을 써서 팔자에 없는 구경을 하고 왔다'는 식으로 이야기를 꺼낸다. 장가계에서 현지 가이드가 전해 준 이야기들을 보태어 가며, 세상에 그런 절경은 없을 것이라고 소감을 펴 나갔다. 이웃들이 부러운 듯 경청하자 K 씨의 이야기는 소통의 신명을 얻는 듯했다.

듣고 있던 사람 중에 누군가가 나섰다. 농협인가 어딘가에 있다가 작년엔가 퇴직한 L 씨가 장가계 이야기를 그냥 죽 듣고 있지 못한다. 할 말이 많다는 표정으로 나섰다.

"장가계 경치, 그 참 일품이지. 내가 3년 전에 다녀왔는데, 한국 사람들 몰라서도 못 갈 때야. 나는 장가계 들러 원가계까지 둘러보고 왔었는데, 하여튼 관광 상품 중에서도 제일로 비싼 걸루 다녀왔지. 내 작년에도 자식들이 하도 다녀오라고 해서 말이야, 중국 황산이라는 데도 갔다 왔는데 말이야, 황산은 장가계하고는 또 다른 맛이야. 그 케이블카로 올라가면서 단풍 보는 맛이 끝내주더라고!"

물론 처음 장가계 이야기를 꺼내었던 K 씨의 말은 이미 끝나 있었다. L 씨가 무어라 이야기 마당으로 K 씨를 다시 끌어들였으나 그는 더 이상 소통 의욕을 잃은 듯했다. 얄미웠을 것이다.

2. 심리학에서 일컫는 용어 중에 'I Knew it All Along' 현상이라는 것이 있다. 굳이 우리말로 옮기자면 '난 처음부터 알고 있었어' 쯤의 뜻이 되는 말이다. 남의 이야기를 그 사람의 마음 형편이 되어서 들어 주지 못하는 마음 상태를 말한다. 결론부터 말하면 이런 심리적 현상은 일종의 '권력 부리기(powering)'에 해당한다. 아는 것이 없고, 가진 것이 없고, 힘이 없는 사람에게는 나타날 수 없는 현상이다. 그러니까 'I Knew it All Along' 현상은 곧 '나는 권력을 가지고 있다'를 명시적으로 보여 주는 것과 같은 것이라 할 수 있다. 그러니 정치권력이든 지식 권력이든 부의 권력이든 가진 사람이 듣기를 잘할 수 있기가 얼마나 어려운지를 보여주는 대목이기도 하다.

L 씨가 그렇게 끼어들 듯이 말하지 않고, K 씨 이야기를 끝까지

들어주고 '참으로 좋은 구경했다. 효자 자식 두어서 참 좋겠다'고 말해 주었다면 어떠했을까. 두 사람의 소통은 아름다운 상생의 관계를 만들어 내며 꾸준히 발전해 갔을 것이다. 시간이 지나면 K 씨는 알 것이다. 아니 동네 사람들 모두 알 것이다. L 씨는 이미 그 이전에 중국 여행 경험이 많았다는 것을. 그러함에도 전혀 아는 티내지 않고, K 씨의 장가계 이야기를 한없는 공감적 이해의 마음으로 들어 준 L 씨의 인격을 우러러볼 것이다. 그런데 그날 L 씨는 좌중으로부터 얄미움의 대상이 되었다. 그것이 L 씨가 가진 듣기 능력의 한계인지도 모른다.

인지심리학자들은 보통 듣기의 단계를 세 단계로 나눈다. 첫 단계는 '들리기(Hearing)'의 단계이다. 말소리가 그냥 귀에 들려오는 수준을 말한다. 청각 기관에 장애가 없으면 자연스럽게 소리를 들을 수 있는 기본 청각 능력의 수준을 '들리기'의 단계라 한다. 두 번째 단계는 '듣기(Listening)'의 단계이다. 말소리를 식별하고 단어의 소리와 의미를 알아차리며 들을 수 있는 능력의 단계이다. 주의력을 쏟고 감각과 인지를 집중함으로써 이루어지는 듣기이다. 그냥 들리는 소리를 듣는 것이 아니라 듣는 사람이 주의를 집중함으로써 단어나 문장의 소리와 더불어 그 의미를 들을 수 있는 능력이다. 따라서 이러한 '듣기'의 능력을 기르기 위해서는 훈련과 학습이 필요하다.

마지막으로는 '총체적 이해로서의 듣기(Auding)'이다. 이 단계에서 듣는 사람은 자신의 인생 경험과 배경지식을 모두 동원해서 말하는 사람의 메시지를 감상하고 평가하여 말하는 이를 총체적으로 이해하는 듣기 능력을 발휘한다. 듣는 메시지에만 집중하는 것이 아니라, 그 메시지가 지닌 다양한 맥락을 모두 고려하여 그야말로 상대를 총체적으로 이해하는 듣기인 것이다.

3. 앞에서 언급한 K 씨와 L 씨의 사례를 보면, '듣기 능력'의 최상은 끝이 없는 듯하다. 그것은 아마도 인지적 측면에서 한껏 높은 수준이라 할 수 있는, 이른바 '총체적 이해로서의 듣기(Auding)'를 넘어서는 능력임이 틀림없다. 아니 그것은 그냥 능력이라기보다는 도덕적 성숙이 잘 우러난 인격의 경지라고 말하는 것이 더 적절할지도 모르겠다. 그러니 듣기의 최고 경지란 '잘 들어주는 사람'에게서 찾을 수 있겠다. 부연하여 말하면, 들어준다는 표도 내지 않고 잘 들어주는 사람이라 할 수 있다. 상대를 향한 겸손과 존중이 내면의 덕성으로 배어들어서 그것이 듣기의 장면에 자연스럽게 비치는 사람 말이다. 잘 듣는 능력 속에 이런 도덕적 자질이 숨어 있다니.

그런데 또 한편으로 생각해 보면 남의 말을 들어주는 일이야말로 무어 그리 어렵겠는가 하는 생각도 든다. 흔한 말로 돈이 드는 것도 아니고, 몸이 힘든 노역을 해야 하는 것도 아니고, 귀가 닳는 것도 아니다. 그러나 그런 기준으로 듣는 일이 쉽고 어려운지를 판단할 일은 아니다. 눈에 보이는 물질적이고 육체적인 기준이 아니다. 그래서는 듣기의 지혜에 가 닿을 수 없다. 그 기준은 오히려 눈에 보이지 않는 어떤 마음의 기준이라 해야 할 것이다. 마땅히 훌륭한 듣기란 마음의 다스림과 내면의 수양에 연결되어 있다는 것을 깨달아야 할 것이다. 이쯤에서 한 가지 분명한 것은 가장 저급한 듣기의 수준이 무엇인지를 눈치챌 수 있다는 것이다. 그것은 바로 'I Knew it All Along'에 빠져 있는 듣기 심리라 할 수 있다.

　교실에서 이루어지는 수업도 소통의 일종이라 할 것이다. 나는 가르치는 사람으로서 끊임없이 발신자의 자리에 선다. 그리고 많은 말을 한다. 수업 시간에도 주로 내가 말하고, 학생들과의 대화 시간에도 주로 내가 말하고 있다. 누군가 풋풋한 의견이라도 내려고 하면, 누군가 득의양양한 경험이라도 자랑할라치면, 그걸 열심히 경청하려고 하기보다는, 나는 금방 노련한 경험자인 양 'I Knew it All Along'의 심리를 조금의 망설임도 없이 내보인다. 미명(未明)의 한복판에서 갇혀 있었다고나 할까. 잘 듣는 능력이란 기능의 영역이기도 하지만, 동시에 덕성의 영역에 있음을 이렇게 무디게라도 깨달아 가는 것은 불행 중 다행이다.

"내가 좀 손해 보고 말지, 뭐"

1. 작고한 소설가 이문구(李文求) 선생은 길고 구수한 만연체 문장으로 우리에게 익숙한 작가이다. 그의 성장소설《관촌수필》은 그런 문체로 그의 성장 공간 안에 있는 시대와 역사를 응시하게 한다. 나는 이 작품에서 넝쿨처럼 뻗어서 엮어진 만연체 문장의 매력을 만끽했다. 그의 소설에 등장하는 인물과 사건들은, 그가 구사하는, 긴 호흡의 울퉁불퉁하고도 유장한 문장에 실려서 독특한 인간적 향기를 머금고 형상화된다.

1980년대 초반 한국교육개발원에서 일하고 있을 때, 내가 업무로 맡은 어떤 행사에 이문구 선생을 모시게 되는 기회가 있었다. 이문구 선생이 40대 초반쯤이었을 게다. 내가 근무하는 기관에서 개최하는 전국 단위 문학 백일장 행사가 있었는데, 선생을 심사위원으로 두어 번 모실 수 있었다. 그 무렵 나는 30대 초반의 문학교육연구자이었는데, 선생을 만나고 모시는 마음이 요즘으로 치면 마치 유명 연예인을 좋아하는 팬의 마음 같았다. 선생에 대한 기대와 호감이 마음에 가득했다.

백일장이 진행되고, 다 쓴 글들이 제출되고, 심사가 끝나고, 시상 행사가 이어졌다. 이어서 심사위원의 심사 강평이 있어야 했다. 행사를 진행하던 나는 이문구 선생께 심사 강평을 부탁드렸다. 그런데 웬일인가. 선생은 심사 강평의 역할을 사양하시는 것이다. 그 사양이 제법 완강하여 나는 좀 난감해졌다. 사양하시는 이유를 묻자, 자기는 말을 잘하지 못한다는 것이다. 그냥 해 보는 사양이 아니라 아주 난처한 표정을 지으시는 것이 아닌가. 공교롭게도 선생 대신 강평을 하실 심사위원이 사정이 생겨 자리를 먼저 뜨는 바람에 어쩔 도리 없이 선생께서 굳은 얼굴을 하고서 단상으로 올라가셨다.

선생은 자신이 이런 단상에 올라오면 하던 말도 못 한다는 말로 서두를 떼었다. 말을 잘하지 못해서 심사 강평을 극구 사양했는데 막무가내로 올려보내는 바람에 올라오게 되었다면서, 매력적이고 재미있는 언변은 기대하지 말라고 전제를 하신다. 작가는 오로지 글로써 말하는 법이라는 말씀도 했던 것 같다. 전체 심사 강평의 반 정도를 자신은 말을 잘하지 못한다는 데에 사용하고, 남은 시간도 그저 평범한 소감 몇 말씀으로 띄엄띄엄 이어가셨다.

선생의 스피치는 선생께서 스스로 염려하신 대로 내용은 단출하고 분위기는 건조했다. 풍부한 생각과 경험의 맥락을 흥청흥청 모두 거느려 풀어내시는 선생의 문장과는 사뭇 달랐다. 선생의 스피치도 그의 문장처럼 웅숭깊은 멋과 풍성함을 펼칠 것으로 기대했는데 말이다. 나는 선생의 글에서 받았던 어떤 기대치를 가지고, 그것에 맞추어 선생의 스피치를 기대했던 것이다. 그러니 선생의 심사 강평이 아쉬울 수밖에.

그런데 그것은 그냥 내 생각일 뿐인지도 모르겠다. 그 자리에 있던 나의 동료는 다른 느낌이었단다. 이문구 선생의 말씀이 작가다운 카리스마와 간결한 절제, 그리고 말로는 나타나지 않는 어떤 울림이 있어서 나쁘지 않았다고 한다. 동료는 교육학 전공이었는데, 이문구 선생의 문장을 대해 본 적이 없다고 했다. 그러다 보니 그는 나와 달리 선생의 강평에 어떤 기대치를 미리 마련해 두지 않았던 것 같다. 그래서 그는 만족했던 것일지도 모르겠다.

글로써 읽었던 유명 인사를 실제로 만나 그의 말을 들어보고서는 실망하는 경우가 있다. 그 반대인 경우도 있다. 내 경우는 후자에 더 큰 실망을 느끼는 편이다. 말 잘하는 유명 인사에게 홀딱 빠졌다가 다른 날 그분이 쓴 글을 보고 실망하여, 이전의 호감과 신뢰를 철수하기도 했었다. 글을 믿다가 말에 울든, 말을 믿다가 글에 실망하든, 문제의 본질은 같다. 그분의 잘못일 수도 있지만, 달리 볼 수도 있다. 대개는 내 쪽에서 미리 형성해 둔 기대치가 불러오는 착시(錯視)현상이 아닐까. 아니 그렇게 보아야 할 것이다.

2. 기대니 만족이니 하는 것이 중요한 것은 이들이 인간의 행복에 관여하는 비중이 점점 높아져 가기 때문이다. 인간의 기대나 만족이라는 것이 얼마나 변덕스러운가. 기대도 만족도 절대적 기준으로 고정되어 있지 않음은 우리가 이제는 잘 알고 있다.

그런데 이것이 옛날로 거슬러 갈수록 사람들 마음속에 지금보다는 안정적으로 존재하고 있었다는 것이다. 그러니까 오늘날처럼 행복이라는 것이 제 자리를 잡지 못하고 요동치는 시대도 이전에는 없었다는 것이다. 아마도 미래에는 더하면 더하지 못하지 않을 것이다. 우리들의 물질적 만족도와 기술이 주는 생활 일상의 쾌락 만족도가 높아지면 높아질수록 기대도 높아진다는 것이다. 그럴수록 행복은 더욱 불안정하게 된다는 것이다.

《호모 데우스(Homo Deus)》의 저자 유발 하라리(Yuval Noah Harari)는 이 점을 잘 설명해 준다. 하라리는 이 책에서, 현대의 인류가 지닌 행복 관념은 대단히 불안정하며, 그만큼 어떤 복잡한 움직임(dynamics)에 지배되고 있다고 말한다. 그는 현대인이 구성하는 행복을 일종의 유리 천장으로 비유한다. 그리고 그 유리 천장을 떠받치고 있는 두 개의 기둥을 언급하는데, 그중 하나는 심리적인 것이고 다른 하나는 생물학적인 것이라고 말한다.

유발 하라리의 말을 더 들어보자. 심리적 수준에서 보면, 행복은 객관적 조건으로 결정된다기보다는 내가 어떤 기대치를 가지고 있는지에 달려 있다. 하라리는 이렇게 예를 든다. 우리는 평화와 번영을 누릴 때 만족하지 않는다. 실제와 기대가 일치할 때 만족한다. 객관적으로는 나쁜 상황이라 하더라도, 조건이 나아져서, 기대가 부풀어 오른다면, 행복이 움직이며 다가온다고 느끼는 것이다. 최근 몇십 년 동안 인류가 겪은 것처럼 조건이 확 좋아지면, 만족도가 높아지는 것이 아니라 기대치가 높아진다. 이 문제를 해결하지 못한다면, 우리는 앞으로 무언가 성취를 하면 할수록 행복이 커지는 것이 아니라 불만이 커질 것이다. 성취한 것보다 더 높은 기대치를 품게 되기 때문이다. (유발 하라리 지음, 김명주 옮김, 《호모 데우스》 58쪽)

3. '내가 좀 손해 보고 말지 뭐.' 가끔 이렇게 마음을 먹고 살아가던 시절이 있었다. 그러나 요즘은 이런 마음씨를 가지는 사람도 줄어들었고, 이런 마음씨를 알아주는 세태도 아니다. 이걸 마냥 착하다고만 할 수도 없는 세상이 되었다. 오히려 공동체 마인드가 약하고, 사회성이 바르지 못하고, 사회적 정의에 당당하지 못하다고 비판을 받기도 한다. 심지어는 억울하게도 '비겁하다'는 핀잔을 들을 수도 있다.

'내가 좀 손해 보고 말지 뭐'라는 마인드는 착하게 양보하고 배려하는 품성으로 알아주었다. 그러나 이는 근대 이전의 인간상, 즉 자연 질서에 순응하며 소박한 인간관계를 바탕으로 도야된 품성과 도덕이 자리 잡던 시절까지이었다. 산업자본주의를 거쳐 제4차 산업혁명 시대의 지식 정보 기술이 사회적 생태 환경이 된 지금에 이르러서는 달라진다. '내가 좀 손해 보고 말지 뭐'는 근대의 합리성을 몰각하는 전근대적 인간의 행동 방식이 된다. 그래서 이런 사람은 비록 인습으로는 착하다는 평을 들을 수는 있어도, 그것은 '논리적이지 못한 착함', '우유부단한 착함', '제대로 항변하지 못하는 착함', '주체가 사라진 착함' 등으로 질타당하지 않았던가. 일찍이 1960년대 후반 우리 문학 평단에서 흥부가 비판받고 놀부의 자본주의 의식이 새롭게 부각 되던 것이 그러한 질타의 비평적 시초라는 생각도 든다.

그러나 이는 '착함의 본질'까지도 가치 없는 것이 되었다는 것을 의미하지는 않는다. 착함을 인식하고 행동하는 주체의 자유 의지가 있으면 그 착함은 여전히 가치 있고 도덕적이다. 여기 한 사람이 있어, 그가 속한 공동체 내에서 어떤 이해(利害)가 엇갈리는 갈등의 상황을 만난다. 고민하던 그는 '내가 좀 손해 보고 말지 뭐'하고 마음을 먹는다. 그러면서 그는 그 손해를 기꺼이 받아들이고, 그 손해를 받아들이는 자신에 대해 정신적 자부심을 품는다. 그로 인해 갈등이 해소되고 공동체가 위기를 넘어서면, 그는 자신이 의식하지 못하는 은은한 도덕적 기쁨과 자존(自尊)을 느끼기까지 한다. '자신이 의식하지 못한다'는 말은 그가 자신의 착함을 누구에게 잘 보이기 위해서 가식적으로 연출하지 않았다는 것을 의미한다. 그렇다면 누가 그의 착한 인성을 '우유부단한 착함', '제대로 항변하지 못하는 착함', '주체가 사라진 착함' 등으로 비난만 할 수 있겠는가. 어찌 보면 그는 근대적 합리성이 추구한 얄팍한 '착함의 도식'을 성큼 넘어서서 '탈근대의 공동선'에 도달해 있는지도 모른다.

세상이 워낙 약삭빠르고, 그만큼 이익과 손해에 민감한 마음들로 서로 부딪치고 생채기 내며 사는 것이 지금 우리의 사회적 생태이다. 우리의 심리나 도덕적 행위도 진화한다고 보면, '내가 좀 손해 보고 말지 뭐'의 심리는 오늘의 탈근대 생태에 맞는 진화라 할 수 있다. 이는 곧 기대치를 스스로 낮추어 행복을 유지하고 지키려는 의식·무의식적 기제일 수도 있기 때문이다. 어떻게 사는 것이 지혜로운지를 분별하는 일도 정말 복잡하고 어려워졌다.

"덕분에"

1. 인사란 쉬운 것 같지만, 쉽지 않다. 아니, 세상에 인사처럼 어려운 것도 없다. 살아가며 경우에 맞게 인사를 잘하는 사람이 얼마나 될까. 만약 내가 인사를 하고 상대가 내 인사를 어떻게 느끼고 받아들였는지, 상대방 마음을 들여다보는 기계가 있다면 우리들 모두는 놀랄 것이다. 아니, 나는 그런 뜻이 아닌 인사였는데, 그걸 저 사람은 저렇게 기분 나쁘게 받아들였단 말이야. 아니, 내 인사가 저렇게 건방진 느낌을 주었다는 거야. 아니, 나는 진정을 담아서 말했는데 저 친구에게는 시큰둥하게 들렸단 말이야 등. 이렇게 되는 경우가 참으로 많기 때문이다.

이것이 잘 이해되지 않는다면 스스로 검증해 볼 수도 있다. 근자에 이런저런 자리에서 내가 받았던 인사 중에 완벽하게 만족스러웠던 인사가 얼마나 되는지를 헤아려 보라. 나라는 존재가 진정으로 미덥게 존중받으면서, 동시에 상대의 인간적 덕성이 자연스럽게 와 닿는 그런 인사를 얼마나 받았었는가. 아마도 많지 않을 것이다. 이 인사는 이게 문제이고, 저 인사는 저게 문제이고 등등 인사 흠을 잡으려면 한도 끝도 없음을 바로 자신의 경험에서 확인할 수 있을 것이다.

인사를 하고도 인사의 효과는커녕 오히려 욕을 먹는 사람도 많다. 하나마나한 인사를 해서 '영혼이 없는 인사'라는 핀잔을 듣는다. 인사하는 속내가 너무 뻔히 비쳐 보여서 얄미울 때도 있다. 인사를 너무 이익 추구 전략으로만 하면 인사말만 번지르하기 쉽다. 상대도 금방 간파한다. 나를 인성 나쁜 사람으로 파악한다. 내가 약은 만큼 상대도 약다. 인사에 안 해도 좋을 말을 해서 다시 사과 인사를 하는 경우는 안타깝다. 상황과 맥락에 맞지 않는 인사를 해서 상대는 물론이고 주위를 민망하게 하는 경우도 많다.

인사 능력은 그 사람의 '사회화(socialization) 능력'과 비례한다. 인사를 잘하면 이미 그는 '사회화'의 능력과 수준이 경지에 달한 것이다. 누가 어느 정도 '사회화'되었다 하는 것은 곧 그 사람이 지금까지 '교육받은 능력'을 대변하는 것이라 하지 않는가. 인사 능력으로 어린이들과 청소년의 '사회화 지표' 같은 것을 개발해 볼 수도 있을 것이다. 인사는 상대가 나의 사람됨을 테스트하는 리트머스 시험지와도 같은 것이다. 갑자기 인사가 조심스러워지고 부담스러워진다. 응당 그러해야 한다.

일찍이 30여 년 전에 국립국어원과 조선일보사가 공동으로 펴낸《우리말의 예절 : 화법의 실제와 표준》은 총 430여 페이지 분량의 책인데, 인사말 화법에 관한 것이 거의 30% 이상을 차지한다. 이 책을 읽어보면 인사 제대로 잘하기가 정말 쉽지 않다는 것을 느낀다. 인사를 할 때, 이런 경우는 이런 인사말, 저런 경우는 저런 인사말을 쓴다는 것을 안다고 인사를 잘하게 되는 것은 아니다. 인사말에는 그 인사말을 쓰는 사회가 지닌 오묘하고 그윽한 '문화의 결

(texture)'이 알게 모르게 스며있기 때문이다.

그러나 그런 어려움에도 불구하고, 좋은 인사의 본질은 간단하고 명료하다. 인사말을 듣는 상대방이 기분 좋아야 한다. 그런데 이것도 쉽지 않다. 그냥 비행기를 태우고 아첨의 인사를 해서 기분 좋게 하는 것은 삼류의 인사이다. 상대는 그 자리에서는 잠시 기분 좋아할 수 있겠지만, 그런 인사를 들은 상대는 집에 가서 비판한다. "그 사람 너무 가벼워서 못 쓰겠어. 미더운 데가 없어." 이렇게 되면 인사는 내 인격만 손상된 채, 하지 않은 만 못한 인사가 된다. 인사는 인사하는 쪽의 인간적 덕성도 함께 묻어난다. 그러니 쉽지 않다. 물론 인사받는 사람의 덕성이 자연스럽게 느껴질 수 있으면 그것은 좋은 인사이다.

이런 데에 신경 쓰지 않고, 무난하게 쓸 수 있는 인사말이 있다. 이 인사말은 구태여 내 쪽에서 먼저 하지 않아도 된다. 상대가 무어라고 내게 안부를 묻거나 하면, 그 대답이 되는 말씀의 앞머리에 살짝 얹어서 말하면 된다. 그것은 '덕분에'다.

2. '덕분에'는 어떤 인사말에 사용해도 조금도 손해 볼 일이 없는 말이다. 인사나 대화에 도움이 되면 되었지, 손해가 되지 않는 말이다. 그간에 이 말을 그저 습관적인 상투어처럼 쓰게 되어서, 이 말의 깊은 속뜻을 음미해 볼 여지가 없었다. 정말 괜찮은 말이라면 그 뜻을 다시 살펴보아 좀 더 진정성 있는 말로 재탄생시켰으면 좋겠다 하는 생각을 해 본다. 그냥 상투어로 방치하지 말고 말이다.

나를 덕성 있는 괜찮은 인간 존재로 만들어 주는 말의 힘이, 바로 이 '덕분에'라는 말에 깊이 내장되어 있기 때문이다. 이 말 '덕분에'의 힘을 사랑하면서, 이 말을 각성하여 쓰다 보면, 우리의 덕성(德性)도 고양되리라 생각한다. 아니, 그게 바로 이 말의 힘이다.

'덕분에'는 '덕분(德分)'이라는 한자어에 보조사 '에'가 붙어서 된 말이다. 실제로 덕분이라는 말은 홀로 쓰이기보다는 '에'가 붙어서, 즉 덕분에라는 말로 한 덩어리를 이루어 쓰이는 경우가 대부분이다. 구어(口語)에서는 거의 그렇다. 덕분이라는 말의 사전적인 뜻은 '베풀어 준 은혜나 도움'을 일컫는다. 그러므로 '덕분에'라는 말은 '베풀어 준 은혜나 도움 때문에'라는 뜻이 되는 것이다.

덕분이라는 말의 동의어는 '혜택(惠澤)'이라는 말이다. 그런데 혜택이라는 말은 그 의미가 구체적으로 다가오는데, 이에 비해서 덕분이라는 말은 왠지 막연하고 덜 구체적이라는 느낌을 받는다. 혜택은 눈에 보이게 구체적으로 도움받은 내용이 있어야 쓰는 말처럼 인식된다. 반면에 덕분은 눈에 안 보이는 도움이나 은혜까지도 모두 포함이 되는 것처럼 인식된다. 스승이나 선배로부터 받은 인격적 영향이나 도덕적 가르침 같은 것은 혜택이라기보다는 덕분이라고 하는 것이 적절하다. 그러니까 차원으로 보면 '덕분'이 '혜택'보다는 한 차원 더 높은 경지에 있는 은혜라 할 수 있다.

'덕분에'는 인사 대화에서 많이 쓰인다. 이를테면 이런 경우이다. "그동안 공부 잘하고 건강하게 지냈는가"라고 윗사람이 안부를 물었을 때, "덕분에요"라고 하거나 "네, 선생님 덕분이에요"하고 대답하는 것이다. 친구 사이라도 마찬가지이다. "방학 때 여행 간다더니 잘 다녀왔어?" "응, 덕분에 잘 다녀왔어." 이렇게 말하는 것이다. 구체적인 도움을 받은 일이 없더라도 "덕분에"라고 답하는 데에 이 말의 숨은 덕성이 있다. 평상시 상대가 내게 보여 주는 일반적인 관심과 배려가 있다면, 그것만으로도 충분히 도움이 되고 은혜가 된다는 인식을 보여 주는 것이니, 어디에나 감사가 충만한 심성을 잘 드러내는 것이다.

"내가 너에게 해 준 것이 없는데 무슨 '내 덕분에'란 말이야." 만약 누가 이렇게 따진다면 그는 참으로 인간관계의 핵심을, 눈에 보이는 이익과 손해의 관계로만 파악하는 사람이다. 내 형편과 처지에 그냥 일반적인 관심 가져주는 것만으로도 나는 너의 은혜를 느끼고 너의 고마움을 느낀다. 이런 마음을 담아내는 인사가 바로 '덕분에'인 것이다. '덕분에'에 들어 있는 '덕(德)'의 가치를 모르는 것이다. 우리의 전통적인 인사법에서 상대가 지닌 덕을 예찬하고, 그 덕이 나에게까지 미쳐서 나를 이롭게 한다는 인식('덕분에' 인식)은 아름답다. '덕의 이념'이 우리 일상의 생활문화로 와 있음을 이 말이 입증한다.

맹자가 양나라 혜왕을 만났을 때, 왕이 맹자에게 묻는다. "그대여, 어찌하면 '이익[利]'을 구할 수 있겠는가." 맹자가 대답한다. "왕이시여, 어찌하여 하필이면 '이익'을 말씀하십니까." 이는 사서(四書)의 하나인 《맹자(孟子)》 첫 페이지 첫 구절에 나오는 내용이다. 맹자는 나라 다스리는 근본 이치를 이(利)에서 찾는 왕을 설득한다. 나라 다스리는 중심이 이(利)가 아니고 덕(德)에 있음을 강조하는 것이 맹자의 철학이다. '덕분에'도 이런 덕의 철학에서부터 발효된 우리의 인간관계 인식론이고, 인간관계에서 덕을 중시하는 우리의 대화 철학이다.

3. 묵은해를 보내고 새해를 맞는 계절이면 사람들은 크리스마스 카드와 연하장을 주고받는다. SNS(소셜 미디어)로 진화된, 수많은 종류의 메시지들이 문자로 영상으로 오간다. 그 안에는 각기 구체적인 인사의 내용이 적히겠지만, 상대의 복을 빌어주고, 상대 덕분에 나도 잘 지낸다는 뜻을 전하도록 하자. "너로 인해 내가 행복하다"라는 감사의 마음을 전하자. '덕분에'를 마음껏 말하고 전하자.

사실 우리 모두는 서로 '덕분에'의 관계로 산다. 내가 모르는 그 누구의 덕으로 사는 것이 눈으로 보이지 않지만, 우리는 모르는 그 누군가의 덕분으로 산다. 만물이 살아가는 원리와 구조와 질서도 다 '덕분에'의 작용으로 되어 있다. 생태주의 섭리가 이런 것 아닌가 싶다.

'덕분에'로 감사를 표하는 일도 알고 보면 덕을 베푸는 일의 일종이다. 니체(Friedrich Nietzsche, 1844-1900)가 남긴 구절 하나를 환기해 본다. "베푸는 덕이 최고의 덕이다. 최고의 덕은 진귀하고 빛이 나며, 광채 속에서도 온화하다."(《차라투스트라는 이렇게 말했다》 중에서) 그렇다. '덕분에'는 남이 베푸는 덕을 초월적으로 알아차리는, 그런 지혜를 품고 있는 말이다.

제6강 | 참는 마음은
어디서 오는가

직지사
오월 연록은

色界!

여기를 넘어갈 때

마음아, 너는
언어의 형상으로도
현신(現身)하지 말고

그 어떤
신음(呻吟)의 소리로도
터져 나오지 말고

마음아, 너는
정녕
눈을 감아서
귀를 먹어서

그렇게
가려므나.

– '직지사에 가거든'

착함에 대한 변호

1. 서울상공회의소와 독서문화운동단체가 공동으로 주관했던 'CEO 독서문화 아카데미' 프로그램에 특강을 하러 가서, 그리스 로마 신화에 나오는 '프시케(Psyche)' 이야기를 한 적이 있다. 프시케는 용모의 아름다움은 물론 마음의 아름다움과 영혼의 고결함을 지닌 인간 여자이다. 흔히 육체적 관능의 미를 표상하는 여신 아프로디테와는 대척의 자리에 놓이는 인물이다. 프시케는 그 심령의 아름다움과 그것이 빚어내는 덕성의 고결함으로 인하여, 마침내 '여인 프시케'에서 '여신 프시케'로, 즉 사람에서 신으로, 신분의 승천을 이루는 인물이기도 하다.

독서 아카데미에 참가한 CEO들에게 프시케의 구체적 인격을 현실 속에서 생각해 보도록 하려고 이렇게 질문했다. "지금 제가 소개한 신화 속의 인물 아름다운 '프시케'를 우리 주변의 배우로 연상한다면 어떤 여배우를 떠올릴 수 있겠습니까?" CEO들은 각자의 상상력에 따라 여러 배우를 언급하였다. 그중에서 가장 높은 공감을 받은 배우는 이영애 씨이었다. 다른 여배우를 떠올렸던 사람도 이영애 씨가 지목된 것을 알고 난 뒤에는 자기의 생각을 바꾸어, '그래 이영애가 꼭 맞다'고 하며 공감을 표했다. 그랬더니 한 대학병원의 원장 CEO를 맡고 있는 한 분이 일어서더니 이렇게 말했다.

"무조건 이영애 씨가 프시케 이미지로 연결되는 것에는 동의하지 않습니다. 드라마 대장금에 출연하여 장금이 역을 수행하고 있는, 그 이영애 씨이어야 합니다."

이 말이야말로 강사인 내가 하고 싶었던 말이었다. 나는 그분의 통찰력과 지혜를 높게 평가해 드렸다. 잘 알다시피 '대장금'이라는 드라마는 우리에게는 그야말로 '국민 드라마'라고 할 정도로 널리 깊은 인상을 심어 준, 드라마 역사에 한 봉우리를 이루는 작품이다. 대장금 드라마는 지구촌 각지로 보급되어 큰 인기를 얻었다. 문화적 차이가 상당히 있는 이란과 같은 나라에서도 대장금 드라마를 방영할 때면, 테헤란 시내의 교통량이 줄어들 정도였다고 한다. 그런 몰입의 중심에는 주인공 '장금이'라는 인물이 주는 덕성과 매력이 있음을 알게 된다. 물론 이 캐릭터를 훌륭한 연기로 소화해 낸 배우 이영애 씨의 역량과 매력이 함께 부각된다.

저명 CEO들이 프시케를 대장금으로 연상하도록 만드는, 대장금의 매력적 모습은 무엇일까. 두 인물 사이의 유사성을 성격(인성) 차원에서 그냥 간단하게 답해 달라고 주문하자, CEO들은 '착하다'는 것을 가장 두드러지게 내세웠다. 그냥 착하다는 것만으로 매력이 되기는 어렵다. 착하지만 매력 없는 인물도 많다. 그 착함이 어떤 착함인지를 생각해 보아야 할 것이다.

프시케가 발현하는 정신의 아름다움, 즉 덕성의 고결함이란 무엇인지를 생각해 보았다. 이 신화를 꼼꼼히 읽어보면 그것은 그녀가 착하다는 것과 불가분의 연관을 가진다. 그러면 착하다는 것은 무엇인가. 간단치 않은 문제이지만, 이 프시케 이야기로만 보면 착하다는 것은 참는다는 것에 닿아 있는 것 같다. 어떤 모순과 운명적 억압도 굳세게 참아낸다는 것을 볼 수 있다. 그냥 참기만 하는 것이 아니라, 마침내 그 모순과 억압을 넘어선다는 데에 이른다는 것이 '착함'의 진짜 매력이다.

이런 착함으로 말한다면 대장금은 프시케를 압도하고도 남는다. 자신을 음해하고 곤경에 빠트리고 압박하는 모든 어려움을 굳세게도 견뎌낸다. 그냥 견뎌내기만 하는 것이 아니라 자신의 꿈과 포부를 지향하기 위해서 참는 것이다. 나를 괴롭히는 상대를 야비하고 치졸한 방법으로 복수하려 하지도 않는다. 오로지 내 꿈을 묵묵히 이루어 나감으로써 그런 억압과 불행을 이겨내려 한다. 프시케는 자신의 속된 욕망 때문에 위험과 불행의 경지를 자초하는 면이 있지만, 대장금은 그런 면이 전혀 없다. 그리고 마침내 운명과 대결하여 이루어 낸다. 착한 것은 그런 힘을 내면에 머금고 있다는 생각까지 들게 한다.

2. 착한 인물의 문제점을 처음으로 공론화하여 비판한 사람은 이어령 교수이다. 그는 1962년에 발표한 《흙 속에 저 바람 속에》에서 착한 흥부를 비판한다. 우리가 통념으로 지니고 있던 '흥부의 착함'에는 문제가 많다는 것을 알린다. 당시 사람들에게 '가치 충격'을 준다. 근대화 산업화의 시대 흐름에서 요청되는 인간상이 어떤 것인지에 대한 비평적 사유를 27세의 젊은 비평가 이어령은 예지로써 보여 준다. 놀부 찬양을 통해서 근대적 합리성이라는 시

대 가치를 보인 셈이다.

흥부의 착함이 지닌 부정적 면모를 이어령은 다음 몇 가지로 지적한다. 흥부는 자신이 처한 위기 상황을 스스로 주체가 되어 해결하려는 의욕도 능력도 없다. 절대 궁핍의 상황에서 자식은 열두 명이나 생산하여 교육은커녕 제대로 먹이지도 못하는 무능과 무책임을 통렬하게 비판한다. 또 흥부의 사고가 근대적 이성에 입각하지 못한 비논리적 사고로 일관하고 있음도 지적한다. 이에 비하여 놀부는 당당한 주체로서 합리적 사고의 소유자이다. 흥부 비판의 맥락 속에서 자연스럽게 놀부 예찬론이 부각될 수밖에 없었는데, 이는 당시의 통념을 통째로 전복하는 것이었다. 요컨대 흥부는 '각성된 자아'가 없다. 그러니 줏대가 있을 리 없다. 줏대가 없으니 남에게 무시당하거나 이용당하기 딱 좋다. 이것이 흥부의 착함이 지닌 본질이라는 것이다.

50여 년 전, 이어령이 계몽적 어조로 밝혔던 '착함'에 대한 인식론은 지금의 현대인들에게는 상식에 가까운 공리가 되었다. 이제 '착하다'는 말은 지나치게 순진하여 어리석은 듯이 보이는, 못난 사람을 비아냥할 때 쓰는 말이 되어버렸다. 착하다는 것 자체가 실제 사람 생활에서는 더 이상 칭찬이나 덕담의 소재로 쓰이지 않는 듯하다.

그러나 이어령의 비판은 엄밀히 말하면 '흥부에게 투사된 우리들의 통념'을 비판한 것이다. 즉, '잘못 인식된 착함'을 비판한 것이지, 착함의 본질 가치를 비판한 것은 아니다. 그러므로 질문을 다시 해 보면 착함의 본질을 볼 수 있게 된다. '흥부를 착한 사람이라고 할 수 있는가?' '흥부의 착함은 바람직한 착함인가?' 이렇게 질문해 보아야 한다. 그래서 마침내 '착하다는 것은 무엇인가'의 질문으로 되돌아올 수 있어야 할 것이다.

그래서 다시금 돋보이는 것이 대장금의 착함이다. 자기를 버린 부모가 중병에 걸리자 언니들은 모두 기피하는데도 저승으로 생명수 약을 구하러 죽음의 길을 떠나는 우리 설화의 주인공 '바리데기'의 착함도 훼손되지 않은 착함이다. 착하다는 '선(善)하다'로 번역된다. '선하다'는 영어로는 good 또는 well의 의미에 가깝다. 굳이 따지기로 한다면, 우리가 통념으로 쓰는 '착하다'와는 다소 결이 다르다고 할 수 있다.

착함의 본질, 즉 선함의 의미가 잘 드러나는 말로 '공동선(共同善)'이라는 말을 주목해 보자. 이 말의 '선(善)'에서 우리가 통념으로 말하는 착하다는 이미지가 잘 환기되지 않는다. 착하다는 것은 개인적으로는 착해지려는 의지와 노력을 담아야 하며, 공동체적으로는 봉사와 헌신이라는 가치 실현을 구하는 과정에서 나타나는 성품 자질이다. 그 점을 대장금과 바리데기가 여실하게 보여 준다. 자기 안에 각성된 주체가 없고, 매사 피동적 소극성으로 지내는 사람을 굳이 착한 사람으로 규정하려는 것은, 진정한 착함을 왜곡하는 것이다. 그런 왜곡은 착함을 기질적 특성으로만 보려는 데서 생긴다.

3. 착하다는 말은 여전히 좋은 의미로도 쓰인다. 여름 휴가철에 여러 저기 다녀보니까 옥수수나 감자를 파는 도로변 판매대

에 '착한 가격'이란 말이 쓰이고 있다. '착한 가격'이란 무엇이겠는가. 이때의 '착한'을 '저렴한'으로만 생각하는 사람은 '착하다'에 대한 통찰이 얕은 사람이다. 도시 소비자를 배려하는 농촌 공급자의 의도가 착하다는 데에 생각이 가닿아야 할 것이다.

그럼에도 불구하고 세상 세태는 착한 것을 비하하려 한다. 그래야지만 자신이 좀 똑똑해 보인다고 생각하는 사람도 많다. 물론 어떤 특정의 프레임에서 보면 착한 것이 어리석은 것처럼 보일 수도 있다. 그러나 삶의 전체적인 프레임으로 보면 착한 것은 여전히 유효하다. 나를 위해서 유효하고 남을 위해서 유효하다. 남을 위해서 유효한 것이 곧 나를 위해서 유효한 것임을 알려면 인생을 총체적으로 보아야 한다. 그래서 착한 것은 천성이나 기질로 이해될 성질의 것이 아니라, 일종의 역량으로 인식되어야 한다.

착한 사람들 때문에 공동체가 살아난다. 명절 엄마들의 음식 노동 봉사는 정말 착하지 않으면 해내기 어렵다. 그러나 그것을 참고서 해내는 그 '착함' 때문에 아이들은 자라면서 사촌 형제들과 우의를 쌓고, 그 우애를 생애의 자본으로 삼는다. 그 '착함' 때문에 고향의 자연과 할머니 댁의 향수를 온전한 감수성으로 체득하며 정서적 발달의 한 축을 성장시킨다. 중요한 것은 그 덕분에 아이들은 자라서 '엄마의 고생'을 의미 있게 재발견한다는 점이다. 그러나 착해 보이려고 강박관념에 빠질 필요는 없다. 착해 보이려고 모든 일에 예스라고 말하고, 그 스트레스에서 헤어나지 못하는 것, 이것이야말로 '착함'을 모욕하는 것이다.

습관을 이기는 습관

1. 20세기 독일을 대표하는 작가에 에리히 캐스트너(Erich Kastner, 1899-1974)가 있다. 그는 《걸리버 여행기》, 《돈키호테》 등의 고전 명작을 현대의 시각으로 다시 집필하여 우리에게도 널리 알려진 전 소설가로서, 안데르센 상 등 수많은 상을 받은 작가이다. 그가 전하는 일화 하나를 소개한다.

어느 해 겨울 우리는 아주 친한 친구들 몇몇끼리 여행을 하였습니다. 우리 일행 중에는 '에른스트'라는 친구가 있었습니다. 여행 일정이 빽빽하고 먼 길이었기 때문에 모두들 피곤하였습니다. 그날 우리는 밤 열차로 어딘가를 향해 가고 있었습니다. 나도 밤늦게 찻간에서 피곤하여 쿠션에 기대어 앉아 있었습니다. 에른스트는 내 앞 좌석에서 이미 잠들어 있었습니다. 우리들은 조용히 에른스트의 숨소리를 들었습니다. 그렇게 잠이 든 에른스트는 점차 깊이 수면에 빠져드는 듯했습니다. 그가 잠들고 한참 지났을 때였습니다. 에른스트는 갑자기 벌떡 일어나서 조끼 주머니를 뒤졌습니다. 그리고 약통을 꺼내고는 이렇게 말했습니다.

"큰일 날 뻔했어. 하마터면 수면제를 먹지 않고 잘 뻔 했군!" 그는 부지런히 약을 먹고 다시 잠드는 것이었 습니다.

언뜻 보면 좀 코믹해 보이는 장면이지만, 깊이 생각해 보면 습관 이 그만큼 무섭다는 것을 아찔하게 보여주는 일화이다. 서양 속담 에 '습관은 제2의 천성(天性)이다'라는 말이 있다. 타고난 본성만큼 그 힘이 크다는 뜻이라 하겠다. 비슷한 말을 몽테뉴가 그의 명저 《수상록(隨想錄)》에서 언급한다. "습관은 제2의 자연이다. 제1의 자연에 비해서 결코 약한 것은 아니다." 같은 책에서 몽테뉴는 습 관의 힘을 더 직설적으로 말한다. "습관이 하지 않는 일이나, 하지 못할 일은 없다." 습관을 마치 무소불위(無所不爲)의 권력(power) 처럼 보고 있는 것이다. 그렇다. 습관은 적어도 한 개인의 내부에 서는 그런 힘을 가지고 사람을 조종하고 통제한다. 그러나 여기까 지는 그래도 가치중립적인 진술이다. 습관이 그저 힘이 막강하다 는 것을 말한 것뿐이니까.

습관이란 말 그 자체는 좋고 나쁨을 담고 있는 말은 아니다. 그 러나 오늘날 현대인들이 습관이란 말을 사용했을 때는 긍정적인 맥락보다는 부정적인 맥락이 더 강하게 개입하는 듯하다. '습관을 버려라', '습관을 고쳐라' 등등의 말을 더 많이 듣기 때문이다. 설령 '좋은 습관'을 이야기할 때도 반드시 '나쁜 습관'을 고치라는 이야기 끝에 따라 나오는 것을 항용 볼 수 있기 때문이다.

몽테뉴도 《수상록》에서 습관 이야기를 꺼낼 때 이 점을 놓치지 않는다. 그래서 이렇게 말한다. "습관이란 것은 참으로 음흉한 선생이다. 그것은 천천히 우리들의 내부에 그 힘(권력, power)을 심는다." 나쁜 습관을 '음흉한 선생'으로 비유한 것이 적절한지는 모르겠지만, 우리를 가르치고 인도하여 마침내 그렇게 길들이는 어떤 존재를 '선생'으로 상정한 것 자체를 나무랄 수는 없을 것 같다. 달리 생각하면 습관과도 같은 막강한 힘을 발휘하는 존재가 선생이라는 인식이 그즈음부터 있었다는 사실 하나를 확인하게 된다.

2. 몽테뉴보다 90년 뒤에 태어난 사상가 파스칼의 습관론도 만만치 않다. 그는 명저 《팡세》를 통하여 습관에 대한 몽테뉴의 인식을 비판적으로 이어받는다. "습관은 제2의 천성으로서, 제1의 천성을 파괴한다." 타고난 성품이 나쁜 습관 때문에 망가지는 것을 대어놓고 비판하는 것이다. 이를테면 습관에 대해서 돌직구를 던지는 것이라 할 수 있다. 어찌 습관에다 대고 하는 말이겠는가. 나쁜 습관에 본성마저도 마비된 어리석은 인간을 두고 하는 비판 아니겠는가.

파스칼의 통찰은 날카롭다. 습관의 힘이 왜 무서운지를 설명하는 가운데 그는 습관의 숨겨진 속성을 이렇게 갈파한다. "왜 습관을 따라야 하는가. 습관은, 그것이 습관이기 때문에 따라야 하는 것이다. 그것이 합리적이라든가 올바르기 때문에 따라야 하는 것은 아니다." 습관이 지니는 관성(慣性)을 이처럼 통렬하게 지적하기도 어려울 것이다. 모든 관성에는 그 과정을 합리적으로 통제하는 어떤 장치도 없다. 이렇게 된 상태를 우리는 '중독'으로 부르기도 한다. 사람이 참 이성적인 존재 같지만, 습관이라는 기제를 통해서 들여다보면 그렇게 비이성적일 수도 없다. 다음의 이야기는 또 어떠한가.

남편을 잃고 어린 세 남매를 둔 아주머니가 생계가 어려워지게 되자, 골목 입구 길모퉁이에 나가서 호떡을 팔기로 했다. 처음으로 부딪치는 각박한 생활 전선이라 어려움이 많았다. 호떡이 잘 팔리는 것도 아니었다. 그러나 최선을 다하여 노력했다. 최선을 다하는 성실함은 그녀의 천성이었다.

그러던 어느 추운 겨울날이었다. 한파가 밀려와 거리는 얼어붙었고 사람들은 종종 걸음으로 귀가하기에 바빴다. 그녀가 호떡을 팔고 있는데 어떤 노신사 한 분이 와서 호떡 가격을 물었다. 아주머니는 천 원이라고 대답했다. 그랬더니 그 노신사는 천 원짜리 한 장을 주었다. 그리고 그냥 가는 것이었다.

"아니, 호떡 가져가셔야죠"라고 아주머니가 말하자, 노신사는 착한 미소로 빙그레 웃으며 "아뇨, 괜찮습니다" 하고서는 그냥 가버렸다.

그런데 다음날도 또 와서 천원을 넣고 그냥 갔다. 그

다음 날도 역시 그러했다. 그렇게 해서 봄, 여름, 가을이 가고 또 겨울이 왔다. 일 년 동안 노신사는 호떡집을 지날 때마다 아주머니에게 천 원을 내고 호떡은 두고 그냥 갔다.

그렇게 일 년이 다 가고 다시 함박눈이 쌓이던 어느 날이었다. 그날도 노신사는 어김없이 찾아와 빙그레 웃으며 천 원을 놓고 갔다. 그때 호떡을 팔던 아주머니가 황급히 따라 나왔다. 그녀의 얼굴은 중대한 결심을 한 듯 상당히 상기되어 있었다. 노신사를 총총걸음으로 따라가던 아주머니는 수줍은 듯하지만, 분명히 말했다.

"저…, 호떡값이 올랐거든요."

인터넷에 나도는 이야기이다. 누군가 반전(反轉)의 재미를 노리고 만든 이야기 같다. 그래서 사람들은 주인공 아주머니가 보여 주는 행태에 실소(失笑)를 금하지 못한다. 그러나 이 이야기가 지니고 있는 우화적 교훈은 달리 있다고 본다. 그것은 사람이 습관(관행)의 감옥에 갇히면 도덕심도 지혜도 판단도 모두 사라진다는 점에 있다. 습관이 지니는 맹목의 관성을 경고한 파스칼의 잠언을 다시 확인하게 된다. "습관은, 그것이 습관이기 때문에 따라야 하는 것이다. 그것이 합리적이라든가 올바르기 때문에 따라야 하는 것은 아니다."

3. 습관 고치기의 어려움을 두고, 영국 빅토리아 시대의 시인 메러디스(Meredith, 1828-1909)는 '마흔 살이 지나면 남자는 자기의 습관과 결혼해 버린다'고 했다. 마흔 살은 나쁜 습관을 스스로 정당화해 가는 모습을 보여 주는 나이이다. 이렇게 되면 습관은 고집과 결합하여 좀처럼 허물기 어려운 철옹성을 쌓는다.

일찍이 장자(莊子)는 '어리석은 사람이 어리석지 않다고 우기는 것'을 고집이라 하였다. 그뿐인가 고집은 늘 무언가를 미워하는 마음과 붙어 다닌다. 사실 우리는 그렇게 굳어진 자신의 습관 때문에 바르고 참된 것을 보지 못한다. 내 습관에 내가 속는 것이다. 호떡 파는 아주머니도 노신사가 동정심으로 주는 공짜를 습관적으로 받아들이다 보니 자신의 잘못을 부끄러워하기는커녕 더 많은 비합리적인 동정을 당당하게 자기 쪽에서 요구하는 '뻔뻔스러움'의 수준으로 변해 간다. 세상의 웃음거리가 되는 줄 안다면 울고도 모자랄 일이다. 습관에 우리들은 항용 속는다. 그리고 그것이 만들어 주는 고집 때문에 울게 되는 날을 예약한다.

그러나 실망하지 말자. 인간은 영성(靈性)이 주는 지혜를 길어내는 존재이다. 왜곡된 습관과 고집 속에서도 밝은 희망의 자아를 품는다. 15세기 영성의 지혜를 실천의 잠언으로 남긴 토마스 아 켐피스(Thomas a Kempis, 1380-1471)의 한 줄 경구가 우리의 눈을 밝게 한다. "습관은 습관에 정복된다." 이 또한 오래 참음에 의해서 가능하리라.

결핍에서 찾는 은혜

1. 살기가 너무 어렵던 시절이 멀리 있지는 않았다. 내 어릴 적에는 춘궁기에 밥을 못 먹는 사람들이 마을에 더러더러 있었다. 거지들이 집마다 찾아와 밥 한술을 달라고 깡통을 내밀던 장면도 흔하게 있었다. 소꿉놀이하면 으레 밥 구걸하러 오는 거지 장면이 있었다. 일상에서 늘 겪는 '결핍'과 가난이 일종의 생태이었으므로 아이들 소꿉놀이도 그런 현실을 반영했다.

결핍과 계몽은 무슨 연관이 있는 것일까. 그 시절은 국가의 계몽이 과도하던 시절이기도 했다. 국가가 하향(Top-down)의 방식으로 국민을 계몽하고자 하는 나라, 그래서 구호가 넘쳐나는 나라, 이는 대개 근대 개발도상국에서 볼 수 있었던 모습이다. 계몽은 가난과 무지에서 그 세를 떨친다. 그런 나라일수록 민주주의는 제대로 꽃을 피울 수 없고, 민주주의가 피지 못하는 근저에는 백성의 궁핍과 가난이 일상에 널려 있기 때문이다. 가난 구제를 팽개쳐 두고 민주주의를 피운 나라는 없다. 그런 시절이 그렇게 멀리 있지는 않았다.

계몽의 범람은 가슴에 흉패 달기에서 나타났다. 그 무렵 학교에 다닐 때는, 무언가를 적은 헝겊 표장을 수시로 가슴에 달고 다니게 했다. 마치 어버이날에 부모님 가슴에 '부모님 감사합니다' 하는 패를 달아드리는 것과 같이, 학생들은 무언가를 가슴에 차고 다녀야 했다. 그 패에는 대개 '불조심 강조 기간', '산림녹화 강조 기간', '충효의 달', '근면 자조 협동', '잊지 말자 6·25' 등 국가가 강조하는 계몽 구호를 적었다. 인구 증가율이 4%를 넘어서 나라는 궁핍한데, 장차 먹고 살 일이 국가적 걱정이었을 때는, 마을 부녀회를 중심으로 '둘만 낳아 잘 기르자'라는 패를 착용하기도 했다. 집에 있는 무명천을 오려서 그 위에 붓으로 써서 가슴에 달았다.

무슨 뜻인지도 모르고 달고 다니던 패가 있었다. 그것은 '내핍생활을 하자'라는 구호가 적힌 패였다. 여러 해에 걸쳐서 수시로 가슴에 부착하였지만, 이 구호가 얼른 들어오지 않았던 것은 '내핍(耐乏)'이라는 말이 어려웠던 탓이다. '내(耐)'는 참는다, 견딘다는 뜻의 한자이다. '핍(乏)'은 부족하다, 가난하다, 고달프다 등의 뜻을 지닌 한자이다. 결핍과 고달픔을 참으라는 뜻 아닌가. 결핍밖에는 없는 세상인데, 국가가 백성들 가슴에 패를 달게 하면서까지 내핍을 강조하지 않아도, 내핍하지 않을 수가 없었다. 뾰족 수가 없는데, 참아야지, 어떻게 하겠는가. 나라가 온통 굶는 사태에 처한 북한이 일찍이 '고난의 행군'이니 '우리식 사회주의'니 하는 구호에 기대었던 분위기와 흡사했다고나 할까.

학교 선생님은 이 내핍을 글자로 풀어 설명해 주기보다는 그냥 '물자를 아껴서 쓰자'라는 뜻으로 풀이해 주셨다. 어린 마음에도 '아껴 쓸 물자가 있어야 아껴 쓰지' 하는 생각이 여러 번 들었다. 글자 뜻대로 '가난을 참자'라고 하기에는 오히려 체념의 분위기만 도

드라질 수 있었기 때문인지도 모른다. 물론 내핍에는 '극복과 의지'를 강조하는 의지가 안으로 숨어 있다. 우리도 한번 '잘살아 보자'라는 의욕을 전제로 할 때, 내핍은 사회적 동의를 얻을 수 있는 것이다. 그러니 지금은 '결핍을 참자', 잘 사는 미래를 내다보며 지금은 내핍하자. 이렇게 강조했던 것 같다.

2. 가난과 결핍을 백성 모두가 겪었던 세월이 있어서, 그래서 '결핍(궁핍)'이 문화적 유전자가 된 것일까. 사는 것에 대한 평가 기준도 '가난과 결핍' 위주로 인식하였다. 잘 사는 집은 곧 '부잣집'이고, 못 사는 집은 곧 '가난한 집'으로 생각하는 통념이 바로 그것이다. 부자일지라도 그 인생을 잘못 사는 사람이 있고, 가난해도 자기 삶을 잘 살아서 마음의 행복과 자존을 누리는 사람이 있다.

산다는 것이 무엇인가. 이 물음은 언제나 간단치 않다. 이것처럼 철학적인 물음이 또 어디에 있을까. 뭐가 잘 못 산다는 건데? 진지하게 물으면, 누구도 답하기 어렵다. 그것은 인생의 본질과 가치를 묻는, 매우 깊숙하고도 무한대로 큰 물음이기 때문이다.

결핍을 영어로는 'want'라 한다. want는 '원하다'라는 뜻 아닌가. 무엇을 원하는가. 결핍된 것, 즉 지금 내가 갖고 있지 못한 것을 원한다. 그것을 채우려고 나를 움직이게 하는 것, 그것이 'want(원하다)'라는 동사이다. 그래서 want라는 동사를 명사로 쓰면 결핍이 되는 것이다.

그러나 결핍은 해소되지 않는다. 왜? 우리 마음 안에서 원하는 것이 모두 충족되어야 비로소 결핍도 사라지는 법인데, 그런 일은 일어나지 않는다. 충족되었다고 생각하는 그 즉시, 그때까지는 보이지 않았던 다른 결핍들이 득달같이 달려든다. 이걸 우리는 '욕망(want)'이라고 부른다. 그러니까, 결핍과 욕망은 같은 말이다. 매우 가까이 있는 유의어이다.

그 지독한 가난을 벗어난다고 해서 결핍은 우리 곁을 떠나지 않는다. 오히려 결핍은 눈덩이처럼 더 불어난다. 처음에는 물자의 부족만 결핍으로 쳤는데, 나중에는 권력의 결핍, 명예의 결핍, 건강의 결핍 등도 모두 욕망의 대상이 되었다. 그냥 내가 아예 없어서 그걸 갖고자 욕망을 가진다면, 그럴 수 있다. 자동차가 있음에도 옆 사람이 가진 더 좋은 자동차를 못 가지면, 더 견딜 수 없는 결핍감에 빠진다. 이를 두고 자본이 부추기는 왜곡된 욕망이라고 했던가.

현대인들은 자신의 결핍을 곧 자기의 약점으로 여긴다. 약점을 숨기기 위해서, 결핍함에도 결핍하지 않은 것처럼 보이려 한다. 이렇게 될수록 욕망은 더욱 맹목적으로 팽창한다. 마음 안으로는 불행감이 들어와 마음을 점거한다. 결핍한 중에도 (인생의 내면을) 잘 가꾸며 사는 경지란 알 수도 없고, 찾아가지도 못한다.

3. 결핍은 몹쓸 것인가. 결론부터 말하면 그렇지 않다. 인생의 총체로 보면 결핍이 우리를 보이지 않게 돕는다. 그것을 인류의 묵시적 지혜들이 보여 준다. 명나라 초의 이름난 선승인 묘협(妙叶)이 지었다는 '보왕삼매론(寶王三昧論)'도 그런 암시를 준다.

예컨대 여기서는 청렴결백을 단순히 윤리 규범으로 강조하는 것과는 차원이 좀 다르다. 몇 개의 예를 들어본다.

"세상살이에 곤란함이 없기를 바라지 말라. 세상살이에 곤란함이 없으면, 남을 업신여기는 마음과 사치한 마음이 생기게 된다." 형통함이 온전한 것이라면 곤란함은 결핍에 해당하지 않겠는가. 결핍에도 복이 숨어 있다는 것이다. 또 말한다. "몸에 병이 없기를 바라지 말라. 몸에 병이 없으면 탐욕이 생기기 쉽다." 건강함이 온전한 것이라면 병이 있는 것은 결핍이다. 그 결핍이 탐욕으로부터 나를 지키게 한다니, 결핍의 미덕을 보게 한다. 또 이렇게도 말한다. "남이 내 뜻대로 순종해 주기를 바라지 말라. 남이 내 뜻대로 순종해 주면 마음이 저절로 교만해진다." 남이 나를 순종하면, 내 지도력(leadership)이 온전한 것인데, 남이 나를 잘 따라오지 않는 것은 내 지도력의 결핍이 아닌가. 그런데 그 결핍이 나의 교만을 막아 준다지 않는가.

옛날의 불교 수행자들에게 한 말씀이니 현대에서는 지키기 힘들다고 할 것인가. 그럴 수도 있겠다. 그러나 결핍을 사랑하는 마음이 모종의 힘을 가진다는 것은 이해할 수 있다. 예수의 사도이었던 바울은 자신의 결핍(약함)을 비방하는 자들에게, 달리 방어하지 않고, 이렇게 말한다. "나는 나의 약함을 자랑하노라." (고린도후서 11장) 내 결핍은 신이 주신 은혜라는 믿음이 돋보인다. 그 경지가 부러울 뿐이다.

인터넷에서 나도는 플라톤의 '행복론'(원래의 출전은 찾지를 못

했음)이라는 것이 우리에게는 현실적으로 조금 더 와닿는다. '행복론'이라 했지만, 나는 이것이야말로 '결핍론'이라 부름이 마땅하다고 본다. 첫째는 기대하는 의식주 생활 수준에서 조금 부족한 듯한 '재산'에 만족하라고 한다. 둘째는 모든 사람이 칭찬하기에 약간 부족한 '용모'를 권한다. 셋째는 세상이 다 알아주는 명예를 구하지 말고, 그저 내 아는 사람들의 절반 정도밖에 알아주지 않는 '명예'면 된다는 것이다. 넷째는 겨루어서 한 사람에게 이기고 두 사람에게 질 정도의 '체력'으로 만족하라는 것이고, 끝으로, 연설을 듣고서 청중의 절반은 손뼉을 치지 않는, 그런 정도의 '말솜씨'면 된다는 것이다. 행복해지기 위해서는 그래야 한다는 것이다.

요컨대 적절한 결핍을 추구할 것을 강조한 것이다. 인터넷 공간에서 이 '행복론'이 널리 퍼지는 것은 '결핍에 미덕이 있음'을 사람들이 공감한다는 뜻이리라. 자본과 욕망 만능의 시대인 것 같아도, 세상이 다 그렇게만 돌아가지는 않는다.

결핍의 미덕을 알겠다. 미덕이 되는 결핍이 있음도 알겠다. 다시금 생각해 보매, 우리에게 결핍한 것 가운데, 이런 '미덕이 되는 결핍'을 제대로 갖추지 못하고 있구나. 그래서 '결핍의 결핍'을 화두로 내어놓는다. 언뜻 들으면 극심한 결핍을 강조한 표현 같기도 하고, 결핍을 부정하는 말 같기도 하다. 결핍이 결핍하니(없으니) 풍성함을 나타내는 수사로 여겨지기도 한다. 그런저런 의미의 혼돈을 다 겪고서, 진정한 '결핍의 결핍'에 우리 마음의 눈이 가닿았으면 좋겠다.

제 7 강 | 끝없는 무량의 헤아림

모든 주름에는
모종의 비의(祕儀)가 있다

호두 열매에 새겨진 신의 낙관(落款)
주름,
그 깊은 곡절은
헤아릴 도리가 없는 아득한 심연

거룩한 주술(呪術) 머금고서
한 알 호두에 자리 잡은 조글조글 주름에는
수천 리 길고 긴 생의 거리가
촘촘하게 축지(縮地)된다.

호두의 주름
풀리지 아니하는 암호처럼
신전의 문양으로 돋아 올라
내 명상의 자리에 들어온다.

– '호두 주름에 대한 명상' 중에서

짐작

1. 도회지 번화가에는 가을이 안 보이듯 숨어서 오는가. 이렇게 생각하는 순간, 해거름 빌딩가 가로수 가지 그늘로 비쳐드는 가을 표정과 설핏 마주친다. 바뀌는 계절의 풍경 앞에 서면, 누구든 '돌아보고 있는 자아'를 발견하리라. 계절이 지나가는 길목, 누구나 시인 윤동주의 마음이 되어, 잠시 자기를 멈추고 생각을 하게 마련이다. 생에 대해서 좀 고상해도 좋고, 좀 비감해도 좋고, 얼마간 고즈넉한 응시가 있어도 좋으리라. 자아와 세계, 그리고 존재와 시간을 헤아리며, 내 정신의 허기를 깨달아도 좋으리라.

그런 기분에 놓이던 날, 나는 신촌의 그림 전시회에 갔다. 금릉(金陵) 김현철(金賢哲) 화백의 그림을 보러 갔다. 이번 전시의 주제 타이틀은 '짐작(斟酌)'이란다. "우리는 초승달을 보고도 만월을 그릴 수 있다"라고 말한 문태준 시인의 말에서 김 화백이 회화적 발상을 얻어 '짐작'이라는 주제로 그림들을 모아 놓았다. 그림을 보기 전 내가 이 '짐작'의 전시에 울림 있는 공감으로 다가간 것은, 문태준 시인의 아포리즘(aphorism)에 이끌린 바가 컸다. 문 시인의 아포리즘은 이러하다. "좋은 작품은 다 말하지 않는다. 짐작의 공간을 넉넉하게 남겨 두는 데에 아름다움[美]이 있다."

짐작이 '여백의 공간'과 상통함을 일러주는 말이다. 인터넷 포털 사이트에서 김 화백 이름을 검색하면 그의 작품을 만날 수 있다. 서귀포 앞바다 범섬이며, 울릉도 해안이며, 영월 청령포며, 김 화백이 그려낸 형상들은 여백의 미학을 쟁여 두고 있다. 그 여백으로 인하여 나는 '짐작의 사유(思惟)'에 든다. 여백은 그가 그린 형상의 바깥에만 있지 않다. 형상의 내부에서도 잘 연출되어 있다. 가령 그가 그린 바다는 화면에 가득 차 있으면서도 얼마나 넉넉한 비움을 던져오는지 모르겠다. 나는 그런 바다를 처음 대면하는 듯하다. 그가 그려놓은 하늘 또한 마찬가지이다.

이 책의 표지 그림이 바로 금릉의 '범섬'이다. (독자들은 표지 그림을 참조해 주시기 바란다) 섬과 바다가 저렇듯 단순해져서 무슨 이데아처럼 추상화되는구나. 저렇듯 넉넉하게 비워놓는 방식이라니. 그림 속 사실(寫實)은 '실제의 사실'을 기묘하게 초월하는구나. 범섬이 갈라놓는 하늘과 바다의 선을 보며, 나는 그 구분의 의미 없음을 짐작해 보기도 한다. 물론 내 짐작, 내 느낌일 뿐이다.

김 화백이 추구하는 자연 진경 안의 한량없는 여백은 나를 짐작으로 이끈다. 그리하여 나만의 의미의 심연에 이르게 한다. 그것은 '보이지 아니하는 것'을 '보이는 영역'으로 끌어올리게 한다. 그래서 짐작은 헤아림의 미학이다. '보이는 것'을 통해 '보이지 않는 것'을 헤아려 느끼게 하는 것이리라. 그림 앞에서 내 초월의 사유가 동력을 얻고, 마침내 '미적 즐거움'에 도달한다.

2. 사실 나는 '짐작(斟酌)'이란 말을 오늘과 같은 심미적 경험으로 다가간 적이 없다. 이 말을 늘 대하면서도, 이 말에 대하여 의미론적 사색을 해 본 적도 없다. 그저 이 말을 일상 대화에서 기능적으로 틀리지 않고 사용해 오고 있을 뿐이다. 명색이 국어교육 학자이면서 말에 대한 인문학적 상상의 맥락을 풍성하게 거두어 볼 생각을 못 했다. 그런데 오늘 김현철 화백의 전시회가 보여 준 짐작의 경지는 오묘했다. 나는 비로소 짐작을 새로 배우게 된 것이다.

원래 짐작의 짐(斟)이 '술 따를 짐'이고, 작(酌)도 '술 따를 작'이다. 짐작은 순전히 술 따르는 행위에서 생겨난 말이다. 남의 잔에 술을 따를 때, 헤아려 보아야 할 것들이 많다. 잔의 크기도 헤아려야 하고, 따를 술의 양도 헤아려야 한다. 술 따르는 속도도 헤아려야 한다. 그 이전에 상대가 지금 술을 마시고 싶어 하는지도 헤아려야 한다. 한창 마시는 중이라면 얼마나 취해 있는지를 헤아리는 것도 중요하다. 이것이 모두 짐작에 해당하는 것이다. 이를 헤아리지 못하면, 즉 짐작하지 않고 따르면, 술잔은 넘쳐 쏟아지고, 술자리는 파흥으로 치닫는다.

생각이 여기까지 이르면, 짐작은 상대를 간파하려는 단순한 추리적 의미를 넘어섬을 알 수 있다. 짐작에는 상대를 배려하려는 어떤 덕성이 있다는 말이다. 그뿐 아니다. 신중함의 태도도 스며 있고, 처지를 바꾸어 상대를 이해하려는 역지사지(易地思之)의 마음도 숨어 있다. 이들은 상당 수준의 '공감(empathy)' 역량에 해당하는 것이라 할 수 있다. 김 화백의 작품 전시 주제가 '짐작'인 것은, 결국 작품에 대한 공감의 고양을 강조한 것이라 할 수 있다. 그것을 위해 특별히 '여백 지향의 그림'들을 창의적으로 기획한 것이리라.

돌이켜 보니, 우리는 이 짐작이라는 말을, 덕성의 자질이 끼어들 여지조차 없는 범속한 말로 사용해 왔다. 예를 들어보자. "뭐 짐작 가는 것 없어?" 이때의 짐작은 그저 단순한 추리이다. "그 녀석 짓이라고는 짐작도 못 했어." 이때의 짐작은 그저 의심한다는 뜻 정도이다. "짐작하건대, 끝까지 시인하지 않을 거야." 이때의 짐작은 상대에 대한 고정관념의 확인일 뿐이다. 좋지 않은 맥락에서만 짐작을 써 온 것이다.

짐작은 도덕적 사고의 발단이 될 수 있다. 짐작은 원래 타자를 중심으로 하는 헤아림이다. 그러나 요즘은 자기중심의 짐작이 많다. 아니 이런 쪽으로만 짐작은 변전하여 온 듯도 하다. 자기중심의 짐작은 '지레짐작'을 불러온다. '어떤 일이 일어나기도 전에 미리 넘겨짚어 어림잡아 헤아리는 것'이 지레짐작이다. 달리 말하면 '나 중심의 생각'에 빠져서 일방적으로 상대를 계산해 보며 헤아리는 행동이다. 자기 이익에 매우 민감하고, 절대 손해 보지 않겠다는 심리가 지레짐작을 부른다. 자기 꾀에 자기가 빠진다는 말이 여기에 해당한다. 북한에서는 이를 '건짐작(乾斟酌)'이라고 한다. 윤기 없는 메마른 짐작이란 뜻이다.

3. 말은 변한다. 말의 뜻도 변하고, 말의 형태도 변한다. 그 말이
함의하는 가치가 달라지기도 한다. 1960년대까지만 해도 '개
새끼'는 욕이 아니었다고 한다. 좋은 뜻도 나쁜 뜻도 아닌, 그야말
로 가치중립적으로, '개의 새끼'를 일컫는 말이었다고 한다. 국제전
쟁으로서의 6·25를 겪고, 이 땅에 영어가 상륙하여 'son of bitch'
라는 욕을 만나면서 우리의 '개새끼'도 급격히 상대를 모욕하는 욕
의 뜻으로 변이되었다.

말이란 변하는 것임을 인정하면서도, 그럴 때마다 말의 근원을
상고하는 관심도 동시에 필요하다. 말이 시간 따라 변하는데, 그
근원 의미를 아는 게 나랑 무슨 상관인가. 그저 알아듣고 사용할
수 있으면 그만이지. 이런 인식은 실제로 쓰이는 말의 기능을 중시
하는 관점이다. 말이 실제로 쓰이는, 그 기능적(機能的) 의미에 주
목하여 말을 가르치기도 하였다. 그러니 가령 '짐작'이란 말의 속뜻
과 의미 작용은 이러저러했다고 살피는 일은 바쁜 세상에 맥 빠지
는 일이 될 것인가.

그러나, 그렇지만은 않다. 말의 예전 뜻을 상고하고 재음미하는
것은 인간의 정신과 문화를 좀 더 깊이 생각해 보고자 함에 있을
것이다. 말의 의미와 가치를 온고지신(溫故知新)으로 확충하는 자
리에서 말살이의 깊은 맛이 우러나고, 인간 삶의 본질과 사람됨의
조건에 대한 깨달음을 나눌 수 있을 것이다.

그러므로 '말을 가르치는 교육'은 말 자체에만 꽂히지 말아야 한
다. 좀 더 폭넓은 말의 근원 맥락을 경험하게 해야 한다. 인간 삶의

총체와 더불어 언어가 융합적으로 작용하는 장면들을 교육적으로 더욱 중시해야 할 것이다. 김 화백의 전시장에서 보니, 국어교육과 미술교육이 따로 있지 않다. 언어를 언어기호로서만 가르치는 편협한 언어교육의 시대는 지나가고 있다.

비판적 이해에 대한 이해

1. 교육방송(EBS)이 생겨나던 초창기에 있었던 일이다. '교육방송'을 어떤 액센트로 발음하느냐에 따라, 교육방송에 대한 인식의 결이 묻어났다. 앞의 '교육'에 강세를 두어 발음하면, 교육방송이 교육기관임을 강조하려는 인식이 있었다. 뒤의 '방송'에 강세를 두고 발음하면, 교육방송이 방송사임을 강조하려는 인식이 있었다. 구성원 중 교육연구원들은 대개 앞에 강세를 두어 읽으려 했고, 방송원(PD)들은 뒤에 강세를 두어 읽으려 했다. 그러나 '교육'과 '방송'이 그 본질에서 서로 대립하는 것이 아니었다. 그래서인지 이런 모습은 그리 오래가지는 않았다.

이 일을 생각하노라니 '비판적 이해'라는 말이 떠오른다. '비판적 이해'는 '비판'에 방점이 있는가, '이해'에 방점이 있는가. 학교 교육에서 '비판적 이해(critical comprehension)'니 '비판적 사고(critical thinking)'니 하는 걸 가르친다. 이를 가르칠 때 이런 고민을 해 보기도 했었다. 비판하는 일과 이해하는 일은 서로 맞서는 일인가, 아니면 서로 통하는 일인가. '비판적 이해'라고 해 놓고서는, 비판이 이해를 다 장악해 버리도록 가르치지는 않았는가. 그 반대로 이해가 비판을 노글노글하게 만들도록 지도하지는 않았는가. 정답이 따로 있는 것은 아니리라. 상황 문맥에 따라 다를 것이다.

우리는 비판하기 위해서 이해하는가, 아니면 이해하기 위해서 비판하는가. 먼저 비판하기 위해서 이해에 집중하는 경우를 보자. 비판을 제대로 하자면 비판 대상의 맥락을 이해할 필요가 있다. 대상에 대해서 모르면서 비판을 할 수는 없지 않은가. 먼저 충분한 이해가 있어야 제대로 비판할 수 있다. 요컨대 이런 이해는 '비판을 잘하기 위한 이해'이다. 이해가 비판에 복속한다. 비판이 목적이고 이해는 수단이 된다. 신문 기자나 수사관이나 야당의 대변인이나 하는 자리에 있는 사람들은 이런 식의 '비판적 이해'에 골몰하는 생활을 하는 셈이다.

비판으로만 수렴되는 '비판적 이해'는 위험하다. 이해는 사라지고 비판만 남고, 비판만을 능사로 알기 때문이다. 이는 비판을 위한 비판의 수렁에 빠지기 쉽다. 더 큰 문제는 비판하는 주체가 그 비판에서 자신은 제외한다는 데에 있다. 오로지 남을 비판하는 데에만 꽂혀 있기 때문이다. '내로남불'의 작태들이 이를 입증한다. 비판은 자기비판에 이르러 비로소 완성된다.

이해하기 위해서 비판한다는 건 무슨 뜻인가. 어떤 대상이나 현상을 총체적으로 온전하게 이해하는 과정에서는 '이해하기 위해서 비판하기'가 필요하다. 하늘 아래 모든 대상(현상)은 좋은 점도 있고, 나쁜 점도 있다. 지선지미(至善至美)의 대상은 없는 법이다. '그저 좋은 게 좋다'라는 식으로 대상을 이해한다면, 즉 비판 없는 이해는 부실한 이해가 될 수밖에 없다. 대상(현상)의 부정적 측면까지도 냉정하게 이해함으로써, 마침내 그 대상(현상)의 전체적인 모습을 편견이나 왜곡 없이 이해하는 데에 이를 수 있다는 것이다. 만장일치 찬성은 가장 나쁜 찬성이라는 말이 이를 대변한다.

2. 어떤 인물에 대해서 비판하면서, 동시에 그를 지지할 수 있는가. 어떤 현상에 대해서 비판을 하면서, 동시에 그 현상을 이해할 수도 있는가. 김대중 대통령이 대통령이 되기 전, 후보로 있던 시절에, 그에 대한 '비판적 지지'를 표명하는 정치인 그룹이 있었다. 이들은 김대중 대통령을 중심으로 받들며 정치적 역정을 함께 해 온, 이른바 '가신(家臣) 그룹'의 정치인들이 아님은 물론이다. 비판은 비판대로 하면서도, 지지를 철회하지는 않는다는 그룹이다.

그는 비판적 지지자들을 포용함으로써 현실 정치의 선거 국면에서 이득을 얻었다. 이들의 지지표가 도움이 되었다는 단선적 계산법을 말하려는 것이 아니다. 비판적 지지를 포용함으로써 지도자로서 정치력의 확장과 지지세의 확산을 기할 수 있었다. 비판의 포용이 비판이 순기능으로 작용을 할 수 있음을 보여준다. 형식 논리의 세계에서는, 비판과 동시에 지지한다는 것은 모순이다. 그러나 현실 삶의 현상에서는 '비판'과 '지지'가 함께 갈 수도 있음을 본다.

다시 '비판적 이해'로 돌아와 본다. 비판적 이해는 '비판'에 방점이 있는가, '이해'에 방점이 있는가. 나로서는 '이해'에 방점을 두는 편이다. 이 방식이 반드시 타당하다는 뜻은 아니다. 학생들에게 '비판적 이해'의 역량을 길러 주어야 하는 교육자로서는, '이해'에 방점을 두고 싶다는 것이다. 교육의 자리에서 보면, 비판의 능력도, 그 자체가 목적이 된다기보다는, 궁극에는 어떤 전체를 이해하는 데에 수단으로 동원될 수 있다는 생각에서이다. 달리 말하면 비판적 이해력도 이해력의 한 하위 분야임을 중시하자는 관점이다.

그러나 이렇게 설명해 보아도 '비판적 이해'가 인간의 정신적 과정(mental process)으로 작동하는 구조는 흔쾌히 드러나지 않는다. 무언가 설명이 미진한 듯하다. '비판'과 '이해'를 지나치게 이원적으로 분리해서 보려는 데에 문제가 있는가. 아니면 '비판'과 '이해'의 관계를 선·후의 관계 또는 지배·종속의 관계로 지나치게 도식적 구조로 보는 데에 문제가 있는가. 실제의 비판적 이해는 그런 경직된 구조로 작동하는 것이 아닐지도 모르겠다.

인간의 복합적인 삶의 실제에서, 비판하기만 따로 분리해 내기란 쉽지 않을 것이다. 인간 정신 작용의 총체에서 비판하기의 정신작용만 따로 분리해 내기란 쉽지 않을 것이다. 셰익스피어의 희곡 《베니스의 상인》에 나오는 장사꾼 샤일록이 안토니오의 심장 부근에서 피를 흘리지 않고 살 한 근을 베어낼 수 없는 것과 같은 이치라 할 것이다.

3. 최근 들어 '미디어 리터러시(media literacy) 교육'에 대한 관심이 부쩍 높아졌다. 이동통신으로 미디어 현상이 복잡해지고, 디지털 기술의 발전이 미디어 발전에 영향을 미침에 따라 미디어 리터러시 교육은 더욱 복잡해졌다. 제4차산업혁명이 운위되고

인공지능, 코딩, 알고리즘, 데이터 등의 기술이 미디어 소통 기능에 영향력 있게 관여하게 됨으로써 미디어 리터러시 교육은 그 핵심과 본질이 더더욱 혼란스러워졌다. 이들 기술을 경험하고 익히는 데 주안을 두기도 했고, 미디어 사용 기술 가르치는 것을 이 교육의 핵심으로 여기기도 했다.

　이런 정황과 관련하여 미디어 리터러시 교육 분야의 중견 학자인 정현선 교수의 글을 읽었다. 나는 정 교수의 글에서 '비판적 이해'라는 말이 참으로 적실하게 사용되고 있음을 발견하였다. 정 교수가 사용한 문맥을 중시하여 읽다 보면, '비판적 이해'는 현상(대상)의 본질을 찾아가는, 그래서 그 현상(대상)을 평가하는 능력임을 알 수 있었다. 평가할 수 있는 능력이란 무엇이겠는가. 그 현상(대상)이 지닌 가치를 발견하는 능력이다. 긍정적 가치든 부정적 가치든 이를 발견할 수 있는 능력, 이 모두가 비판적 이해에 드는 것이다. 정 교수의 글을 인용해 본다.

> 미디어 리터러시의 핵심 중의 핵심은 미디어 '재현'입니다. 미디어가 중재하는 현실에 대한 비판적 이해와 자신의 삶에서의 성찰, 그리고 시민으로서의 참여를 중심으로 하는 교육이 미디어 리터러시 교육의 본질입니다. 뉴스든, 광고든, 유튜브 영상이든, 미디어를 만들어 보는 수업을 하는 것 자체는 미디어의 언어를 배우는 과정의 일부일 뿐, 본질 그 자체는 아닙니다.

글씨를 쓸 수 있다고 글을 쓸 수 있는 것은 아닌 것과 마찬가지입니다. 미디어가 재현하는 어떤 현실에 관심을 두고 제대로 읽고 목소리를 내는가, 이 점에 대해 스스로를 '미디어 리터러시 교육자'라고 생각한다면 늘 되돌아봐야 합니다. 저도 부족하지만, 늘 이 점에 대해 생각하고 반성하고자 노력합니다.

(정현선 페이스북, 2019.11.19)

나는 '동의한다'는 댓글을 달았다. 그랬더니 정 교수는 다시 내게 이런 SNS 메시지를 보내왔다. "핵심에 대한 이해 없이, 미디어 리터러시를 하나의 교육 트렌드로 유행처럼 소비하는 경향이 있는 것 같아서, 저 스스로도 본질을 되새기고 싶었습니다." 미디어 리터러시 교육 현상에 대한 정 교수 자신의 비판적 이해 또한 진지한 진행형으로 이루어지고 있었다. 나는 정 교수의 글에 힘입어 '비판적 이해'라는 화두를 마침내 다음 두 개의 문장으로 정리했다.

"나는 비판한다. 고로 이해한다."

"나는 이해한다. 고로 비판한다."

체험의 재발견

1. 소년기의 체험 중에 뒤에까지 영향을 끼치며, 나의 전인(全人)을 발달시켜 준 것이 있다. 초등학교 5학년 때, 아버지와 함께 8㎞ 떨어진 구미 장에 염소를 팔러 갔다. 아버지는 가난한 시골 초등학교 선생님이었다. 그 무렵은 나라도 몹시 가난하여 선생님 봉급을 곡식으로 주었다. 집에서 새끼로 낳아 기르던 염소가 자라자, 돈을 마련하려고 염소 두 마리를 팔러 갔다. 한 마리는 아버지가, 다른 한 마리는 내가 끌고서, 이십리 들판을 걸어서 갔다.

사람에게 이끌려 가는 염소 중에 고분고분한 염소는 없다. 얼마나 뻗쳐대며 머리를 다른 방향으로 가져가는지, 한 걸음도 순하게 따라오지 않는다. 나는 염소의 본성을 온몸으로 배웠다. 첫째, 둘째, 셋째 하며, 책에 정리된 지식으로 학습한 것이 아니었다. 몸으로 배운 것이다. "염소 본성이 무엇이더냐?" 누가 물으면 정리된 언어로 말하기는 어려워도, 나는 안다. 내 몸이 이미 염소의 성질을 알아버렸다.

그날 4학년짜리 나는 충격을 받았다. 염소 팔러 장에 간 아버지께서 시장바닥 장사꾼들의 농간에 속수무책 어리숙한 모습으로 당하신 것이었다. 학교에서 인자함과 위엄을 보이시고, 특히 마을에서는 주민들에게 신뢰와 존경을 받으셨던 아버지 아닌가. 1960년대 농촌 학교와 마을은 대개 그러했다. 그러나 여기 구미 장터는 완전 타지이다. 행정 구역상 군(郡)이 다르다. 아버지를 선생님인 줄 아는 사람도 없다.

닳고 닳은 장사꾼들과 거간들은 생전 처음 염소 두 마리 팔아보려고 장에 온 아버지를 으름장으로 가격을 후려치거나, 거칠게 놀려대는 언사로 건드렸다. 아버지는 시종 공손한 언어로 대응했는데, 그게 더 그들의 심술을 키우는 듯했다. 어린 내 눈에도 아버지의 곤경이 보였다. 나의 충격은 두 가지이다. 하나는 아버지의 '위대한 능력(?)'에 대한 믿음이 무너진 것이었다. 이 경험은 나에게 사회화(socialization) 학습을 한순간에 하도록 했다.

다른 하나는 이른바 장사꾼 어른들의 벌거벗은 욕망과 거친 언어에 충격을 받았다. 나 역시 온실에서 자란, 세상 체험의 면역이 전혀 없는 소년, 어리숙한 시골 선생의 아들이었으므로 충격이 컸다. 나는 그날 세상 밖으로 나와서 세상의 매운맛을 혹독하게 보았다. 내 안에 만들어진 윤리적 갈등은, 그 자체가 학습이었다. 어른 공경하라고 배웠는데, 아 저런 어른들을 어찌 내가 공경해야 한단 말인가. 뒷날 시장의 기능과 자본이 부추기는 욕망, 그리고 상행위(商行爲)의 윤리 등을 배울 때, 나는 이미 아는 것이 많았다. 체험의 은덕이라고나 할까. 그때 그 체험을 감당했던 몸이 나를 일깨워 학습으로 인도하였다.

그날 아버지와 나는 늦도록 염소를 팔지 못해 고생했다. 시장바닥 장사꾼, 그들이 만들어 놓은 덫에 걸려든 것이었다. 해가 넘어갈 무렵에야 간신히 팔았다. 아니 그들에게 싼 가격으로 넘겨버릴 수밖에 없었다. 아버지와 나는 어두워지는 들판 길을 걸어서 집으로 돌아왔다. 아버지는 말씀이 없으셨다. 분하고 억울하고 우울한 체험이었다.

나는 이 체험에서, 내가 학습한 것 모두를 설명할 수는 없다. 수도 없이 많을 것이다. 의식 아래로 잠긴 것도 있을 것이다. 사실 뭘 학습했는지 나 자신도 그 전부를 모른다. 그러나 그 학습은 두고두고 나를 다른 학습의 영토로 이끌어 갔을 것이다. 장터에서 나의 의식은 초롱초롱 살아 있었다. 나는 강한 주체로서 현장에 있었다. 체험이란 그러하다.

2. 6학년이 되어서는 더 극적이고 격렬한 체험이 있었다. 우리 학급에서 기르던 100근 정도의 돼지를 학교 안 돼지우리에서 도난당했다. 아침에 당번 학생이 먹이를 주러 돼지우리에 갔는데, 문이 부서져 있고, 돼지는 없었다. 밤새 비가 온 탓인지 숙직 선생님도 눈치를 채지 못했단다. 누군가 훔쳐 간 것이다.

그날 우리는 수업을 제대로 못 했다. 남자아이들 20여 명은 학교에서 12㎞ 떨어진 '해평'이란 곳으로 갔다. 나도 갔었다. 그날 해평에서는 5일 장이 섰다. 도둑이 해평 장터에 돼지를 팔려고 올 것이다. 집단 지성이랄까. 나름의 중지를 모아서 간 것이다. 우리는 마침내 해평 장터에서 우리의 돼지를 찾았다. 도둑은 돼지를 버리고 사라졌다. 찾은 돼지와 함께 우리는 비가 부슬거리는 길을 걸어 학교로 돌아왔다. 왕복 60리를 걸었지만, 지친 기색도 없었다. 우리는 개선장군으로 돌아왔다.

참으로 엄청난 체험을 했다. 지식 체험은 물론, 정서, 사회성, 도덕성, 인성 등이 동시 학습의 기제로 나의 체험 안에서 발효되었으리라. 체험이란 도대체 무엇인가. 이 체험에서 내가 학습한 것은 무엇일까. 이걸 제대로 분석해 볼 수 있을까. 분석으로 쉽게 파악될 성질의 학습이 아닐지도 모르겠다. 분석의 방법은 있는지도 모르겠다. 아마도 상당한 양과 질의 학습이 이루어졌으리라. 지금도 울림과 떨림이 있는 체험으로 남아 있다. 그 학습은 이후 나의 배움에 어떤 동력으로 작용했을까.

3. 근대 '이성의 시대'에 지식은, 논리화되고 개념화된 이른바 '과학으로서의 지식'이어야 했다. 학교는 바로 그 지식을 가르치는 데에 힘을 다했다. 그리고 그 지식은 언어적으로 정제된 기술(記述) 방식을 가지고 학문의 체계에 녹아들었다. 지식 능력이 언어 능력과 비례하는 양상이 나타났다. 이런 지식 토양 위에서 학교 교육은 근대의 '합리성'을 강화하였다. '합리성'이란 이성에 부합하는 정신과 지식을 표상하는 개념 아니겠는가.

학문의 체계를 갖춘 '분과 학문(분과 지식)'이 '학교 교육의 내용(curriculum content)'으로 굳건한 자리를 점해 왔다. 근대를 보내고 탈근대의 담론이 무성하지만, 학교 교육을 둘러싼 지식 문화의 유전자는 이런 분과 지식을 표준형으로 한다. 그 문화 유전자는 지금도 강하게 남아 있다. 극단의 경우, '언어로는 아는데 실제로는 잘 모르는 앎'이 생길 수도 있다.

이런 입지에서는 일상의 경험이나 체험이 이들 지식과 맞먹는 위상을 가지기란 쉽지 않다. 체험 자체를 전통의 지식과 맞먹는 자격으로 주목하기 시작한 것은 근래에 와서이다. 더구나 앎의 선험성(先驗性), 즉 직접 경험을 하지 않고도 본능적으로 또는 이전에 들은 기억으로 앎이 생성된다는 관점과 마주칠 때, 체험은 더욱 왜소해지고 위축된다.

지식에도 문화가 있다. 무엇을 지식으로 볼 것인가. 어떤 지식은 가치 있는 지식이고, 어떤 지식은 가치가 부족한가. 지식을 어떻게 분류할 것인가 등에 대해서 한 국가나 사회가 일정하게 공유하고 있는 인식이나 태도가 '지식 문화'이다. 예컨대 체험에서 얻은 앎은 정제된 지식으로 개념화하기가 어렵다는 것이 널리 받아들여지면, 이는 곧 그 나라의 지식 문화에 해당한다. 반대의 경우도 마찬가지이다. 체험에서 얻은 앎도 충분히 논리화 개념화할 수 있다는 인식을 한 사회가 널리 공유하고 있다면, 이 또한 일종의 지식 문화에 해당한다.

우리의 지식 전통은 어떠한가. 지식이 진리를 표상하는 역할을 하고, 이치의 이상을 담을 때, 높은 수준의 지식이라고 인식하지 않았던가. 몸으로 하는 것은 선비들의 일이 아니고, 아랫것들에게 시키는 일이라고 생각한 것이 그런 지식관의 전형이다. 그래서 지식을 인식하는 태도에서 '체험'을 지식으로 보지 않고, 지식을 구성하는 하위의 재료 정도로 보려 했다.

조선 후기에 성리학에 대한 대척의 위상에 있던 실학이 구박받는 학문으로 있었던 것도, 경험 실체를 지식으로 받아들이지 않았던 당시의 지식 문화 때문이었다. 우리가 세계사의 흐름에서 제대로 근대를 각성하기도 전에, 조금 앞서 근대를 섭렵한 일본의 식민지로 전락하게 된 것은 '경험의 과학'을 우리의 지식 전통이 받아들이지 못한 탓이라고 지적할 수 있을 것이다.

융합과 창의를 강조하는 시대이다. 목표의 융합, 학습의 융합, 사고의 융합, 교과의 융합 등이 시대의 구호처럼 들려온다. 지금의 교육과정이 강조하는 '역량'이란 개념도 학생의 융합된 능력이 그가 실제로 발휘하는 능력임을 강조한 것 아닌가.

융합의 프로세스가 가장 강한 '배움의 방법(학습법)'은 무엇인가. 나는 '체험'이라고 말하고 싶다. 체험에 관여하는 모든 지각 작용과 인지적·정의적 전략과 반응들은 분절하여 늘어놓을 수가 없다. 해체할 수 없을 정도로 다채롭고 복합적이다. 고도의 융합적 프로세스이기 때문이다. 그 융합의 프로세스를 언어적 기술(記述)로 완전 복기(復棋)하기도 어렵다.

체험 학습은 무성한데, 체험 연구는 없다. 체험이 어떤 학습 프로세스를 동반하는지를 제대로 알아야 한다. 우선 '지식으로서의 체험'을 깊이 구명(究明)하고, '체험의 지식 상관성'을 폭넓게 연구해야 한다. 교육은 '체험'을 일반 상식의 레벨에서 다루어서는 안 된다. 전문성 담론으로 탐구해야 한다.

제8강 | 먼저 마음이 소통의 길을 내고

그냥 문득
떠오르는 것 같아도
정말 무심히
떠오르기야 하겠는가.

어딘가 마음속 깊은 곳
작은 분실에서

그리움의 나무로
착함의 힘으로
견디며 살다가

내 슬픔
내 외로움
짙게 드리울 때

안부의 전언(傳言)으로
문을 두드리누나.

그래도 겉으로는
무연하게
무덤덤하게

"별일 없지?"

– '안부'

칭찬과 꾸중은 무엇으로 살아나는가

1. 나는 대학에서 '산문문학론'을 강의할 때 학생들로 하여금 자신의 경험 내러티브를 짤막한 소설로 써 보는 활동을 하게 한다. 학생들은 장차 교사가 될 사람들이다. 학생들에게 지금까지 살아오는 동안 가장 고통스러웠던 일 세 가지, 즉 '내 인생의 삼대 고통'에 대해서 기억해 보라고 한다. 그리고 그것을 바탕으로 자전소설의 한 대목을 써 보도록 하는 것이다.

학생들이 거론하는 고통 중에, 학교 다닐 때 선생님에게서 부당하게 꾸중을 들었던 것을 기억하는 경우가 의외로 많았다. 주로 그 꾸중이 타당하지 않은 경우, 그러니까 좀 억울하게 꾸중을 들었던 경우가 고통으로 각인되는가 보다. 또한, 꾸중의 양과 질이 지나치게 가혹한 경우, 평가의 원리로 말한다면 '꾸중의 신뢰도'가 무너지면 고통으로 여기는 경우도 많았다. 꾸중을 구사하는 선생님의 심리적 맥락을 기억하기 때문이다. 여기에는 '선생님이 공연히 나만 미워한다'라는 느낌이 강박적 불안 심리가 되어 고통으로 옮아가는 것을 엿볼 수 있다.

그런데 이들이 학교 다닐 때 견디기 어려운 고통으로 떠올리는 것 중에는 꾸중 못지않게 '칭찬'이 등장하는 경우도 있었다. 물론 자신에게 주는 칭찬이 고통스러울 사람은 없다. 선생님이 다른 아이를 부당하게 칭찬하는 것이 견디기 어려웠다고 한다. 이 역시 칭찬 자체를 문제 삼기보다는 칭찬의 타당도와 그 칭찬의 신뢰도에 불만을 가지는 것이다. 이런 칭찬은 곧 그 칭찬을 받지 못하는 자신에게는 차별과 소외로 인식되기 때문이다. 이런 칭찬 역시 칭찬을 구사하는 선생님의 심리적 맥락을 눈치채는 데서 마음의 고통이 생긴다. 즉, 신생님 속마음을 알아차리는 데서 마음의 상처가 생기는 것이다. 이는 대체로 편애의 상황과 연결되고, 편애 밖에 놓였던 아이들에게는 그것이 고통으로 기억되는 것 같았다.

학생들이 쓴 소설 가운데는 부모나 교사의 칭찬에 대해서 예민한 감수성을 드러낸다. 그중에는 부정적인 기억도 많다. 이를테면 영혼 없는 칭찬에 대해서도 아이들은 거의 본능적 후각을 발동하여 알아차린다. 일상의 일과를 늘 같이하는 부모나 교사에 대해서는 더더욱 그러하다. 그 칭찬에 진정성이 없음을 알아차리면, 즉 칭찬이 상투화된다면, 칭찬의 효력은 없어진다. 더구나 그것을 엄마나 교사는 모르고 아이들은 알고 있다면, 그런 칭찬은 칭찬하지 아니함만 같지 못하다. 칭찬의 인플레는 화폐의 인플레 못지않게 무섭다. 멀쩡한 아이가 말도 안 되는 응석을 부리거나 떼를 쓰는 데에는 진정성 없는 칭찬에 대해서 그것을 저항적으로 이용하려는 무의식이 작동하는지도 모른다.

꾸중도 마찬가지이다. 영혼이 없는 꾸중은 독(毒)처럼 유해하다. 꾸중한답시고 인격 살인을 하는 경우가 허다하다. 관계없는 사람의 꾸중이야 독한들 무슨 상관이랴. 독이 되는 꾸중은 가까운 사람에게서 생긴다. 부모의 상습적인 꾸중은 꾸중으로써의 효력이 거의 없다. 잔소리와 꾸중의 경계선에 '이 꾸중이 누구를 위한 꾸중인지를 분별하는 마음'이 나타나는 것이다. 아이의 마음을 생각하는 부모의 상위 인지(metacognition)가 작동하면 진정한 꾸중이고, 그저 내 감정을 해소하고 내 불안을 처리하는 데에 머물러 있으면 그것은 잔소리이다. 꾸중이야말로 진정 가득한 배려가 반드시 있어야 한다.

칭찬과는 달리, 꾸중은 계속하다 보면, 꾸중 자체가 점점 더 늘어나고 점점 더 강해져서, 마치 브레이크가 없는 상태로 들기 쉽다. 꾸중하는 쪽에서 보면, 그리 잘못된 것이 아니라고 생각한다. 왜 그러냐 하면 이 꾸중의 정당성과 진정성이 꾸중하는 동안에 본인에게는 계속 명명백백하게 확인된다고 생각하기 때문이다. 그러나 이는 착시현상일 수 있다. 꾸중은 도를 넘어서면 돌아올 수 없는 강을 건너는 것과 같다. 꾸중이 도를 넘어선다는 것은 대개는 꾸중하는 사람이 자기 자신을 통제할 수 없는 상황이 들었음을 의미한다. 이러한 정도가 심하면 일종의 감정 장애 특히 분노 조절 장애가 아닌지 의심해 보아야 한다. 자녀를 야단치다 상해를 입히는 부모가 심심찮게 등장하는 것은 꾸중의 교육학을 배우지 못한 부모들이 많다는 증거이리라.

2. 작가 이문열의 소설 《금시조》에는 참으로 준열(峻烈)한 꾸중의 모습을 볼 수 있다. '준열함'이란 표현을 썼는데, 언뜻 느낌이 오지 않을 수 있다. 좀 풀어서 보면, 꾸중하는 이의 감정이 가파

르게 일어나고, 그 분위기가 높고 험한 산을 오르는 듯 견디기가 힘들고, 꾸중의 내용이 맵기 그지없는 꾸중이 '준열한 꾸중'이다. 스승 석담과 제자 고죽의 사이는 평생동안 이런 준열함의 꾸중이 차갑게 놓여 있다. 서예 예술을 대하는 태도에서 고죽은 도(道)가 모자라고 기(技)로 치우친다는 것이 스승 석담의 꾸중이다. 고죽은 스승의 도를 이해는 하지만 자신의 예술관은 기예(技藝)에 있음을 견지하려 하기 때문이다.

석담의 문하에 있는 동안 내내 고죽은 스승 석담에게서 무시에 가까운 차가운 냉대를 받는다. 준열한 꾸중이므로 가혹하고 인정 없게 여겨지는 꾸중이다. 그나마 말로 길게 하지도 않고, 단호하고 냉엄한 행동으로 한껏 야단을 치는 것이다. 이런 경우를 두고 꾸중의 진정성이 충만하다고나 해야 할지. 요즘 사람들이라면 진작 사제의 관계는 해체되고 말았을 것이다. 수십 년 문하에 있는 동안 고죽은 스승에게 반항하여 말없이 스승의 집을 떠나기도 하고, 일부러 스승이 싫어하는 작품 활동을 세상에 나가 자기 마음대로 한다. 뒤에 각성하고 다시 스승의 집으로 돌아오지만, 스승의 무시와 냉담은 더욱 심해진다.

세월이 흘러 이미 석담도 죽고, 고죽도 노쇠하여 죽음을 목전에 둔다. 이즈음에서 석담의 꾸중은 마침내 고죽에게 받아들여진다. 고죽은 자신에게 행해진 선생의 냉담한 꾸중들이 진정으로 자신의 재주를 아끼는 데서 온 것임을 나중에 자신이 죽을 무렵에야 마음으로 깨닫는다. 고죽은 스승과는 달리 자기 스타일로 세상에 내놓아 이름을 얻고 팔았던 작품들을 일일이 몸소 찾아가 다시 높은 가격을 주고 사들인다. 모두 스승 석담이 마땅치 않게 여겼던 작품들이다. 스승에 반발하여 혼자 세상에 나아가 기예를 자랑하며 유통시켰던 작품들이다.

고죽은 이렇게 거두어들인 작품을 모아서 불태운다. 피어오르는 연기 사이로 고죽은 '바다를 큰 도끼로 갈라낼 때 바다 속으로부터 날아오르는' 상상의 새, 금시조를 본다. 이 소설에서 금시조는 '도의 기상이 넘치는 예술혼의 궁극적 이상'으로 볼 수 있다. 그것은 고죽 자신의 예술이 마침내 스승이 그렇게 준열하게 꾸짖던 가르침의 경지로 합일되었음을 보여주는 것이라 할 수 있다. 금시조가 고죽의 눈앞에 현현하는 마지막 장면은 스승의 꾸중 본질에 마침내 도달한 제자 고죽에게도 하나의 황홀경을 체험하는 장면이라 할 수 있다.

소설 《금시조》를 '꾸중의 미학'이라는 관점에서만 보면, 꾸중의 진정성이 세대를 관통하여 이루어지고 있다는 점을 들 수 있을 것이다. 그만큼 꾸중하는 쪽의 진정성 또한 자기 스스로 엄격함으로써 흔들림 없이 정직하였다는 점이 가슴에 와닿는다. 동시에 꾸중 또한 소통일진대 그것을 받아들이는 사람의 품성과 도야가 있음으로써 꾸중이 아름다울 수 있음을 보여 준다. 꾸중의 메시지가 그토록 오래 남아서 긴 울림으로 생애와 나란히 간다는 것은 얼마나 아름다운가. 꾸중의 말이 아름답다는 것이 아니라, 그런 인생이 아름답다는 것이다. 석담도 대단하지만 고죽도 못지않게 훌륭하다.

3. 밤중에 골목에서 담배 피우는 불량 청소년들을 지나치던 취객 어른이 취중의 언어로 꾸중하고 야단치다가 오히려 그들로부터 집단 폭행을 당하는 일은 충동적 꾸중이 얼마나 낭패에 이르는지를 잘 보여 주는 예이다. 꾸중의 맥락을 놓치면 이렇게 된다.

철학자이며 문화사회학자이기도 한 앤드류 포터(Andrew Potter, 1972-)는 진정성 비판을 하면서, 진정성은 대부분 그것을 구사하는 과정에서 왜곡되기 쉬움을 지적한다. 진정한 진정성이 그만큼 어렵다는 것이리라. 진정성은 동기(motivation)로 잠복되어 있을 때만 진정하다. 지나친 진정성은 조롱당하기 쉽다. 진정성이라고 다 진정성 대접을 받을 수 없구나. 진정한 진정성이란 무엇인가. 고민을 부른다.

칭찬과 꾸중은 함께 연결되어 있으면서 서로 도와야 한다. 한 자리에서 부류를 나누어 칭찬하고 꾸중하는 것은 위험하다. 섣부른 진정성으로 칭찬과 꾸중을 과장하지 말아야 한다. 그만큼 칭찬과 꾸중에는 엄정함이 중요하다는 뜻이리라. 그런 점에서 칭찬과 꾸중은 깊은 사려가 필요하다. 모든 소통이 그러하지만, 칭찬과 꾸중만큼 소통의 맥락이 중요한 것도 없다.

칭찬과 꾸중이 쉽지 않음을 실감하게 된다. 칭찬과 꾸중은 그냥 교육적 기술로 습득될 수 있는 경지를 넘어선 곳에 있다. 그것은 교육하는 사람의 총체적 지혜의 영토에 자라고 있는 인격의 꽃이라는 생각을 하게 된다.

고급진 개인기

1. 여럿이 즐거운 시간을 가질 때, 한국 사람이 평균적으로 가장 많이 즐기는 놀이는 무엇일까? 한때는 화투치기가 1위를 차지한 적도 있었지만, 요즘은 아닌 것 같다. 설 명절 시즌에는 윷놀이 같은 것이 등장하지만, 모든 연령층이 다 선호하는 것은 아닌 듯하다. 어떤 조사에 따르면, 그것은 단연코 '노래하기'란다. 그것도 누군가를 중앙 무대로 불러내어 노래를 시키고, 그 노래를 함께 즐기는 것이다. 이런 형태의 노래시키기는 온 국민의 놀이 패턴처럼 되어서, 놀이를 나선 자리라면 어디선가 노래판 한 마당이 벌어진다. 세계에 유례가 없는 노래방 왕국, 노래방 풍속을 만들어 놓은 나라가 우리나라 아니었던가.

그러다 보니 그런 자리에 대비해서 자기가 잘할 수 있는 노래 한두 곡쯤은 준비해 둔다. 친하게 자주 어울리는 친구 사이에는 누구는 무슨 노래를 부른다는 것이 다 알려지기 마련이다. 흥을 맞추어 함께 불러주기도 하지만, 죽어라고 노래를 시켜는 놓고 막상 자기들은 딴짓을 한다. '노래방 꼴불견'의 하나로 일찍부터 지목되어 왔다. 그러기는 해도 돌아가며 노래 부르기는 한국인의 표준 오락 모드이다. 행락에서 돌아오는 관광버스 안에서 불러 제끼는 노래들을 보라. 서로 돌아가면서 나와 마이크 잡고 노래를 부르는 동안은 무아지경이다. 그렇게 노래 부르는 동안 어느새 관광버스는 집에 당도해 있어서, 미진한 노래 흥을 아쉬워했던 경험을 누구나 한두 번은 해 보았으리라.

이런 노래 부르기는 으레 한두 잔의 술로 기분과 흥취가 올라 있어야 제격이다. 또 너나없이 함께 이물감 없이 친숙해야 제대로의 맛이 살아나는 것이다. 그런데 세상을 살다 보면 잘 모르는 사람들끼리 어울려 무언가 지금부터 의미 있는 친교를 해 나가야 하는 때도 많다. 그러니 당장 이렇게 질박한 친숙감으로 노래를 불러대며 시작하기가 어려울 때가 있다. 아니 세상에는 그런 사회적 상황에서 사람들과 교감해야 할 때가 더 많다. 더구나 술 한잔 걸친 기분을 생뚱맞게 억지로 만들어 내기는 어렵다. 그러니 보라. 아무리 친숙한 동네 사람들끼리 떠나는 관광 놀이라 해도, 행선지로 가는 아침 관광버스 안에서부터 마이크 잡고 돌아가면서 노래 부르는 모습은 상상하기 어렵다.

노래를 잘 못 부르는 사람들에게는 이보다 더한 고역이 없단다. 내가 왜 여기를 따라 왔던가 하는 후회가 밀려온다. 잘 알지 않는가. 이런 경우 노래를 못 부른다고 그냥 놓아 주지를 않는다. 마치 이 공동체의 배반자라고 되는 양 닦달하면서 온갖 수모를 가져다 안긴다. 오락의 이름으로 노래 못하는 대가를 톡톡히 치르게 한다. 노래를 해도 수모, 노래를 안 해도 수모를 겪는다. 노래 강제로 시키기가 가히 폭력의 수준으로 가도, 우리는 '그거야 뭐 다 웃자고 하는 일인데' 하면서 가해자에게 관용을 베푼다. 아니 모두가 공범처럼 가해자의 편에 서는 것이다. 또 이런 경우에도 문제는 있다. 모인 일행에 어른도 있고 아이도 있고, 선생님도 있고 학생도 있고, 부모님도 있고 자녀들도 있고, 그래서 무작정 노래 부르기를 들이대기가 난처한 경우도 있다. 요컨대 사람들이 함께 모여 여흥과 사귐을 만들어 가는 자리가, 노래시키기와 노래 부르기로만 독점되는 것은 부당하다는 것이다. 친교의 정을 더하는 자리에 더 의미 있는 콘텐츠는 없을까.

2. 노래를 시키면 어떻게 하나. 이런 고민은 내게도 진작에 있었다. 노래하라고 불려 나와서 그걸 얼렁뚱땅 해내기까지, 그것은 은근한 스트레스이기도 했다. 무슨 묘책이 없을까, 근본적인 대책이 필요하다. 나는 고민을 하다가, 노래의 자리에 내 애송시(愛誦詩)를 가져가기로 했다. 노래를 부르라고 하면 일단 마이크 있는 자리로 나와서, "노래 대신 제가 좋아하는 시(詩) 한 편을 낭독해 드리겠습니다." 이렇게 한번 해 보자. 마침 옛 학창 친구들과 태안에 있는 천리포 수목원 부근으로 놀러 가는 일이 생겼다. 부부동반이란다. 나는 근자에 내가 좋아하는 시 한 편을 촘촘히 준비했다. 바로 이 시이다.

> 가만히 눈을 감기만 해도
> 기도하는 것이다

왼손으로 오른손을 감싸기만 해도

맞잡은 두 손을 가슴 앞에 모으기만 해도

말없이 누군가의 이름을 불러주기만 해도

노을이 질 때 걸음을 멈추기만 해도

꽃 진 자리에서 지난 봄날을 떠올리기만 해도

기도하는 것이다

-이문재의 '오래된 기도' 중에서

노래 연습만큼 낭송 연습을 했다. 그런 탓일까, 의외로 큰 박수를 받았다. 내가 받은 박수는 천리포 수목원이 주는 아름다움, 잘 자란 수목들의 자태, 키 작은 풀꽃들의 간지러운 흔들림, 그리고 서해 바다의 섬 그늘 너머로 우리의 심호흡을 불러가는 수평선 등이 우리들의 맑은 영혼을 일깨우고 있음에 힘입은 것이었다. 아니, 이문재 시인의 해맑은 심령의 언어가 이토록 고운 흥취를 우리들 가슴에 번져 가게 한 것이었다.

3. 이 시는 읽어 주기에 좋은 시이다. 그 말은 '듣기에 좋은 시'라는 뜻이다. 듣기에 좋다는 것은 '듣기에 편한 시'라는 말이다. 시어 표현에 어려움이 있는 곳이 한 군데도 없다. 당장 들려오는 말들, 그 자체를 못 알아들을 곳이 정말 없다. 들려주는 시는 이래야 한다. 이 시의 강점은 쉬운 시로 여겨지면서 깊은 울림을 주는

데에 있다. 이렇게 들려 온 시인의 말이 가슴으로 흘러가면서, 긴 울림의 자락을 드리운다.

"그래, 그런 것들이 모두 기도야! 영혼을 맑게 이끌어 가니까. 정말 오래전부터 있었던 기도인데, 왜 그걸 모르고 살았을까?" 그날 나의 친구들도, 친구의 부인들도 여기까지 기꺼이 공감해 주었다. 나는 친구들의 호응이 너무 고마워서, 정말 누가 청하지 않았는데도 노래 한 곡조를 하였다.

노래 레퍼토리를 준비하는 공력만큼만 애송시 레퍼토리를 준비해 보자. 아니 꼭 시(詩)이어야만 할 필요도 없다. 내가 썼던 일기 한 구절, 주고받았던 옛날의 편지 한 구절을 낭독하는 것만으로도 충분히 역할을 한다. 해 보시라. 절대로 어색하거나 뻘쭘하지 않을 것이다. 자리와 사람을 잘 헤아려서 애송시 한 편을 준비해 가는 것은 그 자체가 엄청난 소통의 노력이기 때문에, 사람들이 작은 감동으로 호응해 줄 것이다. 꼭 해 보시라고 권하고 싶다.

대화가 자본이다

1. 우리의 말하기 문화 가운데 한번 말로 다투면 끝장을 보려는 것이 있다. '끝장토론'이라는 말도 있다. 대단히 치열한 정신 같지만 속을 들여다보면 꼭 그렇지만도 않다. '이참에 너 한번 죽어봐라' 하는 고약한 결기가 '끝장'이란 말을 먼저 점령해 있는 것처럼 느껴질 때가 많다. 그래서 끝장토론의 끝은 대체로 참담하다. 아무런 소득이 없는 것은 물론이고, 엄청난 상처와 모욕의 언어들만 쓰레기처럼 남아서 마음의 황폐를 더 돋운다. 타협과 양보, 내 것을 지양하고 남의 것과 통합하려는 노력 없이는 끝장토론은 끝이 보이지 않는 법이다. 그런데 우리는 어떠한가. 토의 토론을 할 때 타협이나 양보는 엄청난 악덕인 것처럼 여긴다.

견해 차이가 생기면 금방 성급하게 다투려 드는 것도 문제이다. 화해하러 갔다가 화해는커녕 다시 대판 크게 싸우고 돌아오는 경우가 드물지 않다. 어디서부터 어떻게 잘못되었는지는 모르지만, 대개는 상대가 내 화해를 바로 잘 안 받아들이는 것에 격분한다. 그래서 한국 사람은 갈등 당사자들끼리 진정성을 가지고 스스로 잘 해내지 못한다. 어른이나 선배가 끼어들어서 화해를 강권하고 마지못해 화해하는 그런 모양새를 띨 때가 많다. 그러니 화해는 해도 본인들 의지가 반영된 것이 아니니, 언제 다시 갈등 사태로 빠져들지 모른다. 이런 말하기 문화에서는 없는 갈등도 일부러 만들어 내게 된다. 참 안 좋은 것이다.

아이들 언어에서부터 욕설이 기승을 부리는 세태를 보면서, 대화를 정말 잘 가르쳐야 한다는 생각을 한다. 갈등을 잘 다스린다는 것이 '돈을 버는 것'임을 알아차리는 사람은 많지 않다. "우리가 얼마나 갈등을 대화로 해결하지 못하는 민족인가. 대화로 사회를 통합하는 것은 그 자체가 소중한 '사회적 자본'이다." (문용린, 학생 욕설문화개선 컨퍼런스 발제, 2011.11.30) 나는 이 말을 들으면서 갈등으로 인해서 지불하는 손실을 헤아리며, 토의 토론과 대화의 교육적 효능을 이들의 사회적 가치와 함께 묶어서 생각해 본다.

2. 우리는 몇몇 사람이 모여서 어떤 문제를 짚어보거나 따져 보는 과정이 있으면, 그것을 흔히 그냥 '토론'이라고 한다. 이처럼 토론이란 말은 이미 보편화된 이름으로 우리의 일상에서 쓰인다. 그런데 알고 보면 이럴 때 쓰는 토론이란 말은 '토의(discuss)'에 더 가까운 경우가 훨씬 많다. 왜냐하면 토론은 찬반 양쪽이 자신의 정당성을 논리적 근거만으로 밝히는 엄격한 형식의 스피치 양식이고, 토의는 어떤 문제를 폭넓게 의논하여 그 문제를 해결하는 것으로서 그 형식과 진행은 토론에 비해서는 훨씬 더 유연하고 자유롭다.

토의의 경우 대부분 어떤 문제에 대한 해결을 현실적으로 구하기 위해서 의견을 모으는 성격을 띨 때가 많다. 그렇게 해서 어떤 합의를 구하거나 방향을 찾는 것이 최우선이기 때문이다. 문제를 현실적으로 해결한다는 것도 그 해결이 논리적으로 완벽한 그런 최선의 것은 아니어도 무방하다. 우선은 합의를 이룰 수 있으면 되는 것이기 때문이다.

그러나 토론은 당장의 문제해결을 위한 것이 아니다. 찬성과 반대 그 자체를 논리적으로 꼼꼼하게 보여주는 데 초점이 있다. 화법 규범에서 말하는 토론(debate)은 그 형식의 엄격함이 지켜져야 한다. 어떤 문제에 대한 찬성과 반대의 논리적 근거를 분명하게 제시하고 상대의 허점을 논리적으로 공격하는 것이 토론이다. 옳고 그름을 가급적 선명하게 보여주어야 한다. 따라서 토론은 토의에 비해서 공식적 성격이 더 강하다. '비공식적 토론'이라는 것은 성립하기가 어렵다. 그러나 토의에는 공식적인 것도 많지만 비공식덕 토의도 많다. 실제로 우리는 일상 공동체 생활의 소통에서 상당 부분은 비공식적 토의에 기댄다.

토의에서는 문제를 해결하는 것이 중요하지, 누가 옳으냐 그르냐를 밝히는 것이 목적은 아니다. 물론 토의의 과정에도 쏟아져 나오는 의견들 가운데 무엇이 더 옳고 그른지 밝혀야 하는 경우가 없지 않다. 입지와 관점이 다른 사람들이 모여 공동체적 문제를 논의하고 그 문제의 해결(해결 방향)을 구하는 과정에서 찬반의 논리를 분명히 해야 하는 경우가 생길 수도 있다. 그러나 이런 찬반토론도 궁극에는 논의의 생산성, 문제해결의 합리성에 기여하기 위한, 즉 토의의 역할과 기능에 다 수렴되는 것으로 보아야 한다. 중요한 것은 토의나 토론도 모두 대화에 속한다는 것이다.

그래서 토론은 말하기의 형식에 더 치중되고, 토의는 말하기의 내용에 더 치중된다. 토론은 수단적 가치에 가깝고 토의는 목적 가치에 더 가깝다. 토론은 학습의 양식이고 토의는 삶의 양식이다. 토론을 배워 토의에 써먹고 토의를 배워 삶에 써먹는다. 토론은 수렴적 사고와 통하고, 토의는 확산적 사고와 통한다. 토론은 배타적이고 토의는 통합적이다. 토론은 보여주는 데에 초점이 있고, 토의는 참여하는 데에 의의가 있다. 토론은 승패가 있어도 토의는 승패가 없다. 토론은 감정을 배제하지만 토의는 감정도 고려해야 한다. 요컨대 토론도 토의도 사람이 살아가면서 하는 대화의 한 방식이다.

3. 방송에서 접하는 방송토론 가운데는 이름만 토론이지 토의에 해당하는 것들이 많다. 심야토론, 끝장토론, 난상토론, 백분토론 등등이 모두 그러하다. 토의를 토론처럼 진행하니까 부자연스럽고 답답한 구석이 느껴질 때도 있다. 따라서 현재의 방송토론 프로그램들은 토론(debate style) 방송 프로그램과 토의(discuss style) 방송 프로그램으로 장르 분화를 해 나가야 할 것이다. 소통과 통합을 목적으로 어떤 문제해결을 위해 국민적 지혜를 구하는 주제를 다룰 때는 그런 효과가 드러날 수 있는 토의의 방식으로 방송 프로그램을 개발하고 편성해야 할 것이다. 현재의 방송토론 프로그램들은 토론도 아니고 토의도 아닌 그야말로 뒤죽박죽의 모습을 보여준다.

정치적 이슈를 띤 방송토론은 토론의 생산성을 보여주지 못하고 실망을 주기에 바쁘다. 펼쳐 놓은 문제를 상대방과 논리적으로 짚어가면서 진지하게 이끌어가기보다는 자기 진영의 주장을 완강하게 퍼붓는 것으로 일관하기 때문이다. 상대의 말은 들으려고도 않는다. '말해 봐! 내가 안 믿을게.' 그런 표정이 역력하다. 상대를 공격하기 위해 끊임없이 말꼬리를 물고 든다. 자기 진영의 주장이 조금이라도 공박을 받았다고 생각하면, 사회자의 진행까지도 가로 막아가면서 방어 논리를 무리하게 전개한다. 정파적 당파적 주장을 국민적 여론처럼 호도한다. 그리고 상대에 대한 비난과 모욕을 한 단계 더 강화한다. 토론에 나온 패널들은 완고하고 또 완강하다. 소통은커녕 '언쟁의 불쏘시개'로 자신의 역할을 다한다는 듯한 태도이다. 국민을 우습게 본다는 것은 이럴 때 실감이 난다.

문제는 토론에 나온 패널이 자신이 속해 있는 정파나 이념의 진영만 바라보고 말한다는 데에 있다. 국민적 주제이면 국민을 바라보고 말해야 한다. 그리고 그 국민이 누구인지를 생각해야 하는 것이 마땅하다. 토의에서 구체적 상대가 있으면 그 상대를 보고 말해야 한다. 그런데 그런 것은 부차적이다. 오늘 토의를 마치고 내 진영으로 돌아갔을 때 비난받아서는 안 된다는 강박을 너무 심하게 가지고 있는 것은 아닐까. 그래서 방송토론 프로그램을 학생들의 말하기 교육 자료로 사용하는 것은 위험하다.

청중도 패널을 평가할 때, 누가 더 상대에 대해서 유연하고 허용적인 태도를 가지는지를 평가해 주는 풍토가 아쉽다. 상대와 함께 문제의 해결을 향해 나가려는 자세 변화를 보이는 사람에게 더 큰 지지를 해 줄 수 있는 풍토가 되어야 한다. 누가 더 문제에 대한 통합적인 해결을 지향하는지에 더 많은 점수를 줄 수 있는 쪽으로 발전해야 할 것이다. 다음과 같이 말하는 토론 패널들을 자주 보았으면 좋겠다.

"제가 처음에는 전통적인 가치관에 바탕을 두고, 또 그런 관점으로 이 문제에 접근했는데, 토론을 해 나가는 동안 생각의 변화가 생겼습니다. 아까 저와 맞서는 의견을 가지고 나오신 저의 상대 패널이신 김대한 선생님의 미래적 가치관에 근거를 둔 말씀을 의미 있게 경청했습니다. 선생님의 일부 의견에 대해서는 충분히 의미가 있다고 생각합니다. 김 선생님께서 말씀하신 세 가지 사항 중두 가지는 저와 생각이 다르다는 것을 확인했고, 나머지 한 가지는 저도 미처 생각해 보지 못한 것인데, 선생님 의견에 동의합니다. 제 생각을 다시 돌이켜볼 수 있게 했습니다. 그래서 이 문제는 이후에라도 시간을 가지고 대화하기를 원합니다. 합의점을 찾을 수도 있다고 생각합니다. 제게는 바로 이 점이 오늘 토론의 생산적 효과를 느끼게 해 주는 대목입니다. 토론의 대화적 가치를 비로소 경험하게 됩니다."

이쯤 되면, 돈을 벌어들이는 토론이다. 이 문제로 야기될 수도 있었던 갈등으로 인해 지불해야 하는 경비를 줄였다 할 수 있기 때문이다. 그러므로 돈을 번 셈이다. 그리고 새로운 가능성을 찾아낸 것으로도 돈을 번 셈이 된다. 누가 벌었는가. 우리 사회가 번 것이다. 혜택은 누가 받나. 우리 사회 구성원 모두가 받는다. 바로 실감하지 못하겠지만 확실하다.

제9강 | 저렴한 언어들

사람들은 하늘에 걸린 그것을 보며
온갖 덕목들을 지치도록 소환하다가
비로소 마지막 날에 '자유'를 떠올렸다.

그러나 그것을 자유라고 호명하는 순간
그 또한 구차한 구호로 펄럭이게 되어서
의식을 최면하려는 도구쯤으로나 되고 말아서

그러니까 진짜 자유로운 자유를 보아야 할 것
이다.
이념의 갑주로 무장한 자유, 말고
욕망의 기획대로 질주하는 자유, 말고
신의 계시 앞에 좌정한 자유, 말고

– '릴케의 전언' 중에서

"말해 봐, 내가 안 믿을게"

1. 어떤 중년 부부가 있었다. 그런데 부부간에 서로 인정하고 아끼는 것이 부족했다. 특히 부인이 심했다. 남편 말이라면 도무지 인정하지 않았다. 남편이 무슨 말이라도 할라치면 어김없이 가로막았다. "아니, 당신이 뭘 안다고 그래요. 아, 잠자코 있어요." 부인은 이 말을 입에 달고 다녔다. 부인이 워낙 당차고 거센지라, 남편은 달리 대꾸하지를 못했다. 젊은 시절 한두 번 아내에게 큰 거짓말을 했다가 들통이 난 적이 있었던 터라, 더더욱 기를 펴지 못했다.

남편은 아내가 정말로 자기를 미워한다고 생각하지는 않았다. 다소 급하고 직선적인 아내의 성격 때문이라고만 생각했다. 그러나 아내의 이런 말버릇은 나이를 먹어갈수록 더 심해졌다. 집에서 단둘이 있을 때는 무어라 해도 괜찮은데, 밖에 나가서 다른 사람들과 여럿이 어울릴 때는 곤혹스러웠다. 지난 연말 부부 동반 송년회 모임에서는 이런 일도 있었다. 모임을 진행하는 사회자가, 지난 한 해 그 댁에서 가장 행복했던 일은 무엇이냐고 남편에게 물었다. 남편이 아내와 함께 해외여행을 다녀온 일이었다고 대답하는 중에 아내가 가로질러 나섰다. 남편을 쳐다보며 그녀는 말했다. "아니, 당신이 뭘 안다고 그래요. 아, 잠자코 있어요."

그녀는 그게 아니라 손주가 무슨 전국대회에 나가서 일등상을 타 온 것이라고 수정 발표하였다. 늙어가며 서로 토닥거리는 것은 미운 정 고운 정 다 든 부부가 보여 주는 애정의 일상성으로 볼 수도 있을 것이다. 그러나 그렇게 보기에는 부인은 정도가 심했다. 남편은 물론이고, 참석자 대부분이 민망함을 느끼는 분위기이었다.

남편은 아내가 정말 자기를 사랑하지 않는다는 생각이 들었다. 어디서부터 이 문제를 풀어야 좋을지 모르겠다는 생각이 들었다. 우선은 아내가 진정으로 자기를 아끼고 사랑하는 마음이 있는지를 확인하는 것이 중요하다고 생각했다. 그런 뒤에 방책을 강구하기로 마음을 먹었다. 남편은 의사를 하는 친구에게 찾아가서 사정을 이야기하고 부탁을 했다. 여보게, 내가 여기서 하얀 시트커버를 덮어쓰고 침대에 누워있을 테니까, 자네는 내가 갑자기 죽었다고 내 아내에게 연락을 해 주게. 아내가 와서 어떤 태도를 보이는지 내 눈으로 보아야겠네.

의사 친구는 남편의 제의를 받아들여 그렇게 해 주었다. 의사의 전화를 받은 아내는 부리나케 병원으로 달려왔다. 남편의 죽음을 확인한 아내는 너무도 슬프게 울었다. 그동안 말을 모질게 한 것을 뉘우치며 후회의 울음을 끝도 없이 이어가는 것이었다. 남편은 아내의 사랑이 살아 있음을 확인하였다. 순간 아내를 너무 심각하게 놀린 것 같아서 미안한 마음이 들었다. 남편이 시트커버를 내리고 얼굴을 내밀어 울고 있는 아내에게 말했다. "여보, 나 사실은 안 죽었어!" 남편의 얼굴을 바라보는 순간 아내의 대갈일성(大喝一聲)이 터져 나왔다. "아니, 당신이 뭘 안다고 그래요! 아, 잠자코 있어요. 의사 선생이 죽었다고 하잖아요."

2. 앞의 이야기는 현실에서 실제로 일어난 현실적 사건(real event)이라기보다는, 불신 지향의 성격이나 독선의 심리를 풍자하여 만들어 낸 유머(humor)의 일종이라 할 수 있다. 어떤 현실적 사건 못지않게 우리 현대인들에게 중요한 시사를 준다. 현실에서 '말해 봐, 내가 안 믿을게!' 물론 이렇게 말하고 다니는 사람은 없다. 그러나 심리적 태도 면에서 여기에 해당하는 사람은 의외로 많기 때문이다.

어떤 갈등과 대립을 거쳐 오는 동안, 큰 상처를 입은 사람에게는, '말해 봐, 내가 안 믿을게'라는 심리적 태도가 있다. 문제는 이런 심리적 태도가 갈등의 대상에게만 투사되는 것이 아니고, 소통의 상황에서 모든 소통 대상으로 확산한다는 데에 있다. 불신 심리가 일반화된다는 것이다. 이 심리가 강해지면 모든 것을 삐딱하게 보고, 모든 것을 음모론의 시각으로 보게 된다. 이런 사람과 소통하는 사람은 괴롭고 힘들다. '말해 봐, 내가 안 믿을게'의 심리는 일종의 괴물이다. 우리 마음 안에, 열등과 소외의 상처가 있는 음습한 그늘에 숨어서, 소통의 싹을 잘라먹고 사는 괴물 말이다.

'말해 봐, 내가 안 믿을게'의 심리를 지천(至賤)으로 만날 수 있는 곳은 SNS 댓글 공간이다. 정치적 이슈에 대해서 가장 심각하고, 연예인 등 우월한 개인에 관한 댓글에도 불신과 음모론의 모욕들이 넘쳐난다. 이런 댓글 의견들은, 일단 사실을 철저하게 안 믿거나, 언급된 사실 내용을 절대적으로 배격한다. 그냥 배격이 아니라, 단단히 왜곡시켜서 모멸하고 비난한다. 음모론의 상상력을 발휘하여, 그 사실이 매우 나쁘고 불순한 의도와 배경 아래 있음을 굳은 믿음으로 피력한다. 물론 증거는 없다.

SNS 댓글이란 것이 원래 글 올리는 이의 주관적 반응이며, 특히 악성 댓글은 감정적 배설로 보고, 그저 그런 부류의 열등의식 표출이라고 생각하기는 하지만, 이런 식의 댓글 반응이 옹호될 수는 없다. 사실을 왜곡하고, 또 댓글을 쓴 본인에게도 긍정을 내몰고 부정적 성격을 만들기 때문이다. '말해 봐, 내가 안 믿을게' 심리는 불신 불행 바이러스의 서식지이다. 오늘날 SNS 댓글의 행태를 보면, 우리 사회가 이미 이런 종류의 불신 불행 바이러스들로 만연되어 있다는 느낌을 지울 수 없다.

그러나 좀 더 자세히 살펴보면 '말해 봐, 내가 안 믿을게'의 심리에는 불신의 표출 이전에, '안쓰러운 자아'가 숨어 있다. 소외로 인한 상처를 극복하지 못한 자아, 당당한 참여로 나아가 보지 못한 '우울한 자아'가 도사리고 있다. 따라서 이런 심리로 일관하는 사람이 있다면 그는 성격 장애에 들어있음을 염려해야 한다. 당연히 소통의 장애를 겪을 수밖에 없다. 어떤 판단의 과정도 제대로 처리하지 못한다. 또 공동체에 잘 기여할 수 있는 능력이 뚝 떨어진다. 독설의 언어로 댓글을 다는 사람들 상당수가 참여 역량이 결핍된, 이른바 '은둔의 외톨박이'라고 하지 않는가. 자신의 소외를 한층 더 고약한 소외로 대응하는 셈이다. 자기를 파괴하는 방식으로, 애처로운 자기방어를 하는 셈이다. '말해 봐, 내가 안 믿을게'의 태도는 바로 그런 심리가 나타난 것이라 할 수 있다.

'말해 봐, 내가 안 믿을게'의 심리는 갈등을 더 큰 갈등으로 대하려는 심리이기도 하다. 그래서 이 심리는 항상 '분노'를 동반한다. 특정의 편견으로 특정의 적을 상정함으로써 자신을 무장하는 동안 분노가 따라오기 마련이다. 그 분노가 공공의 장으로 나오지 못하고, 따라서 이성으로 수렴되지 못하면, 현재의 갈등을 더 큰 갈등으로 처리하고 싶은 유혹에 빠진다. 그럴 때, 우리는 '말해 봐, 내가 안 믿을게'의 심리로 치닫는다. 이 심리가 구체적 행동으로 나타난다면 그것은 아마도 '폭력'이 될 가능성이 크다. 공론의 장을 자주 마련하고 토론과 대화를 지속적으로 순환시키는 사회가 되어야 하는 이유가 여기에 있다.

3. '말해 봐, 내가 안 믿을게'의 심리는 인식론의 용어로 말하면 '독사(Doxa)'에 가깝다. '독사'란 플라톤이 사용한 용어로, 참된 인식(認識)이 아닌, 감상적이고 주관적인 낮은 수준의 인식을 가리키는 말이다. 그런데 이 말의 헬라어 어원은 '그렇게 보이는 것'이란 뜻이라고 한다. 이성과 논리 이전에 어떤 주관성이 신비하게 작용하여 '그렇게 보이도록 하는 것'이 있다는 것, 그런 인식의 영역을 '독사'라고 한다. '독사'에는 종교적 초월의 인식이 놓이기도

하지만, 플라톤이 '독사'를 인간의 참된 인식 능력(epistemology)의 아래에 놓았던 것을 주목할 필요가 있다. 즉, 누군가의 마음에 '그렇게 보이는 것'이 자리 잡게 되는 동안에 소외와 차별과 분노만 끼어들고 공감과 소통과 참여가 결핍되었다면 그것을 회복해야 한다.

　이런 사람들에게 상대를 인정하고 아끼는 것을 다시 발견하게 할 수는 없을까. 처방은 그다지 복잡하지 않다. 조금만 더 이성적으로 사유하고 조금만 더 공감 능력을 가지면 된다. 그런데 그게 갈수록 어렵다. 디지털 기술과 매체들이 인간의 생각과 감정을 옮겨 나르면서, 이전 시대에 사람과 사람이 인격적으로 만나서 나누던 이성적 사유와 공감의 능력이 어디로 물 새듯 조금씩 빠져나가게 되는 것은 아닐까. 아니면 인간 본연의 정신 작용 속에 자기가 믿고 싶은 것만 믿으려는 오만과 독선이 진작부터 있었단 말인가.

　'말해 봐, 내가 안 믿을게'의 심리가 우리의 사회적 습관으로 굳어질까 두렵다. 이것이 고집의 일종이라면 더더욱 두렵다. '자기중심의 고집은 그냥 어리석음 그 자체'라고 말한 몽테뉴의 구절도 떠오른다. 일찍이 J.S.밀은 고집과 습관은 같은 친족이라 하지 않았던가. 고집은 습관으로 강화되기 때문이다. 흔히 '사회적 신뢰'는 헤아릴 수 없이 큰 '사회적 자본'이라고 한다. 그렇다면, '말해 봐, 내가 안 믿을게'의 심리가 사회적 습관으로 자리 잡는 것은 '사회적 재앙' 쯤으로 여겨야 하지 않을까.

증오를 선동하는 죄

1. 한국 사람들이 일상에서 개인 대 개인으로 싸우는 장면은 살펴볼 점이 많다. 성질이 급한 사람들은 시장바닥이나 길바닥 위에서도 가리지 않고 싸운다. 시장바닥에서 싸움이 벌어졌다. 언성이 높아지고 감정이 가파르게 고조되면, 주위에 구경꾼들이 모여든다. 전해 오는 속언(俗言)에도 구경 중에는 '싸움 구경' '불구경'이 최고라는 말도 있지 않은가.

반말도 나오고, 삿대질도 나오고, 멱살잡이도 나오고, 싸움이 점입가경(漸入佳境)으로 들다가, 감정의 정점을 도발시키는 것은 대체로 상대방 부모를 모욕하는 지점이다. '부모가 무식하니, 너 같은 자식이 그런 부모에게 배운 게 뭐가 있겠느냐' 하는 식이다. 아무튼, 싸움이 이런 경지로 접어들면, 싸움의 당사자들은 어느새 상대와 싸우는 것은 제쳐두고 잠시 방향을 바꾼다. 몰려든 구경꾼들을 향해서 상대가 얼마나 나쁜 사람인지를 설명하고 호소하는데 정신을 쏟는다. 그 설명과 호소의 말 속에서도 이미 상대에 대한 증오심이 걷잡을 수 없이 드러난다. 구경꾼과 싸움 상대에게 눈길을 번갈아 주어가며, 상대에 대한 조롱과 모욕을 질펀하게 퍼붓는다.

상대에 대한 미움을 싸움 구경꾼들에게 한껏 펼쳐 놓는 데에는 '사정이 이런데도 저놈을 미워하지 않을 수 있단 말이오' 하고 구경꾼을 자기편으로 만들려는 심사가 그대로 드러난다. 여기서 끝나면 다행이다. 아직도 구경꾼들을 자기편으로 만들지 못했다는 생각이 들면, 더 극단으로 몰고 나간다. "아니 이런데도 저놈(싸움 상대)을 나쁘다고 않는다고 할 사람이 여기 구경꾼 중에 있으면, 그놈도 똑같은 놈이야!" 기가 찰 일이지만, 사람들은 '이제 그만하라'라는 정도의 충고도 할 엄두를 내지 못한다.

조롱과 모욕은 중간에서 멈추기가 참으로 어렵다. 이쯤에서는 없는 말까지 만들어서 싸움 구경하는 장터 사람들도 상대를 미워하지 않을 수 없도록 몰고 간다. "아! 글쎄 저놈이 장터 바닥에 장사하는 놈들 모두 사기꾼이라 주둥이를 놀렸답니다." 상대방은 내가 언제 그런 소리를 했느냐고 목소리를 높여보아도 메아리조차 없다. 그때는 이미 구경하던 장터 사람들의 마음에도 증오의 마음이 비 온 뒤 독버섯 피듯 생겨난다. 장터 사람들은 경위도 따져보지 않고 이 증오의 선동에 속절없이 올라탄다. "뭐라고 우리가 사기꾼이라고? 아니 저런 죽일 놈이 있나. 저놈의 주둥아리를 그냥!" 이런 식이 되는 것이다.

2. 삼국지를 읽어 보았던 사람들은 알 것이다. 휘하에 수천 명 군대를 거느리고 싸움을 벌이는 장수들이 일전을 겨룰 때, 먼저 한바탕 격한 욕설로써 싸우는 장면을 쉽게 떠올릴 것이다. 특히 성(城)을 공략할 때 공격 쪽 장수가 성문 아래로 가서 욕을 하며 상대방의 약을 올린다. 주로 상대국 왕이나 장수에 대한 모욕을 유치

할 정도로 퍼붓는다. 하기야 세상에 유치하지 않은 욕이란 것이 있기나 한 법인가. 성 위에서는 반대쪽 장수가 나와 상대에 조금도 뒤지지 않는 모욕들을 날려 버린다. 이런 장면은 서양에도 있다. 트로이 전쟁을 다룬 이야기 《일리아드》에서도 흔하게 나온다. 그런데 그때 주고받는 말들이 극한의 조롱이다. 물론 그 조롱을 통해서 극한의 증오를 나타낸다. 그냥 싸우기만 하면 되지, 왜 이러는 걸까?

이렇듯 싸움판에 조롱과 모욕을 수반하는 '증오'가 깃발처럼 등장하는 이유는 무엇일까. 이를 순전히 싸움의 논리로만 본다면 이렇다. 첫째, 공격 쪽 장수가 적의 성문 아래 가서 하는 욕설은 상대를 부정적으로 자극하는 효과가 있다. 적진의 병사들에게 공포와 수치를 떠안기는 것이다. 또 그들의 대장이 모욕받는 장면을 목격하게 함으로써 대장의 권위나 위엄이 실추되는 것을 적나라하게 맛보도록 하는 것이다. 둘째, 우리 편 병사들의 사기를 올리고 용맹성을 부추길 수 있다. 적을 우롱하고 있는 우리 대장의 모습을 보는 것만으로 사기가 오를 수 있는 것이다. 더구나 상대 적장이 우리 편 대장을 모욕하는 장면을 보면서 적의 감정이 어떠한지를 확인하고 마음의 대비를 하게 된다. 다시 우리 편 대장이 상대를 되받아칠 때는 대장이 지닌 심리와 감정에 더욱 가까워지는 것이다.

지독한 모욕과 비방으로 적을 몰아치는 데에는 적에 대한 것 못지않게 우리 편 병사들을 향해 모종의 효과를 노리는 바가 있다고 할 수 있다. 그것은 우리 편 병사들이 적에 대해서 미움과 분노를 확대 재생산하여 가질 수 있도록 해 준다. 바로 그 점을 노리는 것이다. 전쟁하는 병사들에게는 적에 대한 분노와 적개심이 필수적으로 있어야 한다. 싸움을 이끌어야 하는 대장으로서는 이 점이 더없이 중요한 것이다. 없는 적개심이라도 만들어야 한다. 그래서 증오를 선동하는 것이다. 그러나, 이는 어디까지나 전투 현장의 죽고 사는 현실(survival reality)에서의 상황이다.

3. 증오를 선동하는 것을 범죄로 보아야 한다는 인식이 세계인의 주목을 끌고 있다. 실제로 그런 입법 노력을 기울여 온 나라도 있다. '증오를 선동하는 죄'는 1990년대 르완다 내전에서 두 부족 간의 대량 학살을 겪고 나서, 이들 전범자를 재판하는 유엔의 르완다 형사재판소(ICTR) 운영 과정에서 더욱 의미 있게 제기되었다.

르완다는 역사적으로 소수 투치족이 다수 후투족을 지배해 왔다. 그러나 1962년 벨기에로부터 독립한 이후로는 후투족이 투치족을 몰아내고 정권을 장악했다. 우간다로 망명한 투치족은 르완다 애국전선(RPF)을 결성하고 르완다를 침공하여 내전이 발발했으나, 이후 정부와 RPF가 1993년 8월 평화협정에 조인함으로써, 내전은 일시 중단되었다. 그러나 1994년 4월 6일 수도 키갈리에서 하비야리마나 대통령이 탑승한 대통령기가 격추되어 대통령이 사망하자 내전이 재발했다.

정부군 병사들은 투치족에 대한 학살을 개시하여 4월 6일부터 7

월 중순까지 약 100일간 지속되었다. 인권단체들은 약 80만 명에서 100만 명까지 살해당했다고 주장한다. 당시 르완다 정부는 이 학살에서 100일 동안 117만 4000명이 살해당한 것으로 추정하고 있으며, 이것은 매일 1만 명, 1시간당 400명, 1분당 7명이 살해당한 것과 같다. 또한, 수많은 여성이 남편을 잃고 강간을 당했고, 그중 수만 명이 AIDS에 감염되었다. 그뿐인가. 이 기간 약 40만 명의 고아가 발생했다. 대학살과 내전은 유엔의 개입으로 중지되었다.

이런 광기의 대학살이 걷잡을 수 없이 번져나간 것은 증오를 선동한 지도자들 때문이었다. 유엔 르완다 형사재판소(ICTR)는 장관 및 장성급 이상의 전범자 학살 책임자들을 처벌하고 있는데, 이들 범죄 행위의 판단 기준으로 이들의 '증오 선동 행위'를 중요하게 고려해왔다고 한다. 그런데 우리에게는 이 죄명이 다소 낯설게 들린다.

4. 예수를 죽이도록 만든 유대의 지배층들, 그들은 예수를 어떻게 죽였는가. 예수와 관련된 그들의 이해(利害)관계는 교묘하게 숨기고, 예수에 대한 증오를 사람들에게 선동하였다. 예수가 예루살렘에 입성할 때 그렇게 환호하던 민중들이 불과 얼마 사이에 증오에 선동되어, 예수를 십자가에 못 박아 처형하라고 분노의 함성을 지르는 군상으로 변질된다. 인민재판의 논변들 또한 증오 선동의 속성을 여지없이 보여준다. '증오 선동'과 '학살 심리'는 같은 말이다.

증오 선동이란 멀리 있지 않다. 학교나 직장의 숨은 모퉁이에서 우리가 겪는 따돌림 현상이나 학교 폭력에도 '증오 선동'의 고약한 기제가 반드시 개입해 있는 것이다. '쟤 때문에 우리가 쪽팔려 못 살겠다! 혼내 주자.' 이렇게 선동되는 즉시 왕따와 폭력은 아무런 반성의 브레이크 없이 이루어지는 것이다.

증오의 감정일수록 놓아두면 금방 고정관념의 앙금으로 착색되어 마음 안쪽 깊숙이 내려앉는다. 증오는 생기는 즉시 선동하고 싶어진다. 증오 선동에 약한 것이 인간이다. 선동하고 싶은 유혹에도 약하고, 선동에 넘어가는 데에도 약한 것이 인간이다. 그래서 증오를 선동하는 죄는 선동하는 자만이 모른다. 자칫 정의로운 줄로만 안다.

선거의 계절로 들어선다. 대중의 표를 얻기 위하여, 또 얼마나 많은 증오를 선동할 것인가. 그래서 국민들 마음에 분열을 만들겠지. 심하게는 잠재적 학살의 마인드를 조장하는 증오의 선동을 또 얼마나 목도해야 한단 말인가. 그걸 점잖은 용어로 '네거티브 전략'이라고 표현한다는데, 나는 증오 선동을 두고 '네거티브 전략'이라고 말하는 이 점잖은 표현이 도무지 마음에 들지 않는다.

증오의 선동은 편견 위에서 극성을 띤다. 증오의 선동은 듣는 이를 편견으로 몰아넣는 표현이다. 편견의 또 다른 이름이 무엇인지 아는가. 그것은 '오만'이다. 제인 오스틴의 소설, '오만과 편견'을 읽고 나면 '편견'은 '오만'이란 말과 동의어임을 알 수 있다. 오만이 편견을 낳고, 그 편견이 다시 오만을 부채질한다. 편견과 오만은 악순환으로 상승한다. 이들 모두는 인간의 마음에서 일어나지만, 이 마음을 옮겨다 나르는 일은 언어가 한다.

진정성의 민낯

1. 선덕여왕을 짝사랑하다가 죽어, 불귀신[火鬼]이 된 지귀(志鬼)의 이야기는 '지귀설화(志鬼說話)'로 전해 온다. 이를 기록한 《삼국유사》에는 '심화요탑(心火燒塔)'이라는 제목으로 올라와 있다. '지귀의 마음에 일어난 불[心火]'이 '절의 탑을 태웠다[燒塔]'는 뜻이리라. 지귀설화는 우리 고유의 설화라고 할 수도 있겠지만, 석도세(釋道世)가 편찬한 중국의 불교설화집 《법원주림(法苑珠林)》에도 비슷한 이야기가 수록되어 있다고 하니, 이런 종류의 이야기는 이루지 못하는 사랑과 그 '사랑의 진정성'을 세계 보편의 차원에서 보여 주는 이야기라 할 수도 있겠다. 고등학교 시절 문학 시간에 배워서 이미 잘 알고 있는 이야기이지만, 한 번 더 음미해 보자. 흔히 말하는 사랑의 진정성을 드러낸 문화적 원형(Archetype)으로 이만한 것이 또 있겠는가 하는 생각이 들기 때문이다. 더불어 도대체 '진정성'이란 무엇인가 하는 생각을 해 보게 된다.

신라 선덕여왕 때에 지귀(志鬼)라는 젊은이가 있었는데, 활리역(活里驛) 부근에서 살았다. 하루는 서라벌 저잣거리에 나왔다가 멀리서 여러 시종들의 호위를 받으며 지나가는 선덕여왕을 보게 되었다. 그로부터 지귀는 선덕여왕을 사모하다 야위어 갔다. 여왕은 절에 불공을 드리러 갔다가 그 이야기를 듣고 지귀를 불렀다. 그러나 여왕을 기다리던 지귀는 탑 아래서 잠이 들고 말았다. 그러자 여왕은 팔찌를 벗어 지귀의 가슴에 놓고 갔다. 잠에서 깨어 팔찌를 발견한 지귀는 잠든 새 여왕이 다녀갔음을 알고 사모의 정이 불타 불귀신이 되었다. 이를 들은 여왕이 술사에게 주문을 짓게 했다. 주문의 내용은 "지귀가 마음에 불이 나 몸을 태우고 화신이 되었네. 멀리 바다 밖에 내쫓아 가까이하지 않으리"라는 내용이었다. 당시 이 주문을 문과 벽에 붙여 화재를 막는 풍속이 있었다고 한다.

(Daum 백과)

'진정성'을 사전에서 찾아보면, '참되고 애틋한 정이나 마음을 가지고 있음'으로 풀이되어 있다. '참되다'는 것은 거짓이 없다는 뜻이고, '애틋하다'는 것은 애가 타는 듯이 품은 마음이 깊고 절실하다는 뜻이다. 지귀가 선덕여왕을 사모하는 감정에는 진정성이 있는가. 이렇게 묻는다면 우리는 당연히 그러하다고 답할 것이다. 지귀의 마음에 무슨 불순한 거짓이 없고, 그 사랑의 감정은 깊고 절실하기 때문이다. 지귀설화가 우리에게 애틋한 감정을 불러일으키는 데에는 지귀의 이러한 진정성이 전제되기 때문이다. 이런 진정성은 대체로 '동기의 순수함'에 의의를 두는 것 같다.

다소 유치한 듯하지만, 이번에는 "진정성이란 좋은 것인가"라고 질문을 던져보자. '말'과 '그 말이 지칭하는 현실'은 달라도 한참 다른 법이다. 진정성이란 말이 그냥 사전에서 순전히 객관적인 말로서의 자리에 놓여 있을 때는, 그 의미가 나쁘지 않다. 우리가 진정성이란 말에 대하여 가지는 인상은 대체로 좋다. 참되고 애틋한 그 무엇이니까, 굳이 나쁘다고 할 이유가 없는 것이다. 그러나 나의 현실에 어떤 진정성이 들어와 개입했을 때, 그 진정성이란 것이 나의 현실과 반드시 잘 어울려 들라는 법은 없다. 즉, 누군가의 진정성이 나에게 다가왔을 때, 그것이 반드시 나에게도 유쾌한 쪽으로만 작용하는 것은 아니라는 것이다.

그렇다면 이렇게 물어보자. 내가 만약 선덕여왕이라면 지귀의 진정성을 어떻게 받아 줄 것인가. 답을 내리기가 쉽지 않다. 아마도 곤혹스러울 것이다. 저렇듯 자기 내부에서만 진정함으로 가득 찬 감정은 감당이 안 되는 '눈먼 감정'으로 보이기도 한다. 위 설화의 내용대로라면, 사랑의 진정성을 허락받지 못하자 지귀는 무서운 불이 되어 온갖 재난을 일으키고 다니지 않았는가. 합리성에 길든 현대인이라면, 너에겐 진정성인지 모르겠지만 나에게는 솔직히 부담스럽다고 여길 것이다.

2. 진정성을 신과 사람의 관계에 적용했을 때는 비교적 차분하게 나타난다. 종교의 차원에서는 '신 앞에 나아가는 인간이 지닌 허탄함이 없는 순결한 마음'이 곧 진정성이기 때문이다. 이는

'온전한 헌신의 자세'에 결부되는 것이다. 신에 대해서 진정성을 품는 인간의 마음자리에서 보면, 신과 인간의 관계는 모순 없는 절대성이 지배한다. 이에 비하면 사람과 사람의 관계는 상대성에 지배된다. 삶의 상황 변화에 따라, 사람 마음의 변덕에 따라, 수많은 상대성이 사람들 관계를 흔든다. 게다가 인간은 얼마나 모순적인가. 어제는 진정 그러하였지만, 오늘은 아니다. 마음속으로는 진정 그러하였지만, 현실로 뛰어드니 그게 아니다. 이처럼 마음 밖으로 나온 현실에서의 진정성은 출렁거린다.

진정성이란 가슴에 품고 있을 때만 온전하고 절대적일 뿐, 행동으로 옮겨지는 순간 불확실하고 상대적인 것이 되어 버린다. 그 진정성을 정당화할수록 '진정성 과잉'으로 치닫기 쉽다. 물론 브레이크를 밟기도 힘들다. 이는 진정성 자체의 문제라기보다는 감정을 부리는 주인, 즉 인간의 본성에 문제가 있는 듯하다. 그러하니 인간의 진정성은 그저 동기(動機)에 머물러 있을 때만 그 선의가 유효하다는 생각이 든다. 짝사랑이 가장 순순한 사랑이라는 말도 이런 현상을 반영한다. 드러나지 않고 숨어 있던 짝사랑의 진정성이 행동으로 현실화 되는 순간, 그 짝사랑의 주인공이 지독한 스토커로 바뀌기도 하는 것을 현실에서는 심심찮게 볼 수 있다. 오히려 덜 진정한 사랑, 보기에 따라서는 속기(俗氣)가 있는 사랑이 더 쉽게 결혼으로 골인한다.

진정성과 성실성이 혼돈되는 것에 대해서는 국제경영개발대학원(IMD) 교수인 로젠츠바이크(Phil Rosenzweig)의 구분이 설득력이 있다. 그는 진정성을 내면의 자아에 따라서 행동하는 것으로 본다. 자신이 진정으로 느끼는 대로 표현할 경우, 우리는 진정한 것이다. 성실성은 우리 역할이 요구하는 바에 따라 책임감 있게 행동하는 것이다. 다시 말해 자신의 의무를 다하고 책임을 완수한다면 성실한 것이다. 진정성을 성실성으로 착각하는 데서 진정성의 타락이 온다.

진정성이 개인의 감정에만 갇혀 있어야 할까. 진정성이 관계의 조화를 도울 수는 없을까. 진정성이 소통의 미덕으로 등장할 수는 없을까. 진정성은 서로 간에 신뢰감을 줄 만한 내면적 상태를 잘 유지할 때, 바람직한 실현을 기대할 수 있다는 주장을 지지하고 싶다. 아니, '인간과 인간 사이에 신뢰감을 줄 만한 내면적 상태', 이것이 바로 진정한 진정성이라고 하는 편이 더 적절할 것이다. 예컨대 지귀와 선덕여왕은 현실적인 신뢰감을 바탕으로 감정을 주고받은 것이라 할 수 있겠는가. 물론 아니다. 지귀의 내부적 진정성이 강해질수록 오히려 '신뢰의 관계'를 만드는 데는 도움을 주지 못한다. 튼튼한 진정성은 이기심을 스스로 견제해야 한다. 그래서 진정성은 양날의 칼이다. 잘못 쓰면 내가 다친다.

3. '진정성은 무조건 좋은 것'이라는 통념이 있다. 따라서 사람들은 '진정성 있는 사람'으로 평가 받기를 좋아한다. 그런 성향 때문에 오늘날 진정성은 남용되거나 오용되고 있다. 진정성이 있는 것처럼 인정받기 위해, 선거에 이기려고 진정성을 포퓰리즘

(populism) 차원에서 선동적으로 과시하는 정치인도 있다. 거짓말도 자꾸 하다 보면, 그 거짓말을 참말이라고 믿게 된다. 이런 진정성은 스스로를 편견의 감옥에 가두고, 남들을 향해서는 편견을 조장한다. 진정성을 과시하는 언어는 얼마나 진하고 현란한가.

그러나 진정성은 내가 있다고 해서 있는 것이 아니다. 진정성은 다른 사람들이 나에게 부여하는 특성이다. 《진정성 (Authenticity)》의 저자인 조지프 파인(Joseph Pine)은 2004년 TED 강연에서 진정성을 위한 세 가지 원칙에 대해 다음과 같이 말했다.

"첫째, 진짜 진정하지 않다면 당신이 진정성 있다고 말하지 마라. 둘째, 당신이 진정하다고 말하지 않는다면, 진정하게 되는 것은 쉽다. 셋째, 당신이 진정하다고 말했다면, 당신은 정말로 진정성이 있어야 한다." (Don't say you're authentic, unless you really authentic. It is easier to be authentic, if you don't say you're authentic. If you say you're authentic, you better be authentic)

진정성 남용이 심해지면서 진정성이란 말 자체가 상투어가 되어 가는 느낌도 든다. 생각이 다른 상대방을 비난하고자 할 때 생각이 다르다고 말하지 않고, '진정성이 없다'고 말한다. 말을 남용하는 것이다. 상대의 진정성 없음을 정치적으로 공격하는 사람들의 경우, 자신의 소통 의지가 없음을 숨기려 할 때, 이런 말을 쓴다. 상대가 미우면, 그가 아무리 사과를 해도 '진정성이 없는 사과'라며 정죄하려 한다. 강자들이 짐짓 부드럽고 겸손한 척할 때도 자신들의 진정성을 내세운다. 논리가 궁할 때 상대를 욕하고 싶을 때도 상대의 진정성 없음을 탓하는 경우가 많다.

그런가 하면 진정성을 억지로 만들어 보려는 경우도 심심치 않게 있다. 기업의 마케팅에서 자기들 상품이 진정성을 지닌 것임을 강조하는 마케팅 전략이 생겨난다. 상품 광고에 등장하는 내러티브는 '진정성 만들기'에 동원된다. 정도가 심하면 '가짜 진정성'이 되는 것은 말할 것도 없다. 이미지 시대에는 '가짜 진정성'이 극성을 부린다. 바야흐로 진정성 과잉의 시대이다. 그러고 보니 진정한 진정성의 진정한 우군은 침묵이라는 생각이 든다.

제10강 | 세상의 말, 악령의 서식지

백년전쟁 난공불락의 요새로 버틴
몽생미셸 수도원 하룻밤을 보낸다.

수도원 밤하늘 위로
세상의 떠도는 말, 욕망의 말

불후(不朽)니, 불멸(不滅)이니 하는 말들은
알고 보면 허망한 말이다.
애시당초 그런 것이란 있을 수 없기에,
그 허망함을 위로하기 위해 생긴 말이리라.

반드시 썩고 멸해지는,
만상의 소멸 법칙을
거꾸로 증명하려 생겨난 말이리라.

- '수도원 하늘에 떠도는 말' 중에서

막말 안에 좀비 있다

————————

1. 오늘날 만연된 욕설언어 현상은 괴물과도 같다. 특히 청소년
의 욕설 행태를 관심 있게 지켜보면 괴물을 대할 때의 당혹감
을 가지게 된다. 괴물은 정체가 모호하다. 오늘날의 욕설과 막말은
그 정체(正體)가 쉽사리 구명되지 않는다는 점, 무섭게 번져나가서
그 위세가 걱정스럽고 감당하기 어렵다는 점에서 괴물을 연상하게
된다. 이런 욕설 현상을 어떻게 한칼에 처치해 버릴 방도가 마땅치
않다는 점, 궁극에는 선량한 사람들 다수가 속절없이 피해를 입을
수 있다는 점에서도 괴물과 흡사하다. 더구나 이 괴물을 은근히 즐
기고 편드는 사람들이 생기는 것처럼, 욕설과 막말을 즐기고 편드
는 사람들이 많아지고 있다는 점을 발견하면, 오늘날의 욕설과 막
말 현상이 참으로 괴물의 속성을 지닌 것임을 깨닫게 된다.

더 그럴싸한 비유로 말하면 '욕설과 막말의 만연'은 '좀비
(zombie)의 준동'처럼 느껴진다. 좀비는 부활한 시체를 일컫는 말
이다. 좀비는 본래 인간이기는 하지만 '보커'라는 악마적 존재로부
터 영혼이 뽑혀 버린 존재이다. 영혼이 뽑힌 좀비는 자신에게서 영
혼을 뽑아 버린 보커가 시키는 대로, 음습한 분위기를 휩쓸고 다니
며 선량한 인간을 괴롭힌다.

좀비는 호러(horror)와 판타지(fantasy) 작품에 자주 등장한다.

작품 속에서 좀비는 '인간을 적대시하는 몬스터(monster)'처럼 묘사되는 경우가 많다. 완전한 생각을 갖지 못하고, 타인에게 조종되며, 생전의 생물적인 본능과 반사행동에 의하여 움직이는 것이 많다. 오늘날 사람들이 행하는 욕설과 막말의 모습이 그러하다. 좀더 정확히 대응시키면 다음과 같은 점들이 드러난다.

첫째, 지저분하고 비속한 욕설과 심한 막말을 하면서도 사람들은 아무런 죄의식이나 반성의 자각이 없다. 마치 영혼이 뽑혀 버린 좀비처럼 행동한다. 욕하는 사람들은 바른말 사용은 애써 외면하고, 마치 보이지 않는 악령으로부터 조종을 받는 것처럼, 욕설과 막말의 도가니를 향해 성큼성큼 다가간다. 그리고 아무렇지도 않게 거침없이 욕을 입에 달고 다닌다. 좀비가 밝고 선한 것을 일부러 외면하면서, 어둡고 나쁘고 음습한 것에 탐닉하며, 선한 영혼을 갉아먹으려고 하는 것과 같다.

둘째, 욕설과 막말은, 그것을 하는 동안 증오와 더불어 단순화된 공격적 행동을 주저 없이 표출한다. 그리고 반복적으로 한다. 이러는 사람들의 표정과 마음을 상상해 보면, 좀비의 무섭고 찌그러진 표정이 연상된다. 욕설 중독의 사람들은 실컷 자기가 좋아하는 욕설에 빠져 있으면서도(좀비들이 시종일관 충동적 살인의 욕구를 추구하면서도), 마음의 위안이 없고, 감정의 자극과 충동의 갈증이 더욱 심해진다. 이는 좀비의 행동이나 욕설 언어의 사용에서나 마찬가지로 나타나는 현상이다.

셋째, 멀쩡한 사람을 자신과 같은 부류로 끌어들이려고 일부러 욕설과 막말을 그에게 퍼뜨린다. 욕으로써 남을 자기와 같은 부류로 만들기 위해서 그러는 것이다. 사춘기 청소년들의 또래 의식이 욕설 언어를 통해서 나타나기도 한다. 우리가 같은 편이라는 점을 확보하는 방식으로 욕설 행위를 공유하려 한다. 그 점이 확인되면 어떤 쾌감까지 공유한다. 그런 점에서 욕설과 막말은 전염성이 강하다. 좀비들이 함께 몰려다니면서 선량한 인간을 하나라도 더 좀비로 만들기 위해서 해 보이는 행태와 유사하다.

2. 욕설과 막말은 모두 한통속의 언어이지만, 글자 뜻 그대로의 의미로만 보면, 욕설은 상대를 모욕하기 위해서 쓰는 말이고, 막말은 마구 함부로 쓰는 말이다. 역설적이지만 나 자신이 마치 막되어 먹은 사람이라는 것을 보여주기 위해서 쓰는 말이 막말인지도 모르겠다. 말로 친다면 그야말로 맨 마지막에나 할 수 있는 말이다. 그러니까 이제 다시는 상대를 대하지 않겠다고 생각하고 마구 해대는 말이 막말이다. 말을 하는 인간의 심리 상태로 보면 막말이란 참으로 고약한 것이다. 모든 관계를 파탄시키겠다는 심리에서 나오는 말이기 때문이다.

막말을 하는 사람 쪽에서 보면, 막말은 내가 내 감정을 못 이겨서 터져 나오는 말이다. 그래서 막말은 이성 실종의 상태에서 나오는 말이라 봐야 한다. 또 막말은 불합리로 가득 찬 말의 모습을 보여준다. 아니 그런 인간의 모습을 적나라하게 보여 준다. 막말을 할 수밖에 없는 상황이라고 백번 양보해서 이해하더라도, 그때의 막말에 담긴 감정 노출이 정당한 것이라고 동의해 주기는 어렵다.

오갈 데 없이 천박한 것이 막말이다. 물론 하고 난 뒤의 후유증도 엄청나게 크다. 누가 가장 큰 피해자인가. 말할 것도 없이 막말을 휘둘러 댄 본인 자신이다. 자신도 모르는 사이에 그 마음이 황폐해지기 때문이다. 황폐한 마음이 복원되기보다는 막말 쪽으로 점점 더 중독되어 갈 가능성이 크다.

부모가 자식을 야단칠 때도 마찬가지이다. 돈을 훔치거나 거짓말을 둘러대는 자녀를 부모가 준열하게 꾸짖을 수 있을 것이다. 그러나 준열하게 꾸짖을 때, 그 방법을 지혜롭게 고민해야 할 것이다. 엄하게 야단친다고 해서 막말로 야단을 치는 것을 정당화할 수는 없다.

"손모가지를 잘라 버리겠다"라고 한다든지, "너 같은 놈은 나가 죽어라" 하고 말한다든지 하는 것은 폭력과 다를 바 없는 막말이다. 자녀에게 화가 난 한국의 어머니들이, 그 감당할 수 없는 좌절의 감정을 이기지 못해서 "이참에 아예 너 죽고 나 죽자"라고 말하는 경우는 막말로 치면 극한의 말이라 할 수 있다. 이런 막말로 핏대를 올릴 때의 그 일그러진 표정은 얼마나 악마적인 표상으로 자녀들의 뇌리에 남겠는가. 자녀를 불러 놓고서 이런 식의 막말을 들이대기보다는, 차라리 자녀와 함께 상당한 침묵을 공유하는 것이 훨씬 더 지혜로울 거라는 생각을 해 본다.

자식이나 배우자에 대한 막말은 그들을 자신의 소유물로 생각하는 데서 나오는 온당치 않은 감정의 발산이다. 그렇게 생각하는 순간 자식을 인격으로 대하지 않고 소유물로 대하는 태도가 나올 수밖에 없다. 너무도 부모 말을 안 듣고, 너무도 한심해서 정말 내가 못 참겠다. 너 때문에 내가 못 살겠다 하는 감정에 지배되는 순간, 막말로 아이를 닦달하게 된다. 그러고서는 어떻게 자신을 합리화하는가. 네가 범한 잘못에 비하면 내가 이렇게 화가 나서 야단을 치는 것은 아무것도 아니다. 네 잘못에 값하는 야단은 이 정도로는 어림도 없다. 이런 심리에 든다.

문제가 되는 것은 이렇게 감정에 휘둘리면서 막말을 하면서도 그것을 이성의 작용인 것처럼 착각하는 데에 있다. 그러니 막말로 된 질책이 당당하게 등장한다. 언어폭력을 정당화시키는 것이다. 자녀를 폭력적으로 다루는 부모를 이웃이 고발하고 경찰이 처벌하는 서양 선진국의 발상과 인식이 옳다.

부부싸움의 경우에는 훨씬 더 이런 심리 기제가 작동하여 그야말로 대판 싸운다. 대판 싸웠다는 싸움의 장면을 자세히 들여다보라. 그것은 싸움의 규모가 크다거나, 싸움의 장비가 위력적이거나, 싸움의 시간이 길었다거나, 싸움에 임한 사람들의 신체적 힘이 컸다는 것과는 사실 별 관계가 없다. 대판 싸웠다는 싸움의 실체는 원도 한도 없이 막말을 주고받았다는 데에 있다.

그런데 우리나라 사람들이 '대판 싸웠다'라고 말하는 상황 맥락을 잘 들여다보라. 무언지 모를 신명에 가까운 기분이 은연중에 그 말에 묻어 있는 것을 느낄 수 있다. 한번 후련하게 잘 밀어붙였다. 확실하고도 강력한 모욕을 주었다. 상대방 기를 옴짝 없이 죽여 놓앉다 등등의 심리적 분위기를 동반하면서, 언뜻 자랑 비슷한 뉘앙스로 '대판 싸웠다'는 말을 한다. 일종의 가학적 즐거움이 비치기도 한다. 이런 자리에 내 언행에 대한 부끄러움의 분위기는 없다. 그렇다. 그렇게 대판 싸우는 동안에 얼마나 많은 막말을 끝 간 데 없이 주고받았을까. 우리는 이래저래 막말에 대해서 별다른 각성이 없는 편이다. 막말에 대해서 너그럽다 못해서 심각한 불감증을 공유하고 사는 사회인지도 모르겠다.

나는 이런 식의 감정 해방이 참으로 싫다. 천박한 감정을 극히 자기중심적인 막말로 배설하는 댓글의 주인공들이 너무나 많다. 그런 댓글이 너무 무섭고 더러워서 아예 인터넷 소통 공간에 끼어들지 않는 사람이 많다. 그들이 확실한 다수이다. 따라서 악성 댓글로 지배할 수 있는 여론은 없다. 건강한 다수의 사람은 그런 공간 자체를 외면하기 때문이다.

막말이 지배하는 인터넷 공간이 여론을 주도할 것으로 기대하는 것은 극단에 매몰된 사람들의 착각이다. 인터넷에 나타난 감성 여론에서는 늘 유리하다고 생각했는데, 막상 선거에서는 지는 현상이 이를 잘 입증한다. 악성 댓글로 도배가 되는 인터넷 공간은 마치 좀비들의 수용소 같은 곳이라는 생각이 든다.

악성 댓글을 극단의 막말로 구사하는 사람들은 아마도 막말을 억압에 대한 자유의 표현쯤으로 생각하는 듯하다. 그리고 정의의 투사인 양 막말의 칼을 아무데서나 휘두른다. 무슨 대단한 인권 의식이라도 있는 양 사안마다 막말 댓글로 가해자 편들기를 한다. 당연히 피해자에게는 상처 깊은 막말을 해댄다. 이런 것을 민주화 사회의 자유나 평등의 모습이라고 한다면 진정한 민주화는 설 자리가 없다. 열린 사회에서 정치인에게 팬덤 현상은 있을 수 있는 모습이지만, 그 팬덤의 무리들이 욕설과 저주와 조롱과 모욕의 언사를 사이버 공간에서 절제 없이 하고 다니는 것은 민주주의를 병들게 한다. 우리 사회에 막말이 패거리를 지어서 떠돌아다니는 한, 제아무리 그럴싸한 인권의 법률과 제도들이 넘쳐난다 해도 우리 사회의 '인권'은 저 아래에서 겉돌 수밖에 없다.

일상의 욕설과 문학의 욕설

1. 좀 엉뚱한 질문이다. 평판과 가치가 널리 알려진 한국 소설 중에 막말과 욕설이 푸짐하게 나오는 작품을 들라고 한다면 어떤 작품이 떠오르는가. 더구나 그것이 한국 문학사에 한 봉우리를 이루는 작품이라면 무엇을 들겠는가. 나는 그 분야에서 홍명희의 《임꺽정》과 황석영의 《장길산》 만한 작품이 있을까 하는 생각을 한다. 내가 낡은 파본의 《임꺽정》을 제대로 본 것은 1960년대 중반 고등학교 때 학교 도서관에서다. 《장길산》은 20대 초반 군대를 막 제대하고 중학교 교사를 하던 때에 읽었다.

나는 이 작품들 속에 나오는 무지막지한 욕의 언어들에 거의 압살을 당하는 느낌이었다. 《임꺽정》을 읽을 때는 어리기도 했지만, 세상에 욕이 그렇게 다양하고 푸짐한지를 처음 알았다. 계급의 세계에 눈뜬다는 것이 욕설에 눈뜨는 것과 같은 것인가 하는 생각도 했던 것 같다. 그것은 충격이기도 했다. 《장길산》을 읽을 때도 놀라움은 마찬가지이었다. 나도 군대 생활을 하면서 이런저런 욕설에 어지간히 면역을 길렀음에도 입이 딱 벌어질 정도였다.

이들 두 작품은 우리의 '근대'가 발아되는 바로 그 시대에 대한 각성을 의미 있게 잘 형상화한 작품으로서 작가의 세계관이나 개성적 언어 구사 등이 연구자들이나 평단의 높은 평가를 받은 작품이다. 소설의 주제는 물론이고 소설의 서사성도 뛰어나서, 긴 장편 대하소설임에도 불구하고 읽는 동안 책에서 손을 놓지 못할 정도로 재미있게 읽었다. 욕 읽는 재미가 아주 없지도 않았지만, 물론 욕설 때문에 재미있었다는 뜻은 아니다. 그만큼 문학 작품으로서의 예술적 완성도가 높았던 데서 오는 재미라고 해야 할 것이다.

이들 소설 작품은 뒤에 텔레비전 드라마로도 만들어졌다. 대중 텔레비전 매체가 이들을 드라마로 만들려고 한 것은, 이들 작품에 대한 세간의 인식과 평가를 반영한 것이라 할 수 있다. 그런데 《임꺽정》이나 《장길산》이 공중파 방송의 드라마로 만들어지면서 원작에 있던 그 푸짐하여 징그럽고, 거칠어서 질박하던 욕설들은 대부분 살아나지 못했다. 그것이 아쉬웠다고 하면 좀 어떻게 들릴지 모르겠지만 나는 그렇게 느꼈다. 관심 있는 사람들은 대부분 드라마가 원작에 미치지 못한다고 했다.

그렇다면 누군가 물을 것이다. 드라마가 원작 반영의 질적 수준을 높이고, 원작에 구사된 언어의 리얼리티를 살리기 위해서, 원작의 그 푸짐한 욕설들을 그대로 재현하여 대사를 만들면 되지 않느냐? 왜 그렇게 못하느냐? 이론적으로는 맞는 말이다. 그러나 현실적으로 이렇게 되기는 어렵다. 이유는 이렇다. 작품에 구사된 '욕설의 리얼리티'는 문자 텍스트일 때는 개인이 그 텍스트를 선택함으로써 '욕설 리얼리티'의 소통이 가능하지만, 무작위의 불특정 다수의 모든 연령의 국민들에게 생생한 욕설이 음성 언어 그대로 공개 전파되는 텔레비전 드라마에서는 그렇게 할 수 없다. 부작용이 만만치 않기 때문이다. 작품의 가치가 대단하다 해도 욕설 대사를 구체적 영상과 구체적 음성으로 공중파 방송이 내는 것은 제약을 받을 수밖에 없다. 작품 콘텐츠를 어떤 매체로 전하느냐 하는 것은 작품 평가와는 별개의 문제가 되는 것이다.

2. 욕설과 막말을 하는 것만 가지고 아이들을 나눈다면, 그걸 잘하는 아이와 잘 안(못) 하는 아이들로 나눌 수 있을 것이다. 욕설과 막말 잘하는 아이들도 다시 두 부류로 나눌 수 있다. 하나는 욕설과 막말(그것의 의미와 작용)을 잘 알고 있으면서 그것을 잘 쓰는 아이들이고, 다른 하나는 욕설과 막말의 의미와 작용을 잘 모르면서도 그것을 잘 쓰는 아이들이다. 마찬가지 방식으로 욕설과 막말을 잘 하지 않는 아이들도 두 부류로 나눌 수 있다. 한 부류는 욕설과 막말을 잘 알고 있으면서도 그것을 안 쓰는 아이들이고, 다른 부류는 욕설과 막말을 잘 모르기 때문에 그것을 잘 안 쓰는 아이들이다. 결국 이렇게 나누면, 욕설과 막말에 네 범주의 아이들이 있는 셈이다.

바람직한 부류는 어떤 부류이겠는가. 말할 것도 없이 욕설과 막말을 안 하는 아이들이다. 그중에서도 어느 부류가 더 나은가. 아예 욕설과 막말 자체를 모를뿐더러 사용조차도 안 하는 쪽인가, 욕설과 막말을 잘 알고 있으면서 그걸 사용하지 않는 쪽이 나은가. 나의 결론은 후자가 바람직하다는 것이다. 일반적으로 무엇이든지 그렇다. 그것에 대해서 잘 알고 있으면서도, 그것을 사용하지 않는 것은, 이미 알고 있는 데서 오는 신중함의 지혜를 보여주는 것이라 할 수 있다. 요컨대 욕설과 막말을 어떤 경로로 배우고 알게 되었는지가 매우 중요하다.

문학 소양을 풍부한 독서로 쌓은 학생들의 언어생활 양태를 일정 기간 관찰하고 인터뷰해 본 적이 있었다. 예컨대 소설《임꺽정》이나《장길산》에서 욕설과 막말을 알고 배운 아이들은 막상 본인들은 욕을 잘 하지 않는다. 그들은 작품 안의 욕설 언어를 작품 세계의 일부로 수용한다. 소설이라는 문학 텍스트에 몰입하고 있는 동안은 절대로 작품 안에 있는 욕설 그 자체에 반사적으로 기계적으로 반응하지 않는다.

굳이 이유를 대자면 이렇다. 인간과 세상을 형상화하는 문학 작품으로 욕설과 막말을 접하면, 그것을 한 단계 위에서 내려다보고 조정하는 자아를 기르게 되는 것이다. 문학이라는 인식 틀에 기대어 있기 때문이다. 다시 말해서 그 욕설과 막말을 상위 인지(上位 認知, metacognition)의 차원에서 바라보게 된다. 소설을 쓰고 읽는 행위 자체가 세상과 사람을 상위 인지하게 하는 하나의 인식 행위이기 때문이다. 문학 작품이 작품다울수록 이런 효과는 높아진다. 문자언어로 된 문학 텍스트가 갖는 교육적 힘이라 할 수 있다.

그러나 일반 생활에서의 욕설과 막말, 또는 영화에서 나오는 욕설과 막말은 문학 작품의 경우와는 상당히 다르다. 문자언어가 아닌 음성 언어가 주조를 이루기 때문이다. 영화가 예술작품인 것은 문학과 같지만, 문학에 비해서 즉물적 이입을 강화한다. 청소년들에게는 더더욱 그러하다. 문자언어로 읽은 내용은 머리에서 새겨서 생각하는 과정이 필요한데, 영상과 음성으로 표현되는 영화는 상대적으로 덜 그렇다.

한국 영화에서 예술적 완성도가 높은 명작 중에 막말과 욕설의 리얼리티가 잘 살아 있어서 작품의 예술적 완결성에 기여하는, 그런 영화가 무엇일까. 욕설이 난무하여서 더러 흥행에 성공한 조폭 소재의 영화들이 있기는 하지만, 그것들이 영화예술로서의 감동적 자질이나 영화 리얼리즘의 진수를 수준 높게 발현한 경지에 이르렀는지는 의문이다. 그러나 한 가지 분명한 사실은 있다. 그것은 1990년대 이후 흥행에 성공한 조폭 소재 영화들이 청소년 세대에게 욕설 언어에 모방적으로 노출되게 하고, 어떤 문화적 각성이나 의식 없이 욕설 언어에 중독되게 하는 영향을 미쳤다는 점이다. 그런 영화에 열광했던 청소년들이 이제 30대가 되고 40대가 되었다. 욕설 언어는 특별한 말의 범주라기보다는 마치 일반어의 범주에 들어온 것처럼 되어버렸다. 이렇게 된 데에는 조폭 영화의 영향이 크다.

3. 일상생활에서 구체적 구어로써 욕설과 막말을 들으면 누구나 모욕감에 휘둘린다. 듣는 순간, 나도 상대에게 그대로 돌려주고 싶은 충동으로 도발된다. 그리고 생생한 감각적 체험으로 욕설과 막말을 접하면 금방 그것에 감염되어 그 말에 갇혀버린다. 쉽게

말하면, 바로 그것을 나도 모르게 모방하는 기제에 빠져들게 된다. 현실에서 내가 모욕으로 체험하는 욕설과 막말은, 그것을 성찰하여 살펴볼 여지가 조금도 주어지지 않는, 일종의 막강하고도 리얼리티 넘치는 '실존'이기 때문이다. 그럴 때 욕설과 막말은 그 자체가 내 삶의 현실이고 나를 둘러싼 엄연한 실제인 것이다. 이런 욕설과 막말은 물론 매우 구체적인 구어이다.

무지하고 자존감 없는 폭력적 부모에게 욕설로 시달리며 지내는 아이는 아버지를 미워하면서도, 아버지의 욕설과 막말은 어떤 성찰적 여과 없이 바로 모방하게 된다. 본인이 모방한다는 의식을 못 하면서 모방하게 되는 것이다. 거리의 우범지대에서 폭력조직에 들어가 일상생활을 욕설과 막말로 지내는 경우도 그렇다. 그는 욕설과 막말을 배워서 아는 만큼 본인도 열심히 욕설과 막말을 사용한다. 조폭 영화에서 무수히 등장하는 욕설과 막말도 일상의 구어 욕설을 영화에 그대로 재현한 것이다. 따라서 영화를 통해서 배우는 욕설과 막말도 정도 차이는 있지만, 그것이 생생한 구어로 다가오는 것이기 때문에 감염성이 강하다. 예술적 형상화가 잘 된 영화 일부를 빼고는 대체로 관람자에게 상위인지의 성찰과 사고를 할 틈을 마련해 주지 못하는 것이다.

나는 《임꺽정》이나 《장길산》 같은 문학 작품을 학생들에게 읽도록 권장하고 싶다. 욕설 언어에 대한 총체적 인식력을 기를 수 있다고 보기 때문이다. 욕설 언어를 사용하는 인간과 사회에 대한 총체적 인식을 할 수 있기 때문이다. 작품 안에 등장하는 하나하나의 욕설 언어 자체에 매몰되지 않고 욕설하는 인간에 주목한다. 소외된 인간이나 억압된 사회를 각성하는 등 작품의 큰 주제를 음미할 수 있는 것이다. 따라서 이렇게 습득한 욕설이나 막말은 내 안에서 제압되고 극복된다. 그뿐이랴. 일종의 지적 만족감까지 수반하게 한다. 이런 아이들은 욕설과 막말을 상당히 알고 있으면서도 막상 사용은 하지 않는다. 욕설 지도를 하려는 선생님이라면 필수적으로 이런 작품들을 독파할 것을 권한다. 욕설 지도와 관련해서 아주 신통방통한 자신감이랄까 은근한 내공이 생긴다.

글쓰기에 끼어드는 허위의식

1. 신문사에서 내 글을 싣겠다며, 원고 요청을 해 오면 누구든 진지해진다. 요청받은 주제에 따라서는 자못 비장해지기까지 한다. 신문에다 개인의 허튼소리를 써 보낼 수는 없기 때문이다. 방송에 나와서 어떤 문제에 대한 토론의 패널(panel)이 되어달라고 하는 경우도 마찬가지이다. 무슨 글을 쓰든지 글에는 어쩔 수 없이 '나'를 나타내어야 한다. '나'가 없는 글이란 없다. '나'를 나타내는 데에 목적이 있는 글이 아니어도, 그런 글에도 어쩔 수 없이 '글 쓰는 나'가 나타난다. 그것은 어떤 글쓰기 천재도 피해 갈 도리가 없다. 개인의 자아가 배제되는 극단의 공적인 글에도, 이를테면 '기미독립선언문' 같은 글에도, 그 글을 기초한 최남선이란 인물을 연결 지으며 우리는 그 글을 읽는다. 물론 공공의 방송 매체에 나갈 때도 그러하다.

신문에 기고를 한다는 것은 내 글을 세상 만인이 다 주시한다는 것이다. '나'라는 사람이 옴짝 없이 세상에 드러나는 상황이다. 그렇기 때문에 기왕이면 '나'를 잘 나타내는 글이 되도록 애를 쓴다. 천가지 만가지 나의 모습 중에도 가장 그럴듯한 '나'를 보여주어야 한다. 그야말로 '근사(近似)한 나'를 담아내야 한다. '근사하다'는 단순히 멋있다는 뜻을 넘어선다. '근사하다'의 본뜻은 '매우 이상적인 경지에 아주 가까이 닮아있다'이기 때문이다.

누구나 그런 '이상적인 자아'를 자기의 글에 담고 싶다. 만에 하나 '비겁한 나'가 드러나서도 안 되고, '부도덕한 나'를 보여서도 안 된다. '게으르고 이기적인 나'는 철저히 감추어야 한다. 무지해 보여서는 더욱 안 된다. 더더구나 이중적이고 위선적인 자아를 보여줄 수는 없다. 그것에 더하여 문장을 아름답고 멋있게 쓰고 싶다. 요컨대 흠결 없는 '나'를 글에 담아내려고 노력한다.

또 가능하면 내 목소리에 힘이 실리고, 내 글이 폭넓은 설득력을 발현하기를 기대하며 글을 쓴다. 학창 시절 교지나 학교 신문에 글을 싣게 되었을 때, 얼마나 나를 근사하게 알리고 싶어 했던가. 주장하는 글을 쓸 때는 '강력한 자아'를 드러내고 싶어 했고, 문학적인 글을 쓸 때는 '순정한 자아'를 표현하고 싶어 했지 않았던가. 나 또한 그러하다. 처음 교수가 되어서 처음으로 교수 회의에서 발언할 때도 얼마나 '올바른 자아'가 되어서 발언을 했던가.

'순정한 자아'니 '강력한 자아'니 하는 것은 그 자체로 좋은 것이다. '나'라는 사람이 가장 훌륭한 정신의 경지에 도달해 있음을 뜻하기 때문이다. 공공의 매체에 글을 쓴다는 것은 나 자신이 공동체를 위한 '공정한 도의[公義]'에 이미 의지적으로 도달해 있을 것을 요청받는 것이며, 또 그 요청에 기꺼이 응하는 일이다. 아니, 그런 상태가 되어야 글을 쓸 수 있다. 하다못해 '독자투고'나 '시민의 소리'에 짧은 한마디를 쓸 때도 사설을 쓰는 논설위원의 공의로운 태도에 조금도 뒤지지 않는 당당하고 올바른 '공적 자아'를 갖추려고 한다. 나도 모르게 그렇게 되는 것이다. 공동체 안의 개인이 어떤 공식적 표현을 한다는 것은 그런 정신적 긴장을 반드시 요청한다. 조금도 나쁠 것이 없다.

글을 쓰는 일은 눈으로는 보이지 않는 유익함이 가득하다. 글을 매체에 게재하는 일은, 요즘 말로 글로써 널리 소통하는 일은, 개인적으로나 사회적으로나 유익하다. 우선 나를 의미 있게 사회화(meaningful socialization)한다. 그런 글을 쓰는 동안에 나의 자아는 공동체의 윤리를 각성한다. 그동안 개인적 욕망의 수준에서만 살아왔던 자신을 반성하는 안목도 기르게 된다. 동시에 개인적으로나 사회적으로나 자신의 책무를 보다 적극적으로 배우게 한다.

2. 글쓰기가 우리에게 주는 미덕은 무한일까? 얼핏 보면 그런 것처럼 보인다. 매체에 글을 쓰면서 '강력한 자아'나 '순정한 자아'를 보이기 위해 노력하는 것은, 그렇게 되는 방향으로 나를 만들어 간다는 점에서 글쓰기의 미덕에 해당한다. 그런 글을 쓰기 때문에 은연중에 도덕적 품성을 찾아가게 된다. 그런 글을 쓰면서, 여러 사람 앞에 나아가도 '부끄러움이 덜한 나'를 만들려고 노력을 한다. 내가 쓴 글에 대해서 내가 책임을 지려는 마인드를 가지기 때문이다. 그래서 자발성이 강한 글쓰기는 그 자체가 바로 '실천'이라는 말이 있지 아니한가.

그런데 여기까지가 글쓰기의 미덕이다. '강력한 자아'나 '순정한 자아'를 보이려는 것이 도를 넘으면 글쓰기의 미덕은 사라진다. 나를 그럴듯하게 보여주고 싶은 욕망이 글쓰기의 덫일 수도 있다는 점을 놓치면, 글쓰기의 미덕은커녕 글쓰기의 악덕에 빠져서 헤어나지 못할 수도 있다. 이는 의외로 글쓰기 초보자보다는 상당한 경력자에게서 나타난다.

특히 사람들에게 널리 소통되는 글을 쓸 때는 누구도 피해 가기 어려운 허영 의식이 있다. 글쓰기의 심리적 기제 속에 이런 허영 의식이 있고, 글쓰기가 사회적으로 소통되는 여러 국면에서도 이런 허영 의식이 작동할 소지가 곳곳에 숨어 있다.

그런 허영 의식에 기울어질 때 나타나는 글쓰기의 폐단을 들어보자. 글을 쓰기 위한 글쓰기, 대중에게 자랑하여 보여주기 위한 글쓰기, 글 쓰는 이가 소영웅주의에 빠져 버린 자기도취의 글쓰기 등이 있다. 이런 글쓰기 폐단은 대체로 '글 쓰는 자아'와 '실제의 자아'가 일치되지 못하면서도 글쓰기를 자기 과시나 명예욕의 욕망으로만 추구할 때 일어난다. 딱한 것은 이미 독자들은 그런 허위의식을 눈치채고 있는데도 막상 본인만 모른다는 점이다. 자기가 자기를 속이고, 그 속임에 자기가 이미 넘어가 있는 '자기기만의 글쓰기'가 바로 여기에 해당한다. 글쓰기에 따라붙는 허위의식에 대해서 통렬한 각성을 제기하는 칼럼니스트인 H 작가의 발언 한 대목을 함께 음미해 본다.

나는 여느 사람보다 훨씬 큰 스피커(사회를 향한 목소리)를 가지고 있다. 유력 일간지와 잡지 여럿에 지속적으로 글을 써왔고 매체에서도 나를 주요 필자로 대해준다. 책을 내고파 하는 출판사도 몇몇 있으며 SNS에서 내 글을 꾸준히 읽어주는 이 또한 제법 된다. 똑같은 말을 해도 가중치를 얻는 위치에 있다는 소리다. 대놓고 헛소리를 해도 누군가는 진지하게 믿을 테니 냉정히 보면 이것도 기득권의 한 갈래다.

하여 나는 내 글에 책임을 져야 한다. 스피커 또한 사회의 한정된 자원 중 하나니까. 아무에게나 주어지는 건 아니지 않나? 한데 그런 내가 단지 내 생각이나 성향을 합리화하기 위해 자극적으로 글을 쓰고 누군가의 삶을 수단으로 활용한다면, 그건 태만을 넘어선 전횡이다. 글쓰기를 그치지 않는 한 경계해야 할 대목이다.

생각이 이에 미치다 보니 언제부턴가 서민, 저소득층 같은 단어는 쉽게 쓰지 못하게 됐다. 나 역시 그들의 삶을 세세히 살피며 고통에 공감하는 도덕군자는 아니니까. 지표를 통해 현황을 살피는 게 고작이다. 한데 나와 비슷한 입장인 게 눈에 빤히 보이는 사람이 걸핏하면 서민 타령을 해댈 때면 속에서 무언가가 치솟는다. 차마 표현은 않지만.

(H 작가 페이스북, 2018.09.12)

3. 글을 쓰면서 자신의 '이상적 사아'를 자랑하려는 욕구가 너무 지나치면, 글쓰기는 이미 미덕이 되기 어렵다. '이상적 자아' 만 있고, 솔직한 '현실의 자아'를 망각하면 글쓰기는 이미 허위의식 이 지배한다. 그런 사람의 특징은 무엇인가. 글을 쓰면서 마치 자 신은 무오류의 사람인 듯 말한다. 마치 자신은 하늘에서 온 심판자 처럼 말한다. 오만해서 그렇다기보다는 그의 마음에 차오르는 진 정성이 그렇게 만드는 것이리라. 그러나 이는 글쓰기의 악덕이다. 진정성 있다는 것만으로 다 용납될 수는 없는 것이다. 때로 '진정 성'은 '반이성(反理性)'과 동의어이다.

글쓰기는 그 본질에서 반성의 사고가 들어가는 '반성적 글쓰기 (reflective writing)'가 될 수밖에 없다. 이 명제가 유효한 것처럼, 모든 글쓰기에 허위의식이 그림자처럼 따라온다는 사실도 유효하 다. 반성이 도를 넘거나, 반성이 상투화되는 것이 바로 그것이다. 허영이 끼어든 탓이다. 정신의 허영이라고나 할까. 오늘 내가 여기 쓰는 글도, 그런 위험을 두려워해야 한다.

제11강 │ 단단하게
흔들리지 않게

겨울나무의 언어는
그 의미의 심연을 어떻게 다지는가.

나무들도 안다
이 낙목한천을
저마다 단단함으로 호흡하여

땅으로 벋은 뿌리와
그 밑으로 흐르는 수맥들도
더 깊이 침잠하기 위해서는

아무도 모르게 단단해야 한다.
심지어 자기도 모르게
자기를 선하게 응결하여 있을 때

눈으로는 아니 보이는
이런 단단한 것들은
어쩔 도리 없이
아름다움이 된다네

– '저마다의 내밀한 단단함' 중에서

감동을 만들어 내는 자리

1. '맛 칼럼니스트'를 직업으로 하는 어떤 사람을 나는 알고 있
   다. 어떤 음식점에 어떤 요리가 있는데, 그 맛이 어떠어떠하
다 하는 것을 신문이나 잡지의 칼럼으로 써서 올리는 일을 하는 사
람이다. 음식의 맛과 조리 기술에 대해서 전문적 감각과 식견을 지
녀야 함은 물론이다. 그리고 그걸 그야말로 맛깔 나는 글로 써서,
그 칼럼을 읽는 독자들이 그 음식에 대해서 풍성한 정보와 섬세한
맛의 상상력을 품도록 해야 한다.

한 음식점을 대표하는 상표가 될 만한 음식의 맛이라면 그야
말로 대단한 그 무엇이 있어야 한다. 그런 수준의 음식으로 주변
에 소문난 브랜드가 되자면, 그냥 재료와 조리 기술만으로 연출되
는 것이 아니다. 식당의 분위기, 주방장의 경력, 식당 종업원의 친
절, 식당 내부의 인테리어, 음식의 가격 등등 모든 것이 어우러져
서, 고객이 느끼는 '총체적인 맛'으로 세간에 명성을 얻는 것이다.
맛 칼럼니스트는 글을 쓰기 전에 예민한 촉수로 음식에 다가가 그
맛에 연관되는 온갖 코드들을 다 건드린다. 맛 칼럼을 쓴다는 것은
이런 온갖 것을 다 살피면서 음식에 대해 품평을 하는 것이다.

그런데 식당을 경영하는 주인 쪽에서 보면, 맛 칼럼니스트는 정
말 중요한 존재이다. 그가 내 식당의 음식을 품평하면서, 맛이 없

나고 쓴다든지, 값이 비싸다고 한다든지 하면, 이건 식당 주인으로
서는 치명적인 사건이다. 그 칼럼을 읽은 독자라면 누가 그 식당을
찾아오겠는가. 반대로 맛 칼럼니스트의 글이 내 식당의 음식을 크
게 상찬해 주면, 이는 식당 마케팅에서 천군만마의 지원을 얻는 것
이나 다를 바 없다.

　이는 각 지상파 방송에서 유명 음식을 시청자에게 소개하는 프
로그램에서도 마찬가지이다. 음식점 쪽에서는 방송국에서 한번 다
녀가기를 학수고대하는 것은 물론이려니와 이런저런 줄을 대어 방
송국 카메라를 한번 들여놓으려고 애를 쓴다. 식당으로서는 손님
을 끌려면, 이 식당이 방송에 나왔다는 점을 앞세우는 것이 가장
위력적인 효과를 얻는다. 'KBS가 다녀간 식당', 'MBC에 소개된 맛
집', 'SBS에 출연한 레스토랑' 등등의 선전 표지를 간판으로 거는
것이 최고란다.

　오죽하면 서울 청파동 어디에는 'KBS, MBC, SBS 모두 안 다녀
간 식당'이라는 플래카드를 내건 식당도 있을까. 이 플래카드를 자
세히 보면, '안'자는 아주 작게 써서, 쉽게 알아볼 수 없도록 했다.
얼른 보면 'KBS, MBC, SBS 모두 다녀간 식당'처럼 읽히도록 착시
효과를 노린 듯도 하다. 코믹한 발상이라 그 재치가 돋보이기도 하
지만, 한편으로는 식당을 방송으로 홍보하고 싶은 식당 주인의, 간
절하다 못해 처절한 염원 같은 것을 느끼게도 한다.

2. 그러고 보면 맛 칼럼니스트는 식당 주인에게는 절대적 권력이다. 좋은 품평을 해 주는 맛 칼럼니스트는 '구원의 천사'가 될 수도 있고, 반면에 음식을 잘못 선보였다가 그가 나쁜 평을 올려놓으면 식당으로서는 '저승사자'가 될 수도 있다. 아무튼, 식당 쪽에서는 맛 칼럼니스트를 한껏 후대할 것이다. 그러하니 웃는 얼굴에 침 못 뱉는다고, 온갖 정성과 환대로 맛 칼럼니스트에게 다가오는 식당 주인을 생각하면, 아무리 냉정한 맛 칼럼니스트라 한들 매몰차게 혹평을 해 줄 수 있겠는가. 쉽지는 않으리라. 어쨌든 식당 쪽에서는 맛 칼럼니스트가 내 식당을 찾아오기로 했다는 데까지만 성사를 시켜도 일단은 엄청난 성공이라 할 수 있을 것이다.

그런데 어느 라디오 방송 대담에 출연한 맛 칼럼니스트 A 씨가 전하는 말이 의미 있게 새겨진다. 우리나라에는 그간 활동해 온 맛 칼럼니스트가 20여 명 된단다. 그중 몇몇은 맛 칼럼니스트의 명성을 이어 나가지 못하게 되었다고 한다. A 씨는 '맛 칼럼니스트가 망하는 길'의 첫 번째 실수를 음식점에 취재하러 간다고 통고하는 데서 시작한다고 말한다. (방송 취재의 경우는 미리 알리는 것이 불가피할 것이다. 그런 점에서 신문에 실리는 맛 칼럼니스트의 글이 더 엄격한 음식 심사를 보여 줄 수도 있을 것이다)

"오늘 음식 품평하러 갑니다. 준비해 두세요." 이렇게 알리고 음식점으로 나가는 데서 문제의 사단이 벌어진다는 것이다. 나는 A 씨의 말을 들으면서 그 이유를 쉽게 짐작할 수 있었다. 아마도 식당 주인의 호의와 환대에 어쩔 수 없이 팔이 안으로 굽어들어 중심을 잃고, 객관적이지 못한 어정쩡한 품평을 해 주다 보면, 맛 칼럼니스트로서의 신뢰를 잃기 때문일 거라는 생각이 들었다. 그러다 보면 전문성이란 것이 발휘될 여지도 없고, 이래저래 불신만 사게 될 것이라는 생각이 들었다. 누구나 쉽게 예측할 수 있는 일이었다.

그런데 A 씨의 경험적 설명은 좀 달랐다. 나처럼 생각하는 것도 가능은 하겠지만, 그건 맛 칼럼니스트들의 자존심과 윤리 의식을 너무 허술하게 보는 것이라고 한다. A 씨의 말은 그랬다. 음식 취재와 맛 품평을 하겠다고 알리고 가면, 식당 쪽에서 평상시의 준비가 아닌 비상시의 준비를 하는 데서 문제가 생긴다는 것이다. 일단 좋은 평을 얻어야 하니까 평상시의 우리 주방장을 밀쳐 두고, 이 음식으로 이미 유명한 호텔 전문 레스토랑의 경력 주방장을 임시로 특별히 불러오기도 하고, 평상시에 쓰지 않던 음식 재료를 특별한 것으로 주문하여 오기도 한다. 그리고 몇 번 실험적 시도를 해서 가장 성공한 음식을 특별히 내어놓는다. 그야말로 맛 칼럼니스트를 맞이하기 위한 비상한 대책을 세워서, 그 임무를 성공적으로 완수한 것이다.

이런 음식이 어찌 맛이 없을 수 있겠는가. 음식 맛을 본 맛 칼럼니스트는 대만족을 표시한다. 주인의 환대 때문에 그런 것이 아니라, 음식 맛 자체가 최고 수준임을 그의 맛 전문성이 보장하고도 남는다. 자신이 맛본 그대로 칼럼을 써서 신문에 올릴 것이다. 문제는 그 뒤에 독자들 쪽에서 일어난다.

독자들은 맛 칼럼니스트가 극찬한 칼럼의 내용을 믿고, 그 음식

점을 찾아갈 것이다. 그러나 이미 음식점은 맛 칼럼니스트를 맞이할 때, 음식을 조리하던 그 비상 체제에서 평상체제로 돌아와 있는 것이다. 그날 맛 칼럼니스트가 다녀가던 날 임시로 특별히 모셔 왔던 호텔의 전문 레스토랑 주방장도 이제는 돌아가고, 대신 이전에 늘 해 오던 우리 주방장이 이전 방식대로 음식 조리를 하고, 그날 비상한 각오로 준비했던 특급의 음식 재료도 모두 보통의 음식 재료로 환원하였다. 이런 음식이 어찌 칼럼에서 언급한 최상의 맛이 될 수 있겠는가.

칼럼에서 그렇게 높이 평가했던 맛은 그냥 상상력으로서의 맛이었단 말인가. 이럴 때 칼럼을 읽고서 식당을 찾아왔던 사람들은 식당을 원망하지 않는다. 이 식당이야 원래 그런 것이고, 맛 칼럼니스트가 무언가 거짓말을 했다고 생각한다. 그들은 칼럼니스트에게 항의한다. 인터넷 공간에서 댓글을 통해서 공격한다. A 씨가 말하는 '맛 칼럼니스트가 망하는 길'의 과정은 이러하다. 나는 크게 공감하였다.

3. 맛 칼럼니스트 A 씨는 자신의 직무 수행 철학을 이렇게 말한다. 자신은 맛 칼럼을 쓰기 위해서 언제나 암행어사처럼 음식점 현장에 간다. 아무에게도 알리지 않고 누구에게도 노출되지 않고 간다. 현장에 가서도 자기가 누구이며 무슨 목적으로 왔다는 것 등등을 절대로 말하지 않는다고 했다.

대담하는 사회자가 A 씨에게 물었다. 그러면 칼럼을 신문에 쓰고 난 뒤에 혹시라도 그 음식점에 들르게 되는 경우가 있다 하자, 그때에도 그 칼럼을 쓴 사람이 바로 자기라고 식당 주인에게 이야기하지 않느냐고 물었다. A 씨는 말했다. 자기는 그러지 않는다고 했다. 그것만이 맛 칼럼니스트로서 명성과 권위를 오래 누리는 방법이라고 강조했다.

A 씨처럼 실천하기가 얼마나 어려운가. 말대로라면 A 씨는 정말 대단한 사람이다. 내가 좋게 평가하여 큰 영향을 미친 사람에게 내 평가의 공덕을 말하지 않고 지낸다는 것은 거룩하신 성자들이나 지킬만한 것이다. 이 이야기를 듣고 내 친구 J 교수는 말한다. "그게 얼마나 어려운 일인데, 앞으로도 꼭 지킨다고 절대로 장담할 일이 아닐 텐데…." 말끝을 닫지 않고 그냥 열어둔다. 그만큼 어렵다는 이야기이리라.

나 또한 교단에서 일상으로 평가를 한다. 평가하는 일이 내 인격의 심층에 어떻게 자리 잡고 있는지 문득 다시 생각해 보게 된다. A 씨의 이야기를 들으면서 그의 맛 칼럼 쓰기가 그의 윤리를 실천하는 일이라는 생각이 들었다. 그 공명정대함에서 묘한 감동이 느껴진다. 그의 공명정대함은 그의 인생철학이며 지혜이기도 하다. 작든 크든 평가를 감당해야 하는 사람이라면 그것을 수행하는 윤리와 철학이 어떠해야 할지를 떠올리게 된다. 생각해 보니 그러하다. 공명정대함은 그 자체가 바로 감동이다. 위대한 감동이다.

시험에 빠지지 말게 하시고

1. 초등학교 2학년 때다. 교회 주일학교에서 '여름 어린이 성경학교'가 열렸었다. 초등학교 교장선생이었던 내 조부는 신앙심이 독실하여, 나를 여름 성경학교에 하루도 빠지지 않고 다니게 하였다. 그 프로그램 중의 하나로, 오늘은 '성경 퀴즈 대회'가 열리고 있다.

> "나는 누구일까요? 나는 예수의 열두 제자 중 한 사람입니다. 예수의 제자가 되기 전에는 세금을 거두는 관리이었습니다. 나는 예수님의 말씀과 행적을 기록한 사람입니다. 내가 기록한 것들은 오늘날 우리가 읽고 있는 신약성서의 맨 처음 순서에 실려 있습니다. 나는 누구일까요? 아는 어린이 손을 들고 답을 말해 주세요."

퀴즈 진행자는 문제를 다시 한번 읽어 준다. 나는 답을 헤아려 본다. '베드로인가? 아냐. 신약성서의 맨 앞에는 마태복음이 있는데, 그렇다면 마태복음을 쓴 마태? 그래 마태 맞다.' 그러나 선뜻 손을 들지는 못했다. 누군가가 '베드로'라고 말했다. 다시 누군가

'바울'이라고 말하기도 한다. 진행자는 은근히 경쟁심을 부추기었다. 맞춘 어린이 개인은 물론이지만 가장 많이 맞춘 반은 단체상을 줄 것이라 했다. 아이들이 긴장하기 시작했다.

주일학교 우리 반 담당 반사(班師) 선생님이 내 곁으로 당겨 앉으셨다. 밝고 활기찬 처녀 선생님이었다. 교회에 가기 싫어도 선생님이 좋아서 가기도 했었다. 선생님이 내 귀에다 소곤거렸다. "마태! 인기야 마태라고 해!" 나는 선생님을 쳐다보았다. 선생님은 손으로 단상의 진행자를 가리키면서, 눈빛으로는 내게 빨리 말하라고 하는 듯했다. 상을 타고 싶은 내 욕구도 살아났다. 나는 빠르게 일어나서 나도 모르는 사이에 외쳤다.

"마태입니다." 정답임을 큰 목소리로 확인해 주는 진행자의 목소리, 사람들의 박수 소리, 부러워하는 다른 아이들의 눈초리, 빙그레 미소를 머금는 우리 반 선생님의 표정, 흥분된 시간이 짧고 빠르게 지나갔다. 상품으로 받은 노트 두 권을 들고 집으로 돌아온다. 그런데 이상하다. 기쁘다는 생각이 들지 않는다. 자랑스럽다는 생각은 더더구나 안 든다. 마음이 무겁고, 무언가 불유쾌한 것이 묵직하게 드리워져 있는 것 같다.

다음날은 토요일, 어린이 성경학교가 끝나는 날이다. 수고한 주일학교 선생님들에게 점심 식사를 우리 집에서 대접해 드리기로 했단다. 할머니가 국수를 삶고 전을 부치고 반찬을 준비한다고 부산하시다. 점심때쯤 주일학교 반사 선생님들이 모두 우리 집으로 오셨다. 나를 보는 선생님마다 칭찬을 한 아름씩 안겨 주신다.

"어쩌면 이렇게 총명한 손주를 두셨어요."

"쪼그만 녀석이 어떻게 그런 문제를 다 맞히었지. 참 대단해요."

"얘가 누굴 닮아서 이렇게 재주가 있답니까?"

칭찬의 말씀이 던져질 때마다 맞장구의 감탄사들이 번진다. 볼을 잡고 귀엽게 흔들어 주고 가는 선생님들도 있었다. 국수를 말아 내시는 우리 할머니 얼굴에 웃음이 번진다. 나는 가만히 우리 반 처녀 선생님을 쳐다보았다. 선생님은 아무 말이 없었다. 다른 분이 무어라 할 때도 어떤 맞장구도 치지 않으셨다. 나 또한 그 누구의 칭찬도 하나 반갑지 않았다. 불편하고 힘들었다. 어쩌다 우리 선생님과 눈길이 마주친 적이 있었는데 선생님은 얼른 다른 곳을 쳐다보았다. 나도 마찬가지이었다. 돌이켜 생각하건대, 선생님과 나는 일종의 '불륜의 모드' 속으로 침잠해 가고 있는 것 같았다. 나는 빨리 여기를 빠져나가고 싶었다.

2. 육군보병학교에서 훈련받던 군대 시절 이야기이다. 총 16주 훈련 가운데 제4주에 들어갈 때이었던가. '군인복무규율' 시험을 본다는 공지사항이 하달되었다. 군인으로 지켜야 할 자세와 규범들을 한 권의 소책자로 만들어 놓은 것이 군인복무규율이다. 시험이 공고는 되었지만, 밤낮없는 훈련들로 군인복무규율을 외울 시간이 없었다. 야전에서의 훈련 중에 치르는 필기시험이란 것이 일종의 요식 행위로 처리되는 경우를 더러 보아 왔기 때문에 그러려니 했다. 어쨌든 날짜는 다가왔다. 여기저기 훔쳐보면서 답을 적

절히 채워 낸 친구들도 있었다. 준비 없이 시험에 임하였으므로 나는 시험을 잘 볼 수 없었다.

문제는 그다음에 불거졌다. 일요일 오후 우리 1중대 전 병력은 연병장에 집결하라는 지시가 내려왔다. 일요일에 연대장이 집결을 시키다니, 그것도 전체 연대 병력이 아닌 우리 중대만 모이라고 한다. 집합의 사유는 간명했다. 연대 예하 10개 중대 가운데 우리 1중대가 군인복무규율 시험에서 꼴찌를 한 것이다. 연대장은 언성을 높였다. 이렇게 군인으로서의 복무에 대한 자각이 없어서야, 어디에 쓰겠느냐는 것이었다. 이런 군대라면 설령 다른 훈련을 받은들 무슨 소용이 있겠느냐고 했다. 우리 중대장 강 대위는 중대원이 보는 앞에서 혹독한 질책을 받았다. 아니, 그것은 질책이라기보다는 수모(受侮)에 가까운 것이었다.

싸워 이기는 것이 군인의 책무이다. 무슨 종류의 경쟁이든지 절대로 패해서는 안 되는 것, 그것이 군대이다. 군인복무규율 시험은 어느새 10개 중대 간의 치열한 경쟁을 시험하는 무대이었다. 뒷이야기도 무성했다. 시험 중에 공공연하게 책을 들추어 가며 부정행위를 한 중대도 있단다. 서로 보여 주며 답을 써낸 중대도 있었단다. 어떤 중대는 중대의 성적을 높이기 위해서 답을 암시하는 힌트를 주었다고도 했다. 우리 중대는 그런 준비 자체가 없었던 것 같았다. 그런 점에서 나는 중대장 강 대위를 존경했다.

연대장의 질책을 받은 중대장이 취한 조치는 명료하고 단호했다. 군인복무규율 시험에서 평균 60점 미만인 훈련생들을 따로 집합시켰다. 중대원 180명 가운데 대략 30명가량이 여기에 해당했다. 나 역시 이 30명에 속하였다. 중대장은 이렇게 말했다.

> "귀관들은 군인의 복무 자세에 대한 인식이 심각하게 부족하다. 결과적으로 중대의 명예를 떨어뜨렸다. 귀관들은 매일 취침 점호를 마친 후, 22시 정각에 완전군장으로 연병장에 집결하여 매일 밤 4㎞씩 구보한다. 구보가 끝나면 중대 외곽의 야간 경계 동초(動哨 : 움직이면서 보초를 서는 것) 근무를 귀관들이 전담한다. 어떤 과오도 용납되지 않는다. 별도의 지시가 없는 한, 무한정 실시한다. 이상!"

동료들이 장난 삼아 우리 모두를 통칭하여 '60점 미만'이라고 불렀지만, 그게 그다지 나쁘게 들리지는 않았다. 그러나 남들은 잠자리에 드는 시간, 완전군장 구보를 하고, 매일 밤 경계 동초 근무를 수행하는 것은 고역이었다. 수면 부족을 달고 지냈다. 연일 계속되는 야전훈련에서는 엉덩이가 땅에 닿기만 해도 졸음이 쏟아졌다. 몸은 고단했지만, 기분이 그렇게 썩 나쁜 것은 아니었다. 내무반에 들어가면 동료들이 위로했다. 자기네들 대신 십자가를 진 셈 치라고. 그런 점이 아주 없지도 않았기에 정신은 자유롭고 고매해지기까지 했다.

벌칙은 한 달 가까이 계속되었다. 벌칙의 일과를 공유한 우리 삼십 명은 정서적으로 잘 단결되었다. 고되기는 했지만, 우리들의 행위가 달리 불명예스럽다는 생각은 들지 않았다. 오히려 부정행위의 유혹을 거든히 물리친 것에 대한 은근한 자부심 같은 것이 있었다. 우리는 기꺼이 우리 스스로를 '60동지회'라는 이름의 친목회로 묶어 내었다. '60동지회' 이야기는 지금도 그해 육군보병학교 기초보수반 1중대 동기생들을 만나면 빠짐없이 등장한다.

3. 시험(試驗)에는 두 가지 함의가 있는 것 같다. 하나는 능력이나 성질을 검사하여 짚어보는 그야말로 시험 본래의 의미가 있고, 다른 하나는 나쁜 유혹을 견디어 내는 과정으로서의 시험이 있다. 앞의 시험은 '시험을 보는 것'이고, 뒤의 시험은 '시험을 이기는 것'이다. 예수도 죽음을 앞두고 '시험에 들지 말게 해 달라'고 기도한다. 예수에게 다가오는 죽음 자체가 예수에게는 시험인 셈이다. 그러고 보면 모든 시험에는 '유혹에 빠지기 쉬운 함정으로서의 시험'이 들어있다. 시험이 진정으로 두려운 것은 바로 이 때문이다.

시험을 피할 수는 없을까. 어느 특정의 시험을 기술적으로 피할 수는 있겠지만, 인생 전체에서 겪어야 하는 시험의 절대량은 누구에게나 일정한 것이 아닐까. 사람은 시험을 통하여 성숙하고 단련되어 간다. 부정할 수 없는 일이다. 학교 안에도 시험은 많고, 학교 밖에도 시험은 많다. 인생사 시험의 연속이다. 겪고 보니 좋은 시험이었다고 할 수도 있고, 그렇지 못했다고 할 수도 있다. 결과로 나온 성적의 지표가 높고도 교육적 효과는 미미할 수 있고, 결과로 나온 성적의 지표가 그 자리에서 당장 높지 않아도 오래 교육적 효과를 드높여 가는 시험도 있을 수 있다.

　국가 수준의 학업성취도 검사를 두고 이런저런 이야기들이 많다. 자칫 이 시험 때문에 학교가 시험에 들 수도 있겠다는 생각이 든다. 교육의 문제에 정치나 이념이 과도하게 개입하면 교육은 시험에 들 수밖에 없다. 교육의 원리와 발달의 원리로 다시 겸허하게 되돌아가서 시험을 공명정대하게 대할 수 있었으면 좋겠다. 무감독 시험을 잘 유지하는 학교가 드물지만 있었다. 대학 입시에서 내신 경쟁이 심하지 않던 옛날 학교의 이야기이다. 무감독 시험이 유지되는 가장 큰 이유는 바르고 곧음을 지키는 자부심 때문이라고 했다. 그 자부심이란 또 무엇이겠는가. 감동이라고 본다. 스스로 느끼는 감동이 있다는 것이다. 지켜보는 남들은, 그렇게 하지 못하는 남들은, 더 큰 감동에 빠진다. 바르고 곧음, 즉 정직, 사람의 아름다움이 여기에 있기 때문이다.

꼼수

1. 신용카드가 발급되고 대금 결제를 하는 제도가 막 생겨나던 때이다. 그해 여름 우리 일행은 춘천 나들이를 했다. 나들이라는 것이 구경도 구경이지만, 먹는 즐거움이 더 큰 법이다. 일행 중 A가 막국수 한 그릇을 샀다. 요즘 식으로 말하면 막국수 한 그릇을 쏜 것이다. 이어서 일행 중 B가 커피 한 잔씩을 돌렸다. 다음 장소로 옮겨서는 또 누군가 옥수수와 아이스크림을 사기도 하고, 또 누군가는 구운 오징어를 사서 돌렸다. 평소 호기를 잘 부리는 C가 저녁은 괜찮은 메뉴로 자기가 사겠다고 했다. 아무도 그를 만류하지 않았다.

저녁 무렵 우리는 C를 따라서 춘천의 어느 식당 골목을 찾아갔다. 생선 매운탕을 주문하고 C는 주인에게 카드 결제가 되느냐고 물어보았다. 주인은 매우 죄송하다는 듯이 아직 카드 결제 가맹점으로 가입하지 못했다고 말한다. 신용카드가 처음 사용되던 무렵이었다. 아직 상당수의 가게는 카드가 보편화되지 못하여 현금 결제밖에는 안 되던 때이었다. C는 아쉽다는 듯이 다른 음식점을 찾아보자고 했다. C는 자기는 카드를 애용하는데, 이런 곳에서는 참 난처할 때가 많다고 고충 어린 표정을 지었다.

그다음으로 C가 우리를 데리고 간 곳은 한우식당이었다. 강원도에 왔으면 대관령 한우를 먹어야 한다는 것이었다. 반대할 사람이 누가 있겠는가. 그러나 그 음식점도 신용카드 결제가 안 되는 곳이라 우리는 아쉬움을 안고 나와야 했다. 우리는 C를 따라 두세 번 더 다른 식당으로 갔지만 사정은 같았다. 그날 우리는 C가 쏘는 그럴듯한 저녁을 결국은 얻어먹지 못했다. C는 자신이 모처럼 좋은 뜻을 펴려 했으나 하늘이 돕지 않는다는 투로 한탄을 했다.

일행 중 누군가가 투덜대자, C가 말했다. "야, 오해하지 마. 나 진짜 너희들 맛있는 것 사주고 싶단 말이야. 에휴, 이 신용카드를 탓해 뭘 하겠니, 현금을 안 가지고 온 내가 잘못이지." 일행은 C를 반신반의하기 시작했다. 그러고 보니 C가 우리를 끌고 갔던 곳이 다 카드 결제가 될 성싶지 않은, 고만고만한 식당들이었다. 그때 누군가가 말했다. "이거 꼼수 아니야!"

2. '꼼수'를 국어사전에서 찾아보았다. '쩨쩨한 수단이나 방법'이라고 풀이되어 있다. 다시 '쩨쩨하다'라는 말을 찾아보았더니, '(너무 적거나 하찮아서) 시시하고 신통치 않다'라고 설명되어 있다. '잘고 인색하다'는 풀이도 나와 있다. '잘다'라는 말은 '작다'라는 뜻인데, 이걸 사람 성격에 쓸 때는 '잘다'라고 한다. 요즘 유행하는 말로 '쪼잔하다'에 가깝다고 하겠다.

원래 꼼수라는 말은 바둑에서 온 말이다. 판세가 완전히 기울었는데도, 어찌해 볼 도리가 없는데도, 패배를 인정하지 않고, 구차스럽게 상대의 실수를 유도하거나, 누가 보아도 유치한 방식으로 상대를 홀리려고 하는 경우, '꼼수를 쓴다'라고 한다. 국제바둑대회의 상금이 커지면서 세계적 고수 중에도 그런 꼼수를 연출한단다. 대가(大家)의 타락이 따로 없다.

꼼수의 반대어는 무엇일까. 꼼수가 일종의 잔머리 굴리기이고 정정당당하지 않다는 데서 '당당수'라는 말을 상정해 보지만, 사전에는 없는 말이다. 굳이 꼼수의 반대말을 억지로라도 찾으려면 '정수(正手)'라는 말이 있다. 바둑이나 장기 따위에서, 속임수나 홀림수가 아닌 정당하게 두는 수를 정수라 한다.

그러나 꼼수의 반대어가 정말 정수일까. 정수는 그냥 정상적인 수법을 나타내는 말이고, 그 정수의 기준에서 보았을 때 꼼수는 '나쁜 비정상의 수법'이다. 정수의 기준에서 보았을 때 '좋은 비정상의 수법'은 무엇일까? 정수 아래 꼼수가 있다면 정수 위에는 무슨 수가 있을까? 나는 이것(정수 위에 있는 수)이 꼼수의 반대어가 되어야 한다고 생각한다. 그런데 여기에 합당한 말은 생각나지 않는다. 다만 이런 이야기가 떠오른다.

나관중이 지은 소설 《삼국지연의》에는 관우가 조조를 살려주는 이야기가 나온다. 중국 삼국시대인 208년 후베이성 자위현 북동, 양쯔강 남안에 있는 적벽에서 손권(孫權), 유비(劉備)의 연합군이 조조(曹操)의 대군을 크게 무찔렀는데, 이때 유비의 장수이던 관우(關羽)가 조조를 살려준다. 이야기는 이렇다. 조조는 적벽대전에서 대패하고 도망가는 중에 화용도에서 관우의 복병을 만나 거의 죽게 되었다. 이때 관우는 조조가 전에 자신에게 베푼 은혜를 생각하고 조조를 살려 보낸다. 이는 원래 역사서에는 없는 내용인데 나관중이 소설로 쓰면서 만들어 넣은 이야기라 한다. 조조가 화용도로 도망간 것은 사실이나 관우가 조조를 살려준 것은 나관중이 픽션으로 끼워 넣은 것이라 한다.

어쨌든 이 대목에서 관우의 사람됨과 의리가 감동적 주제로 다가온다. 고금의 많은 독자에게 인상 깊게 남아 있는 것도 사실이다. 이 대목이 사람들의 도덕적 상상력을 자극하며, 살아 움직이는 이야기로 불려 나오는 것은 무엇을 말하는 것일까? 삼국지 이야기야말로 각박하고도 거칠고 간교한 책략이 난무하는, 그야말로 꼼수로 점철되는 싸움 이야기 아닌가. 이런 이야기판에 적장을 고스란히 살려주는, 너그러운 이야기가 비집고 들어가 있다니 확실히 구별되는 싸움 이야기이다. 후대에 관우가 민간신앙에서 섬김 대상이 되는 것은 그의 수염이 멋있어서만은 아님을 일깨운다. 관우가 보여 준 싸움의 방법론이 오늘 저만큼 추락해 있는 온갖 꼼수들을 부끄럽게 한다. 아니, 꼼수에게는 애초에 부끄러움이란 없었을지도 모르겠다.

3. 꼼수가 백화제방(百花齊放)처럼 피어나는 선거의 계절이 오고 있다. 꼼수는 선거의 그늘에서 가장 음습하게 자라난다. 선거전이 과열되면서 각종 꼼수가 '선거 전략'이라는 이름으로 출몰한다. 꼼수를 꼼수로 제압하려는 현상도 요란하다. 상대의 잘못을 보다 치명적으로 드러내기 위해 가능한 '꼼수'를 다 불러낸다.

가장 나쁜 꼼수는 꼼수를 쓰면서도 그것이 꼼수 아닌 것처럼 딴전을 피우는 것이다. 선전 선동은 주로 그런 데에 달라붙는다.

요즘 꼼수라는 말은 정치적 공방을 실어 나르는 데 동원되면서 이 말의 맛이 변질한 듯하다. 그런 맥락에서 들여다보니, 꼼수는 단순히 시시하고 좀스럽고 신통치 못한 방법을 나타내기보다는, 자신의 사소한 이익을 위해서 민망하고 구차할 정도로 잔머리를 굴린다는 뜻이 더 강하게 나타나는 것 같다.

정치에서 꼼수의 언어는 대개 조롱의 언어로 실현된다. 상대를 강하게 조롱함으로써 대중의 흥미와 호응을 내 편으로 유도하려 애를 쓴다. 팬덤(fandom) 현상이 이를 더욱 조장한다. 이 역시도 일종의 꼼수일 수 있다. 공식적 틀에서 품위와 격식과 당당함을 강조하는, 기존의 정치적 언어 행위에서 본다면 꼼수로 보일 것이다. 적어도 인터넷과 첨단 SNS가 대중의 소통 경로를 장악하기 이전의 기준으로 보면 그러하다.

꼼수를 꼼수로 제압하려는 것은 하책(下策) 중의 하책이다. 꼼수를 방책으로 삼는 순간 그 공동체는 공명정대함을 잃는다. 꼼수를 쓰는 개인은 자신도 모르는 사이에 그의 인성과 영성이 망가진다. 그것을 구경하는 사람도 꼼수를 스포츠 경기 관전하듯 하는 사이에 자신의 맑은 영혼을 털린다. 꼼수는 사건의 뒤에서 음침하게 드리워지기 때문에 당장 그 폐해를 알아차리기 어렵다. 아니 우선은 강한 몰입과 짜릿한 쾌감에 몸을 떨지도 모른다.

꼼수를 꼼수로 대응하고 싶은 유혹처럼 강한 것도 없다. 상대의 꼼수를 응징한다는 명분을 내세워 내 꼼수를 정당화하기 때문이다. 꼼수는 만만찮은 중독성을 가지고 있다. 꼼수로 한번 이겨 본 사람은 정수로 돌아갈 생각이 없다. 당사자들이야 어차피 이전투구(泥田鬪狗)의 지경에 들었다 치더라도, 꼼수 싸움에 갇힌 국민에게는 공해일 뿐이다. 미세먼지와도 같은 정서적 오염에 든다. 꼼수에 둘러싸이면 나의 자존도 함께 추락한다. 나도 모르는 사이에 그렇게 된다. 모든 세속화는 나쁜 것에 나를 조금씩 내어주는 데서 이미 결정된다.

꼼수! 잠깐 이긴 듯하지만 오래 지는 싸움법이다. 싸움이 끝난 뒤까지도 오래오래 지는 수가 꼼수이다. 꼼수는 아무도 모르게 내 마음에 낙인처럼 남아서 나를 패배자로 만든다. 걱정이다. 우리 사회가 꼼수의 마법에 걸린 것 같다.

제12강 | 언어적 실천, 그리고 사람의 향기

이 어둡고 추운 시간
겨울 숲속의 작은 새들은
이 혹심한 추위를
어떻게 그 작은 웅크림 안에 가두며
떨고 있을까.

정처(定處)가 없어진 자들을 생각하면
어둠은 더욱 깊고
추움은 통각으로 찌른다.

돌아갈 곳 있는 나는
어떤 언어로 기도해야 하나.

주가 우리를 불쌍히 여겨주시는 것 같이
우리도 서로 불쌍히 여기게 하시옵소서.

걸어가면서 하는 기도의 언어
입김으로 부서지지 말고
고층 건물 첨탑을 훌쩍 넘어
하늘로 꼭 올라가거라.

- '추운 밤 호수를 걸어서 오다' 중에서

용감함과 비겁함 사이

1.
옛날 가난했던 시절, 교실 유리창이 깨어지면 그것을 깬 학생이 속절없이 책임을 져야 하는 경우가 많았다. 금이 간 유리창은 그나마 다행이었다. 창호지로 꽃무늬 문양을 만들어 뒷면에 풀칠을 하고, 깨어진 유리창 금을 따라 붙여서 간신히 유리창 구실을 하게 했다. 그때는 무슨 유리가 그렇게 얇고 허약했는지, 또 유리창 창틀은 고정되지 못하고 언제나 덜커덩거렸다. 그 무렵 개인도 나라도 학교도 형편없이 궁핍했던 분위기가 절절하게 환기되어 온다. 아무튼 유리는 자주 깨어졌다.

그런데 누가 언제 어떤 사정으로 유리를 깨지게 했는지, 아무도 모르게 유리창이 깨어지는 경우도 있었다. 체육 시간 마치고 교실에 들어와 보니, 옆면 유리창이 그것도 두 개씩이나 나란히 깨져 있는 경우가 그러했다. 그야말로 미스터리하게 깨진 것이다. 이런 경우 우리는 유리창을 깬 사람이 자수할 때까지 귀가할 수 없었다. 자수자가 나타날 때까지 우리는 잠정적 공범자로 머물러 있어야 했다. 시간이 흐르면서 "아이! 누구야, 빨리 자수해." 이런 투덜거림이 터져 나왔다. 우리가 운동장에서 체육활동 하는 사이에 다른 반 아이들이 공을 차다가 깨뜨리고 도망갔을 수도 있다. 시간은 자꾸 가도 범인은 나오지 않는다. 우리는 범인이 나오기를 기다리기보다는 차라리 누군가 희생적으로 (자신이 깨지 않았어도) 자기가 깼다고 말하면서 우리 모두를 이 곤경에서 구해 줄 사람은 없을까 하고 생각하기도 했다.

군대에서 훈련을 받을 때도 그 비슷한 장면들이 더러 연출되었다. 유격훈련이나 기동훈련 과정에서 우리 부대가 결정적 곤경에 처해서 모두가 피해를 입게 되었을 때, 당면한 고초를 자진하여 감당하고 부대를 위기에서 살려내는 경우가 있다. 어찌 고뇌와 고통이 없겠는가. 알려지지 않았을 뿐 이런 이야기가 실제 전투에서는 더 많을 수 있다.

초대 '한국전쟁 기념관' 관장을 지낸 이병형 장군의 술회에 따르면 (그는 6·25 참전 지휘관이다) 결사대를 만드는 경우가 그러하다는 것이다. 적의 공격이나 포위로 인해 부대 전체가 괴멸을 피할 수 없을 때, 지휘관은 눈물을 머금고 결사대를 만들어 돌파구를 만들거나, 부대의 후퇴 퇴로를 마련해야 한다. 물론 이때의 결사대(決死隊)는 '죽기를 결심하는 대원들'이며 실제로 죽을 수밖에 없는 사명을 수행하는 전투 조직이다. 결사대 덕분에 부대는 전멸을 피해 가는 것이다.

누가 결사대를 지원하는가. 겉으로 용감하고 사납고 두려움 없어 보이는 사나이들이 지원하는가. 이병형 장군에 따르면, 그런 사람보다는 오히려 조용하고 소심하고 순한 사람, 남 탓을 하기보다는 묵묵히 자기 일에 성실한 사람, 소위 모범생에 속하는 사람들에게서 결사대 지원자가 많았다는 증언을 한다. 용기란 어디에 근원을 두고 오는 것인가.

2. 1337년부터 1453년까지 영국과 프랑스가 왕위 계승 문제와 영토 이해 문제로 싸웠던 전쟁이 백년전쟁이다. 이 전쟁의 초기인 1347년, 프랑스 북부 해안으로 쳐들어온 영국은 강력한 공세를 펼쳤다. 영국과 가장 가까웠던 프랑스의 해안 도시 칼레는 영국 국왕 에드워드 3세의 집중 공격을 받게 된다. 극심한 기근 속에서도 영국의 포위 공격에 맞서 1년 동안 강력하게 저항하던 칼레 시민들이 그해 8월 4일 마침내 더 버티지 못하고 항복했다.

칼레를 점령한 영국 왕 에드워드 3세는 점령자의 위세를 무자비하게 행사한다. 집요한 저항을 하며 1년 동안 자신에게 손실을 끼친 칼레의 모든 시민을 몰살하겠다고 협박한다. 칼레 측의 여러 번의 사절을 보내 자비를 구하였다. 이에 국왕은 시민 전체를 몰살하겠다는 데서 한 걸음 물러선다. 그 대신 그는 칼레의 시민들에게 다른 조건을 내걸게 되었다.

"모든 시민을 몰살하지는 않겠다. 그 대신 시민들 가운데 6명을 선정해 보내라. 칼레 시민 전체를 대표하는 그들 6명을 처형하겠다." 칼레 시민들은 다시 고민에 빠졌다. 그 6명을 어떻게 골라야 한단 말인가. 딱히 뽑기 힘드니 제비뽑기를 하자는 사람도 있었다. 그때 부유층 중 한 사람인 외스타슈 드 생 피에르(Eustache de Saint Pierre)가 죽음을 자원하고 나서게 된다. 그러자 그를 따라 고위관료와 상류층 인사 등이 6인의 죽음 대오에 지원한다. 그들 6

인은 영국 국왕의 요구대로 목에 밧줄을 매고 자루 옷을 입고 처형장으로 나가게 된다.

오귀스트 로댕의 조각 '칼레의 시민'은 바로 이 장면을 형상화한 것이다. 이 조각 작품을 보면, 이 순간 칼레 시민을 구하기 위해 죽음을 자원한 6인이 겪는 죽음에 대한 두려움과 이 운명적 책무감이 주는 아픔과 이 모두를 필사적으로 이겨내려는 용기 사이의 불안과 두려움의 고뇌가 잘 드러나 있다.

절망 속에서 꼼짝없이 죽을 운명이었던 이들 6명은 극적으로 살아난다. 당시 영국의 왕비 필리파(Philippa)는 임신 중이었는데, 왕에게 청원한다. 이들을 처형한다면 태중의 아기에게 불길한 일이 닥칠 것이라고 하여 왕을 설득한다. 왕은 이들 6인의 처형을 다시 취소한다. 결국 이들의 용기 있는 행동으로 인해 모든 칼레의 시민들은 목숨을 건지게 되었다.

물론 후세 사가들은 '칼레의 시민들'이 실제의 역사적 사실에서 미화되고 변이된 점이 있다는 주장을 하기도 한다. 그러나 이 일은 그들이 '상류층으로서 누리던 기득권에 대한 도덕적인 의무', 즉 노블레스 오블리주(Noblesse Oblige)를 보여 준 대표적인 사례로 소개되기에 조금도 모자람이 없다. 프랑스는 이 이야기를 민족적 자부심으로 다루고 있고, 세계 여러 나라는 이 이야기에 도덕적 경의를 표한다.

3. 14세기에 칼레에서 있었던 이 역사적 일화를 20세기에 와서 희곡 작품 《칼레의 시민들》로 쓴 사람은 독일 표현주의 문학 작가인 게오르크 카이저이다. 그는 로댕의 조각 작품 '칼레의 시민들'에 감명과 자극을 받아 희곡 《칼레의 시민들》을 집필하였다. 그의 희곡에 나오는 '칼레의 이야기'는 전해 오는 이야기보다 훨씬 더 인간적 진실과 극적 감동을 그려내고 있다. 그의 이야기는 이런 대목이 빛난다.

외스타슈 드 생 피에르가 희생을 각오하고 시민대표로 선발되기를 맨 먼저 자청한다. 그러자 그를 따르는 여섯 명의 시민이 자원한다. 작품은 이 과정에서 인간적 번민과 고뇌와 두려움을 잘 보여준다. 그들은 결코 영웅적 용기와 영예만으로 자원을 결정하는 것은 아니다. 지원자가 모두 7명이 되자 새로운 문제가 발생한다. 7명의 시민 중 누구 한 사람은 이 죽음의 대오에서 빠져야 하는 것이다. 아니, 빠질 수 있게 된 것이다. 희생정신을 보여주려고 했던 이들 7인은 갑자기 생존의 욕구로 시달리게 된다.

제비뽑기로 생존자를 정하기로 하자 그들에게서 더 이상 숭고한 희생정신은 찾아볼 수는 없다. 모두가 살아남는 운명에 간절하게 매달린다. 영웅의 용기는 이미 없다. 인간적 두려움과 비겁함이 있을 뿐이다. 외스타슈는 제비뽑기를 무산시켜 버린다. 그리고 다음 날 동이 틀 무렵 마을 광장에 가장 빨리 도착하는 여섯 명을 최종 6인으로 결정짓자고 제안한다.

다음 날 동틀 무렵의 마을 광장에는 시민들이 몰려들어 도착하는 7인의 대표들을 확인하려 한다. 마침내 여섯 명의 대표가 장터에 도착한다. 그러나 외스타슈의 모습은 보이지 않는다. 시민들은 분노한다. 그때 외스타슈의 아버지가 뒤늦게 광장에 나타나 아들의 자결을 알린다. 아버지는 6인의 대표를 향한 외스타슈의 마지막 말을 전한다. 바로 이 말이다. "걸어 나가라! 빛 속으로!"

우리 마음 안에서 용감함과 비겁함은 그렇게 멀리 떨어져 있는 것이 아니다. 용기란 어디에서 생겨나는가. 용기란 하루아침에 만들어지는 것이 아니다. 더더구나 충동적 행동으로는 발현하기는 어려운 것이다. 오기가 용기가 아닌 것은 더 말할 나위도 없다. 고뇌가 없기 때문이다. 오랫동안 두려움과 불안에 떨어가며 자기 내면의 고뇌를 쌓아 온 사람에게서 얻어지는 내공이 용기인지도 모른다. 누구든지 처음부터 오로지 용감한 사람은 없다. 누구든 처음부터 두려움 없는 사람은 없다. 용기 있는 사람이란 아마도 용기를 발현하는 그 순간조차도 두려움을 물리쳐달라고 간절하게 기도하는 사람일지도 모른다. 더더욱 중요한 것은 '나'만을 생각하는 사람에게는 애초부터 용기가 비집고 들 틈이 없다는 점이다.

공동체를 위한 용기를 어떻게 가르쳐야 할까. 공동체 안에서 롤모델(Role Model)을 찾아 각자의 가슴에 품도록 해야 할 것이다. 그래서 나 자신도 모르는 사이에 나도 뒷사람에게 롤 모델이 될 수 있는 경지를 꿈꾸어야 할 것이다. 그런 공동체를 지향해야 할 것이다.

우리는 왜 우리인가

1.　빈자(貧者)들을 위한 헌신과 사랑으로 '성녀(聖女)'라는 칭호를 들으며, 세계인 모두를 경건하게 감복시켰던 마더 테레사 수녀(Mother Teresa, 1910-1997)를 우리는 기억한다. 세상은 그녀에게 노벨 평화상을 수여했지만, 그녀가 노벨상 때문에 우리에게 감명을 준 것은 아니었다. 인류 전체를 '사랑의 공동체'로 여기고 섬긴 그녀의 실천에 대한 외경을 갖기 때문이리라. 마더 테레사가 1992년에 쓴 책《The Joy of Living》에는 다음과 같은 그녀의 체험담이 나온다. 인도 콜카타(Kolkata)에서 극빈의 사람들을 위해서 사랑으로 헌신하던 때의 이야기이다.

> 어느 날 한 늙은 촌장이 나에게 찾아와, 자기가 사는 마을에 여덟 아이가 딸린 집이 있는데, 그 집에 먹을 것이 하나도 없으니, 뭔가 도와줄 수 없겠느냐고 말했다. 나는 그날 밤 내가 겪었던 일을 결코 잊을 수가 없다. 이야기를 듣고 나는 쌀을 좀 챙겨 그 집으로 갔다. 그 집 엄마는 내 손에서 쌀을 받아, 그것을 둘로 나눈 다음, 밖으로 나갔다. 나는 배고픈 기색이 역력한 어린 자녀들의 얼굴을 볼 수 있었다.

아이들의 엄마가 돌아오자, 나는 어디 갔다 왔는지 물어보았다. 아이들 엄마는 아주 짧게 대답했다. "그들도 배가 고파요." 아이들 엄마가 말하는 '그들'은 이웃집 식구였으며, 엄마는 이웃집 식구들도 배가 고프다는 것을 알고 있었다. 나는 그녀가 이웃에게 쌀을 주었다는 사실 때문이 아니라, 그녀가 그 이웃도 배가 고픔을 생각하고 있었다는 것에 놀랐다. 나는 차마 이 가족이 얼마나 오랫동안 굶주렸는지 물을 엄두가 나지 않았다. 그러나 필시 오래 굶주렸을 것이다. 하지만 이 엄마는 자신이 고통을 겪는 중에도, 극심한 굶주림으로 고통을 겪는 중에도 이웃집 역시 굶주린 것을 생각하고 있었다.

마더 테레사 체험담을 소개한 신학자 케네스 베일리(Kenneth E. Bailey)는 이 대목에서 예수가 가르쳐 준 기도, 즉 기독교인들이 예배 때마다 암송하는 '주기도문'의 한 구절을 사람들에게 제시한다. 바로 이 구절이다. "오늘 우리에게 일용할 양식을 주옵시고…." 나 또한 이 주기도문 구절을 얼마나 많이 외우며 기도드렸던가. 그랬던 만큼이나 일종의 상투적 표현으로 자동화되어 외우기만 할 뿐, 내 안에서 아무런 각성이 없었다. 그냥 매일의 양식(Daily Bread)을 주기를 바라는 기도로만 생각했던 것이다.

케네스 베일리는 이 기도문의 구절이 '나에게 일용할 양식을 주옵시고'가 아니고, '우리에게 일용할 양식을 주옵시고'라는 점을 주목할 것을 강조한다. 인도 콜카타 빈민촌에서 여덟 명의 자녀와 함께 오랜 굶주림에 지쳐 있던 엄마는 알고 있었다. 그 엄마는 '우리에게 일용할 양식을 주옵시고'에 들어 있는 나눔의 의미를 참으로 정확하고도 경건하게 이해하고 있었다는 말이다. 바로 그 점 때문에 마더 테레사도 이 엄마의 행동을 보고서 무어라고 말했는가. "나는 그날 밤 내가 겪었던 일을 결코 잊을 수가 없다"라고 말하고 있지 않은가. 굶주림과 절대 궁핍의 한가운데서도 나에게 전해진 '나의 양식'을 '우리의 양식'으로 나누어 실천하는 그 엄마의 행동은 마더 테레사에게도 너무도 귀하고 신실한 사랑의 감화로 다가갔음이 틀림없다.

2. 도덕교육 분야의 저명 학자였던 고 문용린 교수는 일찍이 '정·약·용·책·배·소'라는 명칭으로 여섯 가지 도덕적 지혜를 강조하였다. 정직, 약속, 용서, 책임, 배려, 소유 등 이 여섯 가지 덕목을 잘 익혀서 기르면, 삶을 도덕적으로 더욱 성숙하고 뜻있게 영위할 수 있음을 말한다. 문용린 교수는 어떤 특강에서 이 중 '배려'에 대한 설명을 하면서, 매우 의미 있는 성찰을 청중에게 요청하는 것을 본 적이 있다.

그것은 한국 사람들은 배려의 마음이 강한 편인가, 그렇지 못한 편인가를 그가 청중에게 질문하는 데서 시작한다. 나를 포함한 청중들은 이 질문이 약간은 당혹스러웠다. 왜냐하면 배려심이 강하다고 말하기에는 무언가 근거가 약한 것 같고, 없다고 말하기에는 자존심이 좀 상하기 때문이었다. 아무튼, 청중들이 그런 미묘한 심리를 겪는 중에 문 교수는 답을 제시한다.

"여러분, 어떻게 생각하실지 모르지만, 제 생각으로는 우리 한국 사람들만큼 배려심이 강한 민족은 찾아보기 어렵습니다." 아니 이건 또 무슨 말인가. 국민 소득이 3만 달러에 도달하면서도, 아직도 국내 고아들을 배려심 가지고 돌보지 못해서, 해외 입양시키는 사례가 유독 많은 나라, 사회적 기부가 선진국에 비해서 적다는 지적을 받는 나라 아닌가. 문 교수는 무엇을 근거로 한국인이 배려심이 강하다는 것을 천명한 것일까. 그는 곧바로 이유를 밝혔다. 나를 비롯한 청중들은 그의 이어지는 말을 부정하기 어려웠다.

"한국 사람의 배려심은 강합니다. 다만 언제나 누구에게나 배려심이 강한 것은 아닙니다. 이런 대상에게만 강합니다. 자신의 문중(門中) 사람에 대해서, 자신의 고향 사람에 대해서 자신의 동문에 대해서, 자신과 같은 정파에 속하는 사람에 대해서 유독 배려심이 강합니다. 그냥 강한 정도가 아니라 대단히 강합니다. 그렇지 않은 사람에 대해서는 배려심 자체가 작동되지 않습니다. 그런 점에서 제가 한국인은 배려심이 강하다고 한 것입니다."

그가 한국 사람은 배려심이 강하다고 말한 것은 하나의 역설(逆說)이었다. 청중들에게 전달 효과를 얻기 위해서 일종의 아이러니(irony)를 구사한 것이었다. 아이러니란 그 안에 묘한 풍자를 담고 있어서, 은연중에 비판이 작동하는 표현법이다. 나는 자신을 돌아보았다. 그간 내가 내었던 기부금들은 (얼마 되지 않지만) 대개는 내 울타리 안쪽, 즉 고향, 모교, 직장 등에 대한 배려에 속하는 것이었다. 물론 고향과 모교와 문중 등을 배려하는 것 자체를, 흠잡을 일은 아니다. 그것과는 다른 차원의 배려도 있다는 데에 눈을 뜨라는 것 아니겠는가.

자선과 기부도 다 '이기적 유전자'의 작동이라는 주장도 있다. 인간의 모든 이타적 행위의 기저에는 이기적 동인, 예컨대 자존감이나 인정 등의 만족이 숨어 있다는 이야기이다. 그러나 이는 일종의 무의식 기제라 할 수 있다. 이것으로써 '나 중심의 울타리 안쪽'을 먼저 배려하는 것을 옹호하는 논리로 삼기에는 무언가 모자라다.

나를 돌이켜 본다. 나의 배려는 '나 중심의 울타리'를 먼저 살피는 것과는 상관없는, 인류애 차원의 것인가. 그렇다고 대답하기가 어렵다. 인류애라는 말이 너무 거창하다면, 요즘 유행하는 말로 나를 비추어 보았다. 나의 배려 행위는 세계 시민성의 자질을 지니고 있는가. 역시 자신이 없다. 나의 '우리'는 어디까지인가.

3. '우리'라는 말의 어원은 '울타리'의 '울'에서 온 것으로 받아들여지고 있다. (유창돈, '親族稱語의 어원적 고찰', 1954) 짐승을 가두어 두는 울타리를 '짐승 우리'라고 부르는 것에서 쉽게 유추해 볼 수 있다. '돼지우리'의 경우가 대표적인 예이다. 그러니까, 울타리를 친 안쪽 범주를 뜻하는 말에서 '우리'가 생겨난 것이라 할 수 있다.

어원은 그렇다 하고, '국어사전에 등재된 우리'의 뜻은 이러하다. '자기와 함께, 자기와 관련되는 여러 사람을 다 가리킬 때 쓰는 말'이라 되어 있다. 더 간편하게 정리된 '우리'라는 말의 뜻으로는 '자기 편을 가리킬 때 쓰는 말'로 풀이되어 있다. 자기 편임을 극명하게 확인하는 말로, '우리가 남이가'를 들 수 있다. 한국 사람이 유별나게 많이 쓰고 애용하는 대명사가 바로 '우리'이다. '나의 어머니' 대신에 '우리 어머니', '나의 모교' 대신에 '우리 모교'라 한다. 이런 부분을 서양 사람은 이해하기 어렵다고 한다. 집안의 어른이나 직장의 상사가 특별히 아끼고 사랑하는 구성원 '아무개'가 있을 때, "우리 아무개"라고 하는 것은 그야말로 우리나라 우리 말에서나 있을 법한 용법이다. '우리'라는 말을 많이 쓸수록 인식의 객관성과 판단의 공정성을 지키기 어렵다. 내 울타리 안쪽에 있는 '우리'만을 감싸려는 마음의 경향(Tendency of Mind)이 드러나기 때문이다.

코로나 사태를 겪으면서 우리는 깨닫는다. 아무리 내 울타리 안쪽의 내 편만 보살피려 해도 내 울타리 밖에 있는 사람이 방역에 협조하지 않으면, 내 울타리 안의 사람들도 안전하지 않다. 내 울타리 밖의 사람들도 내 울타리 안의 사람들이 방역에 협조하지 않으면 위험해질 수 있다. '우리 너머의 우리'를 보지 않고서는 살아갈 수 없게 되었다. 특별히 고상한 도덕이라 할 것도 없다. 생태 자체가 그렇게 변했다. 정치도 마땅히 그러해야 할 것이다. '우리 너머의 우리'도 이제는 '우리'인 것이다. 그래서 'We are the world'이다.

침묵의 회복을 위하여

1. '침묵'이란 말을 내 상상력 속에서 매우 장엄한 의미로 길어 올리게 한 독서가 있었다. 그것은 작가 이문열의 중편소설 《들소》를 읽을 때이었다. 이 소설은 어느 페이지에도 주인공의 침묵을 직접 거론하지 않는다. 그러나 나는 내 상상 안에서 그 침묵이 뚜렷하게 느껴졌다. 작품 《들소》의 주제가 드러나게 되는 소설의 뒷부분에서 나는 주인공 '착한마루'의 깊고 길고 짙은 침묵을 또렷한 상상으로 대면하였다.

소설 《들소》 이야기를 조금만 해 보기로 하자. 알타미라 동굴 벽에 새겨진 벽화 '들소'가 이 소설 《들소》의 원래 소재이다. 동굴 벽화 들소가 만들어진 사연을 작가가 상상하여 한 편의 소설로 형상화한 작품이다. 그 사연에는 석기 시대 부족 사회에서 빚어지는 권력과 사회의 사연이 인물들의 심리적·정서적 아픔에 맞물려 있다.

이 과정에서 주인공 자신에 대한 존재론적 고뇌가 녹아들게 한 데서 이 소설의 형상화가 돋보인다. 놀라운 것은 그 까마득한 석기 시대에 새겨졌을 동굴 벽화 '들소'의 내력을 작가가 비상한 상상의 역량으로 재현해 놓은 점이다. 어떤 측면에서 보면, 이 소설은 '위대한 예술(또는 예술가)은 어떻게 탄생하는가' 하는 물음에 대한 설명을 석기 시대 인류의 모습을 배경으로 삼아 소설로써 해낸 것이라 할 수 있다.

주인공 착한마루는 섬세한 예술적 재능이 있지만, 근육질의 남성은 아니다. 그는 원시 부족 사회가 일상으로 영위하는 사냥과 전투에서 자주 패배한다. 사냥이 일상화된 사회에서, 야생의 들소를 잡는 일이 남자들의 일과이다. 그 사회에서는 사냥에 성공하는 남자가 영웅이다. 반대로 잡을 소를 놓치는 자는 공동체에서 음울하게 배제된다. 들소를 잡는 것은 가장 영광스러운 성취로 인정받는 사회이기 때문이다. 부족(部族)의 힘 센 권력자는 힘의 상징인 소를 자신이 추구하는 절대적 가치, 즉 권력의 상징으로 삼는다.

그러한 부족 사회에서 약한 남성이 보여 주는 전투적 무능은 딱하고 안쓰럽다. 착한마루는 사냥에서 몰락하고 '소에게 밟힌 자'라는 모욕적인 이름을 얻는다. 그래서 감옥과도 같은 동굴에 격리되기도 한다. 착한마루는 오로지 육체의 힘으로 모든 것이 결정되는 부족 사회에서 그야말로 힘의 약자이다. 그는 마침내 부족들 간 권력 투쟁의 온갖 음모 속에서 휘둘리면서 바닥으로 떨어진다. 권력에서 차갑게 소외되고, 평생 모멸과 결핍 속에서 혹독한 운명을 감내해야 한다.

그가 연모를 품었던 여인 '초원의 꽃'은 그를 떠나 힘센 권력자에게 가버린다. 그녀는 말한다. 내가 추구하고자 하는 것은 소로 상징되는 권력이라며, 권력이 그녀에게 베푸는 '편하고 풍족한 삶'을 자기는 찾아가는 것이라고 말한다. 그녀는 착한마루에게 말한다. 네가 추구하는 소가 무엇인지는 모르지만, 너에게도 그 소가 반드시 있을 거라고 말하며, 그를 떠나간다.

주인공 착한마루는 모든 것을 잃고 참담하게 무너진다. 그는 권력도 물질도 없었다. 그리고 사랑하던 여인도 현실의 권력자에게 가버렸다. 아, 나는 나의 존재를 위하여 무엇을 할 수 있단 말인가. 나의 소는 어디에 있는가. 좌절과 상실의 극단에서 그는 자신의 존재가 구원될 수 있기를 갈망한다. 나를 구원의 자리로 떠밀어 올리는 내 내면의 추구는 무엇인가. 그는 자신의 소를 확실하게 잡아야 한다고 생각했을 것이다.

그리고 자신만의 소를 영원히 잡을 수 있는 자리로 나아가야 한다고 생각한다. 그는 현실을 떠나기로 한다. 그리고 그가 한때 사냥의 실패자로서 비난과 조롱을 피해서 머물렀던 동굴로 들어간다. 그는 동굴로 갔다. 수만 년의 세월이 흘렀다. 후세 사람들이 그 동굴에서 영원히 불멸하는 소를 찾아내었다. 그것은 동굴 벽에 그려진 벽화 '들소'다. 알타미라 동굴 벽화 '들소'다.

2. 주인공 착한마루는 이 동굴에서 소를 그려 갔을 것이다. 그에게 소는 무엇이었을까. 아마도 그가 동굴 벽에 그리려고 한 소는 그에게는 '의지의 표상'이었을 것이다. 아마도 그 소는 자기 존재의 분신이었을 것이다. 동시에 그 소는 자기 존재의 영원한 연장(extension)이었을 것이다. 아마도 그 소는 화가 자신의 생애에 바치는 보상이었을 것이다. 그에게 그 소는 고매한 권력(power)이었을 것이다. 추악한 음모의 세속적 권력이 아니라, 내면에서 스스

로 거룩함을 확보하는 그런 고상한 권력을 표상하는 것이었으리라. 그리하여 그에게서 소는 신앙이 되었을 것이다.

'보편의 힘'으로 인류를 공감시키는 예술은 그 탄생의 내적 프로세스를 이렇게 보유하는 것인가. 그 프로세스 안에서 예술가는 어떻게 정신적 긴장을 집중해 나갔을까. 이 동굴에서 작업하는 동안 주인공은 어떤 의지와 정신세계를 유지했을까. 그 부분을 생각하면 예술가를 향한 일종의 경외감을 품지 않을 수 없다.

침묵이란 말을 내 상상력 속에서 매우 장엄한 의미로 길어 올리게 한 대목은 주인공 착한마루가 동굴에 들어와서 들소 벽화를 그려나가는 장면이었다. 들소 벽화를 그려나가는 그의 마음 내부에서 나는 그의 견고한 침묵을 보았다. 물론 이 침묵은 내 독서의 상상력 공간에서 내가 떠올린 것이다. 그의 의지가 굳어질수록, 예술 행위의 가치가 명료할수록, 그의 침묵은 그의 내면에서 더욱 빛나는 것을 나는 보았다. 침묵이 안으로 품어내는 어떤 거룩한 힘을 보았다고나 할까.

침묵에 관한 이야기라면 이탈리아 화가 살바토르 로사(Salvator Rosa, 1615-1673)의 전언을 주목하지 않을 수 없다. 그의 그림 '자화상' 속 인물은 깊은 우울과 회의와 수심이 표정으로 선언문 같은 글이 적힌 베이지색 서판을 손에 움켜쥐고 있다. 이 서판에는 'AUT TACE, AUT LOQUERE MELIIORA, SILENTIO'라고 적혀 있다. 번역하면 '침묵하라, 아니면 침묵보다 더 나은 것을 말하라'라는 뜻이라고 한다. (문광훈, 《심미주의 선언》 28쪽) 이 '자화상'

그림은 그림도 그림이지만, 그림 안에 그려진 서판에 쓰여 있는 '침묵에 관한 전언'으로 더 유명하다.

18세기 프랑스에서 세속 사제로 활동했던 조제프 앙투안 투생 디누아르 신부가 쓴 고전으로 《침묵의 기술》이란 책이 있다. 국내에도 번역되어 있다. 디누아르 신부는 14가지 침묵의 원칙을 말하는데, 그 중 첫 번째 원칙은 '침묵보다 나은 할 말이 있을 때에만 입을 연다'이다. 이는 살바토르 로사의 '자화상'에 그려진 문구와 같은 말이다. 그러니까 유럽에서는 일찍이 침묵에 대한 통찰로써 이런 잠언들이 있었음을 알 수 있다. 영국의 비평가인 토머스 칼라일(Thomas Carlyle, 1795-1881)이 말한 "웅변은 은이요, 침묵은 금이다(Speech is silver, silence is gold)"라는 말도 이런 통찰의 계보에 속한다. 침묵보다 더 나은 것을 말할 수 있는 사람은 몇이나 있을까.

그렇듯 비장한 실천의 침묵이 무겁고 엄숙한 것이라면, 이와 묘한 대조를 이루면서, 결코 이보다 가볍지 아니한 정신의 경지를 보여 주는 침묵으로 '소이부답(笑而不答)'의 모습이 있다. 이태백의 시 '산중문답(山中問答)'에 소이부답(笑而不答)이 나온다.

> 날더러 왜 푸른 산중에 사느냐고 묻는다면
> 問余何事棲碧山(문여하사서벽산)
> 웃기만 하고 대답 않으니 마음은 절로 한가롭네
> 笑而不答心自閑(소이부답심자한)

글자 뜻 그대로 '슬며시 엷은 웃음을 띠면서 아무런 말이 없는' 모습이다. 신선의 경지에 이른 침묵의 모습이 이와 같을까?

3. "사람이 말하는 것을 온전하게 배우는 데는 5년 정도 걸리지만, 침묵을 배우는 데는 50년도 더 걸린다." 침묵이 얼마나 높은 수준의 인격 내공을 요하는 것이며, 동시에 의미 깊은 사회적 실천의 일종인지를 보여 주는 묵시록 같은 진술이다.

침묵은커녕 옴짝 없는 소음의 시대이다. 댓글은 아귀의 다툼 같다. 저주의 넋두리들이 좀비의 주억거림 같이 소셜 미디어를 가득 가득 채운다. 항의나 저항의 말들은 욕설 특권이라도 부여받은 양 오염되고 부패한 감정의 쓰레기들을 배설해 놓는다. 쓰레기 언어들이 소통의 골목 마다 가득 쌓여 있다. 치우고 치워도 금방 더 쌓인다. 침묵은 서 있을 자리조차 없다. 침묵은 사전에만 있는 말이 되어버렸다. 침묵은 '죽은 말'이 되어가고 있다.

혜민 스님의 선언이 돋보인다. "여러 가지 부족한 제가 트위터를 하게 되면서 너무 많은 말을 했던 것이 아닌가, 반성하게 되었습니다. 당분간 묵언수행(黙言修行)을 하면서 부족한 스스로를 성찰하고 마음을 밝히는 시간을 가지도록 하겠습니다." 말 많은 정치인들이 좀 따라 했으면 좋겠다. '묵언수행'을 하겠다는 이들이 없지는 않다. 그런데 자신이 묵언수행 한다는 말을 너무 많이 말한다. 묵언수행도 홍보용으로 전락한다. 나의 글쓰기에도 반성이 가닿는다. 침묵을 이렇게 번다히 말하는 것조차도 침묵은 허용하지 않을 것 아니겠는가.

　말하기 인성의 최종 마당에 '침묵 배우기'를 꼭 넣었으면 좋겠다.

언어적 인간에 대한 잡감(雜感)

우한용 소설가·서울대 명예교수

반듯한 사람

외우(畏友) 박인기 교수가 산문집을 내겠다면서 한번 읽어봐 달라고 원고를 보내왔다. 대체로 언어와 인간과 교육에 대한 내용이 핵심을 이루고 있는 걸로 보인다. 원고 가운데는 전에 읽은 것도 있고, 소재를 이야기로 들은 기억도 포함되어 있다. 장절별로 읽어가면서 차츰 빠져드는 매력이 돋아난다. 그 매력은 어디서 오는가 잠시 생각을 굴려 보았다. 그 매력은 그의 '인품'에서 오는 게 틀림없다.

박인기 교수는 '석영(昔影)'이라는 호를 쓰다가 가끔은 그걸 우리말로 풀어 '옛그리매'라고 쓰기도 한다. 이름치고는 좀 길다. 내게는 석영이 익숙하다. 호칭을 붙이지 않고 부르기는 '호'가 편하다. 우정에 끌리면서 비평적 거리를 유지하기 위해서 석영이란 호를 홋두루 쓰기로 한다.

석영은 사람이 반듯하다. 외모가 반듯하고 사고와 말이 반듯하다. 자신이 아는 것 또는 소망하는 걸 실행하는 행동도 반듯하다.

사람의 외모는 두 요소로 이루어진다. 하나는 부모로부터 받은 바다. 그러나 일정한 나이가 지나면 자신이 만들어 간다. 사십이 넘으면 자기 얼굴에 책임을 져야 한다고들 한다. 인생 어느 단계 지나면 자기 몸은 자기가 만들고 가꾸어야 한다는 뜻이다. 자신을 닦아나가기에 부단히 노력한 어른의 모습을 석영에게서 볼 수 있다. 기쁜 일이다.

"큰애(석영을 지칭)는 보고만 있어도 좋다."

석영의 모친이 큰며느리에게 한 이야기라고 석영의 부인이 전하는 말이다. 자칫 마마보이 될 조짐인데, 석영에게서는 그런 흔적은 찾을 수 없다. 어머니의 사랑을 수용하되 스스로 자신을 길러나간 결과로 생각된다. 석영과 함께 있으면 어르신 하던 말씀이 떠오른다.

"부모 팔아 친구 산단다."

부모건 친구건 사고팔고 할 대상은 아니다. 친구가 부모보다 낫기도 하다는 뜻이다. 반듯한 친구가 있어, 그에 비추어 허술한 나를 단속하게 되는 것은 복된 일이다.

석영은 말이 반듯하다. 대학 시절부터 방송에 관심을 가지고 지낸 이후 자신의 언어훈련을 쉬지 않고 해왔다. 어휘가 맥락에 적절하게 들어맞는 거야 문학과 교육을 가르치면서 대학교수로 살아간 사람에게 의당 그러해야 하리라. 그러나 그게 부단한 수련의 결과라는 걸 다시 생각하게 된다. 문학 교수 누구나 그렇지는 않기 때문이다.

인간의 행동은 인간 현상의 최종 심급이다. 학행일치(學行一致)

는 동시에 이루어지지 않는다. 학(學) 이후에 행(行)이 뒤따른다. 이론을 추구하여 개념을 성립하고, 거기 따라 행동하며, 나아가 새로운 모델을 만들어 내는 일, 그것은 인간 성숙의 과정이다. 이는 시간순으로 이루어지는 과정이라기보다는, 동시에 혹은 거꾸로 한 존재를 형성하는 메커니즘이다. 공부하고 가르치고 자기 스스로 형성하는 이 과정은 각기 이론과 실천 그리고 창조라 할 수 있다. 서양식 개념으로 테오리아(theoria)/ 프락시스(praxis)/ 포이에시스(poiesis)에 대응할 것이다. 석영은 이 각 과정에 반듯하다. 반듯한 자아를 형성했다고 해야 할 터이다. 석영의 반듯함에 비하면 나는 약간 삐딱한 쪽에 든다.

삼단구조의 철학

좀 추상적으로 말하기로 하자. 석영의 글은 서사의 원형을 추구한다. 서사는 시작과 중간과 끝이 있는 이야기 구조를 뜻한다. 글각 편을 보면 1, 2, 3이란 숫자로 단락 구분이 명시되어 있다. 삼단락은 세계의 완결성을 상정한다. 역사에서 고대, 중세, 근대의 삼단계를 설정하는 것과 상통한다. 근대 혹은 현대를 역사의 완결형으로 보는 역사관이다. 이 완결형의 문제는 현대 이후는 무엇인가 하는 난관에 빠진다. 역사 진전의 구조로 정-반-합을 상정한 헤겔은 이 문제를 해결하기 위해 합(合)의 단계가 자체모순을 내포한 걸로 빌미를 삼는다. 아무튼 삼단구조는 '완결성'을 지향한다. 완결성의 구조로 되어 있기 때문에 글이 '반듯하다'.

삼단구성은 장을 설정하는 데서도 원리로 작용한다. 장별로 글 세 편씩을 배열한다. 이 책은 전작(全作)으로 구성한 것이 아니다. 틀을 짜놓고 원고 더미에서 골라 배열했을 걸로 짐작된다. 이는 창작의 마음(상상력)이 아니라 편집자의 이념으로 책을 엮었음을 뜻한다. 세상은 어지럽기 그지없다. 그런데 글이 정갈하고 반듯하다는 이 사태는 윤동주의 '쉽게 씌어진 시' 한 구절을 환기한다.

"人生은 살기 어렵다는데/ 詩가 이렇게 쉽게 씌어지는 것은/ 부끄러운 일이다."

석영의 글이 쉽게 씌어졌다는 뜻은 아니다. 그건 반듯한 글쓰기가 아니기 때문이다. 인생과 시를 맞세워 이해하는 데는 무리가 따른다. 글쓰기의 경향을 대별 하자면 유형적 글쓰기와 자유 글쓰기로 나눌 수 있을 듯하다. 유형적 글쓰기는 신문의 논설을 먼저 떠올리게 된다. 문제를 제기하고 사례나 반증을 들면서 분석하고 결론으로 주장을 편다. 결론이 분명해야 한다. 답을 찾는 글쓰기이다. 이런 글들은 대답의 양식이다.

이에 비해 문학, 특히 소설에서는 결말을 암시하는 정도에서 끝맺음을 한다. 석영이 동원한 '문제적 개인'의 운명은 가변적이라야 한다. 혹은 아이러니적이라야 한다. 결말을 암시하거나 여운을 남긴다는 것은 독자를 텍스트 안으로 유인하여 함께 참여하도록 하는 방법이다. 텍스트에 참여해서 작중인물의 고충과 번민을 함께 추적하는 과정에서 작중인물과 동일시되는 체험을 하게 하되 결론을 내리지 않고 문제를 확인하는 데서 이야기가 마무리된다. 설령 결론을 얻더라도 작중인물의 결론을 독자가 바라보는 식으로 처리한다. 모파상(Guy de Maupassnt, 1850-1893)의 《여자의 일생, Une Vie》 그 끝 구절이 좋은 예이다.

"생각해 보면 인생이란 사람들이 생각하듯 그렇게 행복하지도 불행하지도 않은 것인가 봐요."

이러한 명제는 작가의 말이 아니다. 중심 작중인물 잔느의 말도 아니다. 하녀 로잘리의 말로 처리되어 있다. 작가는 이렇게 '제시'하고 독자에게 당신은 어떻게 생각하는가 묻는다. 소설은 '물음의 양식'이다. 물음은 강력한 명령의 속성을 지닌다. 인생은 아름답다는 결론은 거부할 수도 있다. 그러나 당신은 왜 사는가 묻는 데는 어떻게든지 답을 해야 한다.

물음은 듣는 사람을 불편하게 하기도 한다. 답이 준비되어 있지 않은 사람에게는 부담이 된다. 그러나 이는 일종의 독서윤리라고, 나는 생각하는 편이다. 독서는 일종의 줄다리기이다. 그것은 작가와 독자의 경합일 수도 있고, 작중인물과 독자가 경합하는 것으로 볼 수도 있다. 작가가 내주는 답을 고스란히 얻어 갖는 게 아니라 애써서 얻어내야 하는 과업이다. 독서는 노동이다. '데살로니카 후서'에 이런 구절이 나온다.

"누구든지 일하기 싫어하거든 먹지도 말게 하라."

독서가 노동이기는 하지만 즐거운 노동이다. 즐겁기 때문에 오락이나 유희와 상통한다. 이 책의 표제작으로 되어 있는 '짐작(斟

酌)'은 석영의 글쓰기 표본에 해당한다. 수필처럼 시작해서, 그림을 본 경험을 제시하고, 이를 바탕으로 언어교육의 방법을 제안하는 방식이다.

삼단구성의 다양한 변조로 인해 양식의 탄력성을 확보한 데 이 책의 매력이 있다. 삼단구성의 견고함과 동원하는 문학양식의 다양성이 교합되어 격식과 가변성을 함께 드러내는 것이다.

언어적 인간

이 책의 부제에 '말살이 철학'이라는 어휘가 보인다. '말살이'란 언어생활을 뜻한다. 언어가 무엇인가는 이론에 해당한다. 그런데 말살이는 언어를 실제 수행하는 실천, 프락시스를 뜻한다. 거기에 '철학'을 붙였다. 언어활동에 대한 메타인지가 이 책을 관통하는 의미의 벼리인 것이다.

언어의 실천 측면은 말하기와 글쓰기로 집약된다. 말하기는 언어 운용의 핵심이다. 우리는 이를 가끔 잊고 지낸다. 말보다 글을 앞세우는 태도는 글쓰기가 언어활동의 핵심으로 자리잡은 이후의 일이다. 글쓰기는 문자언어로 수행된다. 구두언어와 문자언어의 차이를 길게 이야기할 여가는 없다. 다만 층위가 다른 언어활동이라는 점만 환기하고 넘어가기로 한다.

말하기는 상호주체적 언어활동이다. 그 대표적인 예가 대화다. 대화에는 토의 토론을 포함한다. 아무튼 대화가 되자면 말하는 사람과 듣는 사람이 있어야 한다. 그런데 말하는 사람이나 듣는 사람이나 역할이 교체된다. 말은 주고받는다. 그 과정이 반복된다. 순번이 바뀌는 말하는 주체들은 체험, 의식, 사회, 문화, 계급적으로 내면의 층위가 복합적인 존재들이다. 그러니까 주관적으로 말하고 주관적으로 듣는다. 도덕성이 갖추어진 주체들 사이에는 말하는 사람의 건전성을 전제한다. 체급이 같다는 것을 약속하고 말하기가 수행되는 셈이다. 그래야 언어의 민주화가 이루어진다. 이 규칙이 깨지면 언어는 폭압적이 되고 혼란에 빠진다. 말하는 사람의 말할 자격이 턱없이 증폭하거나 듣는 사람의 인격이 와해된다. 욕설과 막말의 메커니즘이 그렇다. 석영은 이러한 현상에 대해 교육자답게 걱정이 많다.

말은 강력한 에너지 덩어리이다. 에너지는 권력이다. 권력과 자본은 상통한다. 그래서 '언어자본'이란 말이 성립한다. 언어자본은 상징기능뿐만 아니라 실질 기능을 행사한다. "내일부터 출근하지 않아도 좋습니다." '해고'를 그렇게 속삭이듯 말한다. "그럴 줄 몰랐다"는 말 한마디로 은원(恩怨)이 갈린다. "너 그런 인간인 줄 몰랐다." 30년 사귄 친구가 그 지점에서 갈라선다. 언어수행의 상호주관성이 일그러질 때 '갑질'이 횡행하고 욕설과 막말이 난무한다. 현실적으로 이를 고치는 방법은 아득하다. 그러나 '반듯한' 사람 석영은 대안을 내놓는다. 그 대안이 안 먹힐 때, 집에 가는 길에 술청에 들를지도 모른다. 혼자 분을 삭이려고….

대화는 경합이고 전투다. 대화는 둘이 말을 부려 수행하는 싸움이다. 이념이 다른 두 주체가 만나 또 다른 이념을 모색하는 과정이 대화인 셈이다. 취향과 이념과 계층이 같은 둘이 만나 사흘을 이야기하고 서로 공감했다면, 그것은 대화를 가장한 독백이다.

우리는 소통이라는 말에 익숙해져 있다. 소통을 재규정하려 하거나 그 가치를 폄하하지 않는다. 소통은 지상선(至上善)인 것처럼 말한다. "내일 다시 연락합시다" 하는 말을, 다시 소통하자고 한다. 소통은 하나의 이상형일 뿐이다. 소통을 지향해 나가기 위해 여러 가지 모색을 할 뿐, 완벽하게 이루어지는 소통은 없다. 그런데 놀라운 것은 사람들은 서로 말을 알아듣고 살아간다는 점이다. 나는 이를 '찰떡과 개떡의 변증법'이라 웃으며 말한다. 개떡같이 말해도 찰떡같이 알아듣는 이가 있는가 하면, 찰떡같이 말해도 개떡같이 알아듣는 인간이 있다. 그러나 이해의 지평을 같이 설정하면 서로 알아듣고 화합할 줄 안다. 놀라운 일이다.

인간 세상은 잡박(雜駁)스럽다. 그런데 선인들만 모여 사는 도화원을 생각하면 자칫 현실을 몰각할 수도 있다. 세상이 자기처럼 반듯한 줄 안다. 그건 복 받을 일이다. 그러나 현실적으론 사태를 왜곡할 수도 있다. 좋은 언어와 나쁜 언어로 갈라보는 시각은 가소(可笑), 나를 웃음 짓게 한다. 언어는 중립적이다. 한편 언어는 이데올로기적이다. 솔은 솔일 뿐, 철갑을 두르지도 않았고 송충이가 사는 나쁜 나무는 더욱 아니다.

《노자》에 이런 구절이 있다. "강하고 억센 것은 제 목숨에 죽지 못한다." (强粱者 不得其死) 유연성을 잃은 말은 오래가지 못한다.

말은 주체, 대상, 맥락에 상대적으로 관계를 형성하기 때문이다.

삼단구조가 더욱 강해져 이분법에 가 닿으면 논리의 파탄을 맞을지도 모른다. 낙타와 사자를 거치지 않은 '어린이'가 될지도 모를 일이다. 나는 반듯한 사람 석영의 논리가 만물을 생성하는 '삼원론'이 되기를 기대한다. 노자는 일(一), 이(二)를 거쳐 삼(三)에서 비로소 만물이 탄생한다고 한다. 그러니 고정된 삼원론이 아니라 창조적 생산성을 지닌 삼원론 혹은 삼원구조가 되길 바란다. 사고가 그러해야 하고 그러한 사고가 글로 구체화 되어야 하리라. 그리고 언어를 비판하는 데도 이 원리가 적용되어야 함은 두말이 필요 없다.

언어중심주의

독자들은 대개 알 것이다. 석영의 말솜씨와 글솜씨가 유다르다는 점을. 그 유다른 점 가운데 하나가 언어양식을 자유자재로 운용할 수 있는 능력이다. 이 책은 전체적으로 '말살이 철학'이라는 수상집(隨想集)이 틀림없다. 그런데 각 편을 읽으면서는 석영이 언어 장르의 다양한 양식을 자유자재로 구사한다는 점에 주목하게 된다. '프레임'에서는 논리와 유머감각을 버무려 넣기도 한다. 혼주와 상주의 대화는 소설적이면서 세태풍자적이다. '듣기의 윤리학'에서는 드라마 구성 방식을 채용해서 글을 전개한다. 여기 들어 있는 글은 수필인 듯, 소설인 듯, 드라마처럼 읽힌다. 전고를 들어 이야기하는 서사기법도 일품이다. 역사적 사실로서 '칼레의 시민' 이야기와 연관된 작품을 옮겨와 이야기를 엮는 방법은 논설인 듯, 수필인 듯, 서사의 퍼포먼스를 연상하게 하기도 한다.

석영은 이 책에서 언어중심주의(logocentrism)를 지향하고 있다. "말을 안다는 것은 말과 관련된 인간사(人間事) 세상사(世上事)를 안다는 것이다." 이 글에 이어지는 '모르는 것에 관하여'에서는 비트겐슈타인의 그 유명한 구절을 인용하여 글을 시작한다. "말할 수 없는 것에 대하여는 침묵해야 한다." 논리실증주의적 관점에서 보면 세상에는 예술, 문학, 종교 등 신비의 영역이 있는데, 이 분야에 대해서는 언어를 들이댈 수 없다는 것이다. 이러한 논리를 확대 적용하여 세태를 비판하기도 한다. 잘 모르면서 떠들어대는 언어 행위를 경계한다. "모르는 것에 대해서는 침묵할 수 있어야 한다"는 결론에 이른다. 그런데 우리가 어떤 대상을 알고 모르고 하는 것이 어떻게 결정되는가 하는 문제는 고려하지 않고 있다. 여기서 논리의 진전이 멈추는 듯하다.

대개 동의해 주겠지만, 언어적 존재로서 인간이 마지막 이르는 종착점은 창조 혹은 생산의 장이다. 이때의 창조는 무에서 유를 생성해내는 게 아니라 있는 재료로 다시 빚어내는 일을 뜻한다. 혹은 다시 주물러 만드는 걸 의미한다. 인간이 지닌 이른바 가소성(可塑性)을 완성해가는 과정이 교육이다. 교육의 최종 도달점은 자기교육이다. 남을 가르치던 교육이 성찰을 통해 자기교육으로 돌아온다. 성찰이 있는 한 자기교육은 끝나지 않는다.

해석학의 최고봉으로 평가받는 한스 게오르그 가다머(Hans-

Georg Gadamer, 1900-2002). 그의 강연록을 정리한 책《교육은 자기교육이다, Erziehung ist sich erziehen》는 교육적 이상을 잘 적시하고 있다. 자기가 스스로 이상으로 생각하는 인간상을 빚어 만들어야 한다는 것, 이는 나를 자유로운 존재로 풀어내는 일로 규정할 수도 있다.

호흡을 가다듬기로 한다. 언어적 존재로서 자유로움이란 언어로 형상화할 수 있는 여러 국면을 자재롭게 운용한다는 뜻이다. 운용이란 집짓기에 비유될 수 있다. 하이데거(Martin Heidegger, 1889-1976)는 "언어는 존재의 집이다"라는 명제를 남겼다. 언어는 인간이 그 안에 거주하는 장소라는 뜻이다. 거주한다는 것은 그 안에서 의미를 생성한다는 뜻으로도 읽힌다. 낡은 구두 한 켤레가 (창고 한구석에) 놓여 있다. 무심코 바라보면 그냥 '구두'일 뿐이다. 그런데 누가 저 구두를 신고 어디서 무슨 일을 했는가, 그 일에서 얻는 보람은 무엇인가, 그 구두에 발을 (몸을) 담았던 인간은 어떤 삶을 살았는가 등. 그런 의미연관을 만들어 주는 것이 예술작품이다. 고흐가 그린 '구두'는 그냥 존재하는 사물 구두가 아니라 의미연관을 가진 존재로 상승한 '구두'인 것이다. 그래서 우리는 그 '작품'을 보면서 사물의 의미에 대해 놀라워하고, 그 의미를 내 것으로 전유하기도 한다.

사물의 의미연관을 이루어 내는 언어가 시적인 언어다. 시적 언어 안에 거주하는 시인은 자신의 삶을 창조하는 주체이다. 그런 시적언어의 의미연관을 읽어내는 독자 또한 창조자이다. 자신의 삶을 이러한 창조적 주체로 형성하는 일, 그게 언어적 존재로서 마지막 도달할 수 있는 지점일 터이다. 그리고 그러한 과정에 '남들'이 의미 있는 참여를 함으로써, 의미의 지평을 한 층 이끌어 올리는 작업이, 넓은 의미의 교육일 터이다. 따라서 교육은 세계에 창조적으로 참여하는 실존적 결단이라는 의미를 지닌다. 그게 궁극적으로는 자신에게 회귀한다. 교육의 궁극은 자기교육이다.

교양의 이념을 넘어서

석영은 반듯한 기독교 신앙인이다. 물론 티를 내지는 않는다. 나에게 전도하는 듯한 이야기를 하지 않는 것은 물론이다. 그러나 내가 궁금해하는 성경 지식을 차분하게 설명해 주곤 한다. 나는 성경을 '지식으로' 읽는 편이다. 문학을 공부하는 중에 들인 버릇이다. 석영은 이따금 '영성(靈性)'을 이야기한다. 인성 저 너머의 지평을 바라보기 때문일 터이다. 그러면 나는 인간의 수성(獸性)을 슬그머니 들이민다.

인간의 정신 능력을 규정하는 방법은 교육의 방향을 이끌어왔다. 즉, 교육에서 어떤 인간을 길러야 하는가 하는 문제로 전환된다. 간단히 말하자면 '바람직한 인간'을 지향한다. 한때 인간의 능력 가운데 이성과 지성을 강조한 적이 있다. 이는 능력을 우선시하는 사회적 분위기와 연결되어 개인의 탁월성을 추앙하는 결과를 빚었다. 그러나 사회는 개인의 탁월성으로만 움직여 가지 않는다.

당대의 이념이 있고, 지향하는 비전이 있게 마련이다. 이런 맥락에서 '교양의 이념'이 자리 잡는다. 교양의 이념과 교양소설을 맞대놓기는 망설여지는 점이 있다. 《빌헬름 마이스터의 수업 시대》로 대표되는 교양의 이념은 '조화로운 인간상'을 지향한다. 수많은 실망과 좌절을 경험한 후 자신을 성찰하여 사회에 통합되어 들어감으로써 '사회와 조화'하는 인간으로 성장하는 게 이른바 교양의 이념이다.

이때의 교양은 독일어로 빌둥(die Bildung)이다. 이는 동사 bilden에서 온 명사형이다. 이 어휘는 기본적으로 형성, 성장, 숙성을 뜻한다. 다시, 이 어휘는 언어적 생산, 창조인 포이에시스(poiesis)에 해당한다. 그런데 무엇과 조화하는가 하는 데 문제가 있다. 근본적으로 사회와의 조화를 의미한다. 석영이 말하는 '사회화'가 이 개념에 와 닿는다. 그 사회화가 '의미 있는 사회화'라 하더라도 그 정당성을 어떻게 확보하는가 하는 문제는 여전히 남는다.

사회란 '표현'은 사회를 정태적 대상으로 보는 관점이다. 사회는 부단히 변화한다. 그 변화하는 대상에 자아를 합일시켜 가면서 정당성을 확보하는 방법은 무엇인가. 이게 언어의 한계인지도 모른다. 상태와 과정을 함께 포괄하는 어휘는 존재하지 않는다. 어떤 과정을 거쳐 현재 상태에 도달했고, 또 어떻게 진전되어 나아갈 것인가 하는 예측은 '성찰'에 의지하는 수밖에 없다. 성찰은 존재를 사건으로 변화되게 한다.

성찰은 의미의 지평을 만들어 낸다. 성찰을 통해 만들어진 의미

지평은 이전의 의미 지평과 혼융(渾融)함으로써 다른 의미 지평을 만들어 내는 창조적 과정에 들어가게 된다. 그런 의미에서 성인이나 군자의 의미를 다시 생각하게 된다. 간단히 말하자면 그러한 대상은 인간적 추구의 최종 심급이 아니라, 진전을 위한 디딤돌이 되어야 한다고, 나는 본다. 언어 결정론을 넘어서서 생성론적 언어관을 수립하는 일이 과제로 부각되는 소이다. 사회를 변화하는 지향성으로 보는 관점 설정을 도모할 필요도 있을 것이고, 인간 존재를 형성적 존재, 자기형성을 지속하는 과정적 실체로 보는 관점이 필요하다.

이렇게 보면 교육의 예술적 속성에 주목하게 된다. 예술적 속성이란 불능한 것을 알면서도 추구하는 모순된 창조의 충동을 뜻한다. 이상은 지연되는 데 근본 속성이 있다. 하늘의 별이 지상에 내려오면 별이 아니다. 별은 하늘에 높이 있어 잡으려 해도 안 잡혀야 이념적 표상으로 영원성을 지니게 된다. 언어, 문학, 교육은 물론 인간 자체가 그러한 속성을 지니고 있다. 김수영의 '폭포'처럼 도무지 규정되지 않는 존재가 인간이다.

석영의 '반듯한' 글에 대해 '삐딱한' 발문(跋文)을 초(草)하는 밤은 목련 벙글기의 기다림처럼 벅차게 설렌다. 피었다 질 줄을 번연히 알면서도 목련꽃을 기다리는 것은, 지난해의 그 꽃과 다른 의미 지평을 건네줄 것을, 또한, 알기 때문이다.

짐작

초판 1쇄 발행 2024년 4월 25일
    2쇄 발행 2024년 8월 27일

지은이 박인기
펴낸이 이낙진
편집 · 디자인 홍성주 이지은

펴낸곳 도서출판 소락원
주소 경기도 양평군 강상면 강남로 714-24
전화 010-2142-8776
이메일 sorakwon365@naver.com
홈페이지 www.sorakwon365.com

ISBN 979-11-975284-5-3 03810